Sur l'auteure

Née en 1941 dans le Minnesota, Anne Tyler vit depuis de nombreuses années à Baltimore, décor de plusieurs de ses livres. Figure majeure de la littérature américaine contemporaine, elle s'attache depuis *Leçons de conduite*, prix Pulitzer en 1989, à détricoter la légende dorée de l'*American way of life.*

De la même auteure
aux Éditions 10/18

LES ADIEUX POUR DÉBUTANT, n° 5068
UNE AUTRE FEMME, n° 5098
LEÇONS DE CONDUITE, n° 5227
UNE BOBINE DE FIL BLEU, n° 5287
VINEGAR GIRL, n° 5436
LA DANSE DU TEMPS, n° 5533
UN GARÇON SUR LE PAS DE LA PORTE, n° 5698
NOS TENDRES CRUAUTÉS, n° 5915

ANNE TYLER

NOS TENDRES CRUAUTÉS

Traduit de l'anglais (États-Unis)
par Cyrielle Ayakatsikas

10
18

PHÉBUS

Titre original :
French Braid

ISBN 978-2-264-08213-8
Dépôt légal : novembre 2023

1

Nous étions en mars 2010. À l'époque, la gare ferroviaire de Philadelphie était encore équipée d'un de ces tableaux d'affichage mécaniques dont les caractères défilaient en cliquetant à chaque nouvelle information. Serena Drew restait plantée devant, les yeux rivés sur la ligne du prochain train pour Baltimore. Pourquoi attendaient-ils si longtemps pour annoncer les quais, ici ? À Baltimore, on informait les voyageurs plus tôt.

Son petit ami se tenait à côté d'elle, mais il était plus détendu. Il n'avait jeté qu'un bref coup d'œil au tableau et étudiait à présent l'écran de son téléphone. Il secoua la tête en lisant un message puis passa au suivant d'un geste du pouce.

Le couple rentrait d'un déjeuner dominical chez les parents de James. Serena les rencontrait pour la première fois. Elle s'en était fait toute une montagne pendant deux semaines, se demandant ce qu'elle allait porter (optant finalement pour un jean et un haut à col roulé – la tenue classique de l'étudiante de troisième cycle, histoire de ne pas avoir l'air de trop en faire) et se creusant la tête pour trouver des sujets de discussion. Ça s'était plutôt bien passé, d'après elle. Les parents de James l'avaient accueillie chaleureusement et lui avaient tout de suite demandé de les appeler George et Dora, et cette dernière était une telle pipelette qu'alimenter la conversation n'avait pas été un problème. « La prochaine fois, avait-elle dit à Serena après le repas, il faudra aussi que tu rencontres les sœurs de James avec leurs chers et tendres et leurs enfants. On ne voulait pas t'assaillir pour ta première visite. »

La prochaine fois. Première visite. C'était bon signe.

Mais à présent, Serena n'arrivait même pas à en retirer un sentiment de triomphe. Le soulagement l'avait vidée de toute énergie ; elle était lessivée.

James et elle s'étaient rencontrés au début de l'année universitaire. Il était si beau qu'elle avait été surprise quand il l'avait invitée à boire un café après les cours. Il était grand et mince, avec une crinière de cheveux bruns et une barbe soigneusement taillée. (Serena, en revanche, était presque un peu trop ronde et sa queue-de-cheval était quasiment de la même nuance de beige que sa peau.) En cours de travaux dirigés, il avait une façon bien à lui de s'appuyer paresseusement contre le dossier de sa chaise, sans prendre de notes ni sembler écouter, puis de soudain lancer une remarque étonnamment pertinente. Elle avait craint qu'il ne la trouve insipide, comparée à lui. En tête à tête, cependant, il s'avéra d'agréable compagnie. Ils allaient souvent au cinéma et dans des restaurants abordables ; les parents de Serena, qui vivaient en ville, les avaient déjà plusieurs fois reçus à dîner et disaient apprécier beaucoup James.

La gare de Philadelphie était plus impressionnante que celle de Baltimore. Elle était immense, dotée de plafonds à caissons d'une hauteur inimaginable et de lustres semblables à des gratte-ciel à l'envers. Les usagers eux-mêmes paraissaient un cran au-dessus de ceux de Baltimore. Serena aperçut une femme suivie par son propre bagagiste qui poussait un chariot où s'empilaient des valises assorties. Tandis que Serena contemplait les bagages – en cuir brun foncé et lustré avec des ferrures en laiton –, elle remarqua un jeune homme en costume qui s'était arrêté pour laisser passer le chariot. « Oh, s'étonna-t-elle.

— Hmm ? fit James en levant les yeux de son téléphone.

— Je crois bien que c'est mon cousin, dit-elle à mi-voix.

— Où ça ?

— Ce type en costume.

— Tu *crois* que c'est ton cousin ?

— Je ne suis pas tout à fait sûre. »

Ils étudièrent le jeune homme en question. Il paraissait plus âgé qu'eux, mais de quelques années seulement. Il avait les cheveux clairs comme ceux de Serena et les mêmes lèvres à l'arc de Cupidon très prononcé mais, contrairement à elle qui avait les yeux bleus caractéristiques de la famille Garrett, ceux de l'homme étaient d'un gris pâle indescriptible, que l'on remarquait même à plusieurs mètres de distance. Le chariot à bagages était passé depuis longtemps, mais il n'avait pas bougé et regardait à présent le tableau d'affichage.

« Il se peut que ce soit mon cousin Nicholas, reprit Serena.

— Peut-être que c'est juste quelqu'un qui lui ressemble, suggéra James. À mon avis, si c'était vraiment lui, tu n'aurais pas de doute.

— Oui, mais ça fait un moment qu'on ne s'est pas vus. C'est le fils de David, le frère de ma mère ; ils vivent ici, à Philadelphie.

— Alors tu devrais aller lui demander, non ?

— Mais si je me trompe, je vais passer pour une idiote. »

James plissa les yeux et la considéra d'un air dubitatif.

« Bah, maintenant c'est trop tard, de toute façon », ajouta-t-elle car, qui que ce fût, le jeune homme avait manifestement trouvé le renseignement qu'il cherchait. Il pivota pour partir vers l'autre extrémité de la gare, ajustant la lanière de son sac de voyage sur son épaule, et Serena se remit à scruter le tableau. « Quel est le numéro du quai, d'habitude ? demanda-t-elle. On pourrait peut-être tenter d'y aller directement.

— Ce n'est pas comme si le train allait partir à l'instant où ils vont annoncer le quai, lui dit James. On va d'abord devoir faire la queue en haut des marches et attendre un moment.

— Oui, mais j'ai peur qu'on ne trouve pas de places côte à côte. »

Il lui adressa le regard souriant qu'elle adorait. « Je te reconnais bien là », signifiait-il.

« Bon, d'accord, je me prends trop la tête, reconnut-elle.

— Bref, fit-il pour changer de sujet. Même si ça fait longtemps, je pensais que tu saurais reconnaître ton propre cousin.

— Tu reconnaîtrais sans hésiter tous tes cousins et cousines, toi ?

— Oui.

— Vraiment ?

— Évidemment ! »

Mais elle vit que le sujet ne l'intéressait plus. Il jeta un coup d'œil vers l'espace de restauration le long du mur opposé. « J'ai bien envie d'un soda, lui dit-il.

— Tu pourras en acheter un dans le train.

— Tu veux quelque chose ?

— J'attendrai qu'on soit dans le train. »

Il ne comprit pas où elle voulait en venir et dit : « Mets-toi dans la queue s'ils annoncent le quai entre-temps, d'accord ? » Puis il s'en alla sans attendre sa réaction.

C'était la première fois qu'ils partaient quelque part ensemble, même pour un simple aller-retour dans la journée. Serena était un peu déçue qu'il ne partage pas son stress en voyage.

Dès qu'elle se retrouva seule, elle sortit son poudrier de son sac à dos et inspecta ses dents dans le miroir. Pour le dessert ils avaient eu une sorte de crumble aux fruits avec des morceaux de noix dans la pâte, et elle les sentait encore se promener dans sa bouche. En temps normal, elle aurait fait un détour par les toilettes après le repas, mais le temps avait filé trop vite – « Oh là là ! Votre train ! » s'était exclamée Dora – et ils étaient tous partis en catastrophe à la gare, le père de James au volant et James à l'avant avec lui, tandis que Dora et Serena avaient pris place ensemble à l'arrière « pour papoter tranquillement entre filles », selon les termes de Dora. C'est à ce moment-là qu'elle avait glissé sa remarque sur les sœurs de James, que Serena devait rencontrer. « Et toi, combien de frères et sœurs as-tu, ma belle ? avait-elle demandé.

— Je n'ai qu'un frère. Mais il était presque adulte quand je suis née. J'ai toujours rêvé d'avoir des sœurs. »

Elle avait aussitôt rougi, craignant d'avoir donné l'impression de vouloir épouser James pour intégrer sa famille ou quelque chose dans ce genre. Dora lui avait adressé un petit sourire en coin et tapoté la main.

Serena avait pourtant parlé au sens propre. Isolée dans son petit cocon familial avec ses parents, elle avait envié ses camarades d'école avec leurs grandes tribus toujours réunies, à rire aux éclats et jouer des coudes pour obtenir plus d'espace et d'attention. Certains d'entre eux avaient même des demi-frères et sœurs, et des beaux-parents qu'ils pouvaient choisir d'accueillir ou d'exclure si le courant ne passait pas, comme des gens riches jetant de la nourriture parfaitement consommable sous les yeux pleins d'envie de spectateurs affamés.

Attends de voir, se répétait-elle. Attends de voir à quoi ressemblera ta *future* famille !

Le tableau d'affichage indiquait que le train à destination de Baltimore avait cinq minutes de retard. C'est-à-dire probablement quinze, en réalité. Et le quai de départ n'était toujours pas affiché. Serena se tourna pour chercher James. Dieu merci, il était là, marchant vers elle un gobelet à la main. Et avec lui, traînant un peu derrière, se trouvait le jeune homme qu'elle avait peut-être identifié comme étant son cousin. Serena les observa d'un air ahuri.

« Regarde qui j'ai trouvé ! lança James en arrivant.

— Serena ? demanda l'homme.

— Nicholas ?

— Ça alors ! » dit-il en tendant la main avant de se raviser et de se pencher pour la serrer maladroitement dans ses bras. Il sentait le coton fraîchement repassé.

« Qu'est-ce que tu fais ici ? lui demanda-t-elle.

— Je dois prendre un train pour New York.

— Ah.

— J'ai un rendez-vous demain matin.

— Ah, je vois. » Elle supposa qu'il parlait d'un rendez-vous professionnel. Elle n'avait aucune idée du métier qu'il exerçait. « Comment vont tes parents ?

— Bien. Enfin, disons qu'ils font aller. Papa va peut-être devoir se faire poser une prothèse à la hanche.

— Oh, zut.

— Figure-toi que je l'ai repéré près du kiosque à journaux, dit James à Serena d'un air satisfait en se balançant légèrement sur la plante des pieds. Alors je me suis arrêté quelques pas derrière lui et j'ai dit tout bas : "Nicholas ?"

— J'ai d'abord cru que j'entendais des voix, expliqua Nicholas. J'ai regardé un peu de côté sans tourner la tête...

— Quand quelqu'un prononce notre nom, on le discerne plus facilement, dit James. Tu ne m'aurais probablement pas entendu si j'avais dit "Richard", par exemple.

— Ma mère a des problèmes de hanche, aussi, dit Serena à Nicholas. C'est peut-être génétique.

— Ta mère, c'est... Alice ?

— Non, Lily.

— Ah, oui. Pardon. Mais c'est à côté de toi que j'étais assis à l'enterrement de grand-père Garrett, je crois.

— Non, c'était à côté de Candle.

— J'ai une cousine qui s'appelle Candle ?

— Non, mais les gars ! intervint James sur un ton incrédule.

— Son nom c'est Kendall, en fait, répondit Serena

en l'ignorant. C'est juste qu'elle n'arrivait pas à le prononcer correctement quand elle était petite.

— Mais tu y étais, non ? demanda Nicholas.

— À l'enterrement ? Oui, oui. »

Elle y avait assisté, mais elle n'avait que douze ans. Et lui en avait… combien ? Pas loin de vingt ; un monde les séparait à l'époque. Elle n'avait pas osé lui adresser la parole. Elle l'avait observé de loin – son expression réservée et ses yeux gris pâle – tandis qu'ils s'amassaient tous devant le funérarium après la cérémonie. Il tenait ses yeux de sa mère, Greta, une femme distante à la démarche boitillante et à l'accent étranger, ou du moins pas celui de Baltimore. Serena se souvenait très bien de ces yeux.

« On était censés aller déjeuner avec tout le monde après la cérémonie, poursuivit Nicholas, mais papa devait rentrer pour une pièce de théâtre jouée par ses élèves.

— En parlant de rentrer… les interrompit James en levant un pouce en direction du tableau au-dessus d'eux. On ferait bien de se diriger vers le quai numéro cinq.

— Ah, oui. D'accord, il faut qu'on y aille, dit Serena à Nicholas. Je suis ravie qu'on t'ait croisé par hasard !

— Content de vous avoir vus aussi », dit-il en lui souriant. Puis il salua James et tourna les talons.

« Passe le bonjour à ta famille, hein ? cria-t-elle.

— Je n'y manquerai pas. »

Serena et James prirent le temps de le regarder s'éloigner, malgré la file d'attente qui se formait déjà devant le panneau indiquant le quai numéro cinq.

« Je dois dire que, pour des cousins germains, vous paraissez plutôt éloignés », finit par lancer James avec ironie.

Leur train n'était pas si bondé, tout compte fait. Ils trouvèrent aisément deux sièges voisins – Serena côté fenêtre, James côté couloir. Il ouvrit sa tablette pour y poser son gobelet. « Et maintenant, tu veux un soda ? proposa-t-il. Je crois que la voiture-bar est ouverte.

— Non, ça va. »

Elle regarda les autres passagers se frayer un chemin dans le couloir – une femme s'efforçant de faire avancer deux enfants qui lambinaient devant elle, une autre se débattant pour hisser sa valise sur le porte-bagages au-dessus d'eux jusqu'à ce que James se lève pour lui venir en aide.

« Il avait un peu le même teint que toi, dit-il une fois qu'il eut regagné sa place, mais je ne l'aurais jamais repéré au milieu d'une foule.

— Pardon ? Ah, Nicholas.

— Tu as tout un tas de cousins et cousines, si j'ai bien compris, non ?

— Non, juste, euh… cinq, dit-elle après avoir fait le compte dans sa tête. Tous du côté Garrett. Mon père est fils unique.

— Moi j'en ai onze.

— Quelle chance ! dit-elle d'un ton taquin.

— N'empêche, je les reconnaîtrais tous si je les croisais dans une gare.

— Oui, mais nous, on vit tous loin les uns des autres, se défendit-elle. Oncle David ici, à Philadelphie, tante Alice dans le comté de Baltimore…

— Ah oui, aux quatre coins du pays donc ! dit James en lui donnant un petit coup de coude dans les côtes.

— C'est-à-dire qu'on a tendance à ne se voir que pour les mariages, les funérailles ou ce genre d'événements, répliqua-t-elle avant de réfléchir un instant. Et encore, pas systématiquement. Mais je ne sais pas vraiment pourquoi.

— Peut-être que votre passé familial cache un sombre secret.

— On va dire ça.

— Peut-être que ton oncle est républicain. Ou que ta tante est dans une secte.

— Oh, arrête », dit Serena en riant.

Elle aimait être assise ainsi près de lui – l'accoudoir relevé entre eux, leurs corps alignés se touchant. Cela faisait à présent huit mois qu'ils sortaient ensemble, mais James lui semblait toujours merveilleusement nouveau et elle savait qu'elle n'avait pas fini de le découvrir.

Le train s'ébranla et les derniers passagers s'installèrent en vitesse. « Messieurs dames, bonjour, dit un contrôleur dans le haut-parleur. Vous avez pris place à bord du train numéro… » Serena attrapa son billet dans son sac à dos. Par sa vitre, elle vit glisser le quai sombre, puis ils émergèrent dans la lumière du jour. Ils accélérèrent ; des bâtiments en béton délabrés défilèrent, dont les façades étaient entièrement barbouillées de graffitis semblables à des cris.

« Alors, comment tu as trouvé mes parents ? s'enquit James.

— Ils m'ont beaucoup plu ! Vraiment. » Elle laissa un silence s'installer, puis finit par demander : « Et moi, tu crois qu'ils m'ont appréciée ?

— Évidemment ! Comment pourrait-il en être autrement ? »

Cette réponse ne la satisfit pas complètement. « Qu'est-ce qui leur a plu chez moi ? demanda-t-elle au bout d'un moment.

— Hmm ?
— Est-ce qu'ils t'ont dit quelque chose ?
— Ils n'en ont pas eu l'occasion. Mais je l'ai bien vu. »

Elle se tut à nouveau.

« Vous avez embarqué à Philadelphie, jeunes gens ? demanda un contrôleur penché au-dessus d'eux.

— Oui, monsieur, répondit James en saisissant le billet de Serena pour le présenter avec le sien. Ma mère était obnubilée par le repas, reprit-il une fois le contrôleur parti. Elle était super fière de son plat de poulet. Elle ne le sert qu'aux invités de marque.

— En tout cas, c'était délicieux.

— Et dans la voiture, papa m'a demandé si tu allais rester dans le paysage quelque temps.

— Rester… Oh, fit-elle.

— Je lui ai répondu : "L'avenir nous le dira !" »

Un autre petit coup dans les côtes, accompagné d'un regard espiègle.

Au dessert, la mère de James avait exhumé l'album de famille et montré à Serena les photos de James enfant. (C'était un adorable petit garçon.) James avait adressé une grimace contrite à Serena, mais ensuite, il s'était lui-même attardé sur l'album, attentif à tout ce qui se disait sur lui. « Il n'a mangé que des aliments blancs jusqu'à l'adolescence, avait déclaré sa mère.

— Tu exagères, avait objecté James.

— C'est un miracle qu'il n'ait pas attrapé le scorbut.

— Il m'a l'air plutôt en bonne santé maintenant », avait dit Serena.

Dora et elle l'avaient regardé en souriant.

Leur train filait désormais à travers un terrain

vague jonché d'herbes sèches, d'éviers tachés de rouille, de pneus de tracteurs et de sacs en plastique bleus, un océan de sacs en plastique bleus. Serena commenta cette vision : « Un étranger qui viendrait d'atterrir dans ce pays et qui prendrait un train pour le Sud dirait : "C'est ça, l'Amérique ? C'est ça, la Terre promise ?"

— Ça te va bien, de dire ça, rétorqua James. Ce n'est pas comme si Baltimore était le paradis des touristes.

— Non, c'était juste pour... Je parlais de toute la ligne de l'Amtrak[1], du corridor Nord-Est.

— Ah.

— Je n'avais pas compris qu'on faisait une compétition, plaisanta-t-elle.

— Oh, mais je sais à quel point vous êtes bêcheurs, à Baltimore. Je sais que vous jugez les gens en fonction du lycée qu'ils ont fréquenté. Et puis que vous finissez par épouser quelqu'un qui vient du même que vous. »

Serena regarda ostensiblement autour d'elle. « Tu vois quelqu'un de mon lycée assis à côté de moi ?

— Pas en ce moment, admit-il.

— Bon, alors ! »

Elle attendit, curieuse d'entendre la suite, mais il ne poursuivit pas et ils restèrent silencieux un moment. Derrière eux, une femme à la voix douce et enjôleuse parlait au téléphone et Serena l'écouta : « Comment tu te sens, *sincèrement* ? Allez, bébé. Allez, mon ange. Vas-y, dis-moi ce qui ne va pas. Je sais bien qu'il y a quelque chose. »

1. Compagnie ferroviaire américaine. *(Toutes les notes sont de la traductrice.)*

« Il suffit de voir ce pauvre Nicholas, déclara soudain James. Son père lui fait quitter Baltimore avec lui, du coup le reste de la famille ne leur adresse plus la parole.

— Ce n'est pas notre faute à nous ! s'insurgea Serena. Le problème vient d'eux. D'oncle David, en fait. Ma mère dit qu'elle ne comprend pas. Elle dit qu'il était très sociable, enfant. Tante Alice était limite rabat-joie, mais oncle David était un vrai rayon de soleil, un enfant plein de joie de vivre. Et là, regarde : il n'est pas resté jusqu'au bout de l'enterrement de son propre père. »

L'enterrement *de grand-père*, avait dit Nicholas. « L'enterrement de grand-père Garrett ». Mais personne n'avait jamais appelé papy « grand-père » ! Comment Nicholas pouvait-il ignorer cela ?

« Et ta tante, insista James. Elle, elle n'est même pas allée au-delà du comté de Baltimore quand elle a quitté la ville mais, oh là, non. Non, non, non. Pas question de garder le contact avec elle.

— Ne dis pas de bêtises, on échange tout le temps avec elle », répliqua Serena avec un brin de mauvaise foi.

Elle ne comprenait pas pourquoi elle était autant sur la défensive. Le stress, supposait-elle. Le stress de la rencontre avec les parents de James.

La première fois qu'ils avaient évoqué cette visite, ils avaient d'abord songé à passer tout un week-end là-bas. James avait mentionné l'endroit où ils pourraient déguster les meilleurs *cheesesteaks*[1] de Philadelphie et lui avait demandé si elle voulait aller voir

1. Sandwichs à base de fines tranches de bœuf et de fromage fondu, spécialité de la ville de Philadelphie.

le musée des Beaux-Arts de la ville. « Tu vas adorer la chambre des Horreurs, lui avait-il dit.

— La chambre des Horreurs ?

— C'est comme ça que ma famille appelle ma chambre.

— Oh. Ha, ha !

— Des posters des Eagles du sol au plafond. Des miettes de sandwichs qui datent de 1998 sous mon lit.

— Mais… on ne va pas y *rester*, n'est-ce pas ? lui avait-elle demandé.

— Y rester ?

— Je veux dire… On ne va pas passer la nuit dans la chambre des Horreurs.

— Hé, je rigolais. Enfin, pour les miettes de sandwichs, du moins. Je crois que ma mère s'y est quand même aventurée avec l'aspirateur quand j'ai quitté la maison.

— Mais moi je dormirai dans la chambre d'amis, affirma-t-elle sur un ton qu'elle jugeait pourtant interrogatif.

— Parce que tu veux dormir dans la chambre d'amis ?

— Ben, oui.

— Tu ne veux pas rester avec moi dans ma chambre ?

— Pas en présence de tes parents.

— En présence de mes… Écoute, reprit-il après une hésitation. Je te garantis qu'ils se doutent qu'on couche ensemble. Tu penses qu'ils en feraient une histoire ?

— Je me moque qu'ils s'en doutent ou pas. C'est juste que je n'ai pas envie d'autant afficher notre relation alors que c'est la première fois que je les rencontre. »

James l'avait étudiée un instant.

« Ils ont bien une chambre d'amis, non ? demanda Serena.

— Euh, oui.

— Alors où est le problème ?

— C'est que ça fait un peu… artificiel, de se dire bonne nuit dans le couloir, puis de partir chacun de son côté.

— Eh bien, tu m'en vois désolée, avait-elle rétorqué sèchement.

— Et puis, tu vas me manquer ! Et papa et maman seront déconcertés. Ils vont se dire : "Mince alors, ces enfants n'y connaissent donc rien au sexe ?"

— Chuut ! » l'avait rabroué Serena car ils étaient à la bibliothèque, où tout le monde aurait pu les entendre. Elle avait balayé la salle du regard, puis s'était penchée vers lui par-dessus la table. « Dans ce cas on n'ira là-bas qu'un dimanche, avait-elle conclu en baissant encore un peu plus la voix.

— Je ne vois pas le rapport.

— On dira qu'on est pris le samedi et donc qu'on viendra le dimanche, et comme j'ai cours le lundi matin, il faudra qu'on fasse l'aller-retour dans la journée.

— Serena, voyons. Tu suggères qu'on fasse tout ce trajet juste pour quelques heures ? Tout ça pour laisser entendre qu'on n'est pas vraiment en couple ? »

Mais c'est ce qu'ils avaient fini par faire. Serena avait obtenu gain de cause.

Elle savait qu'elle l'avait déçu. Il devait la trouver hypocrite. Quoi qu'il en soit, elle avait le sentiment d'avoir pris la bonne décision.

Ils approchaient désormais de Wilmington. Des maisons qui semblaient à l'abandon, éparpillées çà et là, cédaient peu à peu la place à de rutilants immeubles de bureaux blancs. Le contrôleur passa dans le couloir pour récupérer les talons des billets glissés dans les encoches au-dessus de certains sièges.

« Regarde ce que ta mère a dit à propos de mon beau-frère, par exemple, déclara soudain James.

— Hein ? De quoi tu parles ?

— La première fois que je suis venu manger chez vous, tu te souviens ? J'ai dit à ta mère qu'un de mes beaux-frères venait de Baltimore et elle a dit : "Ah, comment s'appelle-t-il ?" J'ai répondu : "Jacob Rosenbaum, mais tout le monde l'appelle Jay." Et elle a dit : "Oh, Rosenbaum, il doit être de Pikesville. C'est là-bas que vivent la plupart des Juifs."

— Oui, bon, maman est un peu en retard sur son temps. »

James lui lança un regard en coin

« Quoi ? fit-elle. Tu sous-entends qu'elle est antisémite ?

— Je dis juste que les gens de Baltimore sont parfois un peu sectaires, c'est tout.

— Tu fais encore une fixette sur Baltimore ?

— Je dis ça comme ça.

— Il y a de fortes chances que les parents de ton beau-frère habitent à Pikesville. Mais il se peut aussi qu'ils soient à Cedarcroft, juste à côté de chez les miens. Ce n'est pas comme si nos quartiers étaient des enclaves réservées à certaines catégories de population ou quoi que ce soit.

— Non, évidemment, je sais, s'empressa de dire James. Tout ce que je disais, c'est qu'à Baltimore on aime bien… faire rentrer les gens dans des cases.

— C'est le propre de l'être humain, ça.

— D'accord…

— Et ce que ta mère à toi nous a dit quand on est partis ?

— Quoi ?

— "Vous devriez venir tout un week-end, la prochaine fois. Venez pour le week-end de Pâques ! On se retrouve tous pour Pâques, comme ça tu pourras voir ce que c'est de faire partie d'une grande famille." »

Sans le vouloir, Serena avait pris une voix de ménagère guillerette et piailleuse, qui n'avait rien à voir avec celle de Dora. Cela n'avait pas échappé à James qui lui jeta un regard noir.

« Et où est le problème ? lui demanda-t-il.

— Je me suis sentie un peu jugée, c'est tout. C'était du genre : "Ma pauvre Serena. Nous on est une *vraie* famille. La tienne n'est qu'un simulacre."

— Elle n'a pas parlé de "vraie famille" mais de "grande famille". Tu viens de le dire toi-même. »

Serena ne riposta pas, mais elle fit la moue.

« Nous, nous sommes la grande famille accueillante ; vous, vous êtes la pauvre petite famille étriquée. » C'était ce que Dora avait dit en réalité, mais Serena n'allait pas se disputer avec James à ce sujet.

Le problème avec ces grandes familles, c'était qu'il y avait justement quelque chose de très étroit dans leur attitude à l'égard de celles prétendument fermées.

Le train ralentissait. « Wilmington ! annonça le haut-parleur. Attention à la marche, messieurs dames, et veillez à ne pas oublier… » Par la fenêtre Serena vit progressivement apparaître le quai, où se tenaient des voyageurs l'air aussi heureux et impatient que s'ils avaient toujours rêvé d'embarquer dans ce train.

Elle repensa au cadeau de Noël que ses parents avaient fait à James. Il était venu dîner chez eux la veille de son départ en vacances, et quand ils s'étaient attablés, une boîte mince et plate emballée dans du papier cadeau l'attendait dans son assiette vide. Serena avait tressailli d'embarras, avant même qu'il l'ouvre. *Faites que ce ne soit pas quelque chose de trop personnel, de trop… déplacé !* James lui-même avait paru gêné. « C'est pour moi ? » avait-il demandé. Mais quand il avait ouvert le paquet, Serena s'était sentie soulagée. À l'intérieur se trouvait une paire de chaussettes orange vif, avec BALTIMORE ORIOLES inscrit en grosses lettres noires tout autour du bord et une mascotte de l'équipe des Orioles au centre de la tige.

« Maintenant que tu vis à Baltimore, avait expliqué le père de Serena, on s'est dit que tu devais en porter les couleurs. Mais on ne voulait pas que tu te mettes à dos les gens de Philly, alors on a choisi une paire qui ne soit pas compromettante tant que tu ne retrousses pas ton pantalon.

— C'est très prévenant de votre part », avait dit James en insistant pour les enfiler immédiatement. Puis il avait paradé sans chaussures dans la salle à manger avant qu'ils passent à table.

Il ignorait totalement que, en réalité, ni le père ni la mère de Serena n'étaient férus de sport. Ils ne pouvaient probablement pas citer le nom d'un seul joueur des Orioles – ni des Ravens, d'ailleurs. L'effort même qu'ils avaient dû déployer pour trouver cette idée de cadeau avait profondément touché Serena.

« Hé », dit James, assis à côté d'elle.

Pas de réaction.

« Hé, Reenie, insista-t-il.

— Quoi ?

— On va se disputer à propos de nos familles, là maintenant ?

— Ce n'est pas *moi* qui me dispute. »

Le train repartit dans un soubresaut. Un homme muni d'un porte-documents traversa le couloir, l'air désorienté. Dans le siège derrière eux, la femme à la voix enjôleuse dit : « Mon cœur. Chaton. On va en parler à la direction mardi. Tu m'entends ? »

« Je n'arrive pas à croire qu'elle soit encore au téléphone, glissa Serena à James.

— Moi je n'arrive pas à croire que ce soit un appel professionnel, répliqua James après un moment d'hésitation. Tu aurais deviné ?

— Jamais.

— Tu ne vas pas me dire que les femmes se comportent de la même manière que les hommes au travail.

— Allons, allons, ne soyons pas sexistes », dit-elle en riant.

Il lui saisit la main et glissa ses doigts entre les siens. « Avouons-le, nos nerfs ont été mis à rude épreuve, lui dit-il. Pas vrai ? Les parents peuvent être tellement crispants !

— Ne m'en parle pas. »

Ils poursuivirent leur trajet dans un silence apaisé pendant quelque temps.

« Tu as entendu la réflexion de ma mère sur ma barbe ? demanda-t-il soudain. Si ça, ce n'est pas du jugement.

— Quelle réflexion ?

— Quand elle te montrait l'album photo. Elle

arrive aux pages de mes années lycée et elle dit : “Là, c’est James à sa remise de diplôme. Il est beau, hein ? C’était avant qu’il se laisse pousser la barbe.” Elle ne s’en remet pas, de ma barbe. Elle la déteste.

— Oh, tu sais, c’est une mère. Les mères détestent les barbes.

— La première fois que je suis rentré à la maison avec la barbe, quand j’étais en première année de fac, mon père m’a donné vingt dollars pour que je me la fasse raser. Je lui ai dit : “Toi aussi, tu vas t’y mettre ? Qu’est-ce que c’est que ce plan ?” Il a dit : “Personnellement, je n’ai rien contre la barbe, mais ta mère dit que ça lui manque de ne plus voir ton beau visage.” Et j’ai répondu : “Eh ben, qu’elle se replonge dans mes vieilles photos si elle veut voir mon visage.”

— C’est vrai que tu étais très beau sur ta photo de remise de diplôme.

— Toi, tu ne penses pas que je devrais me raser la barbe ?

— Non, non. J’aime bien ta barbe, dit-elle en lui serrant la main. Mais je suis contente d’avoir vu le James d’avant.

— Comment ça ?

— Maintenant, au moins, je connais tous les traits de ton visage.

— Ça t’inquiétait de ne pas les connaître ?

— Je ne dirais pas que ça m’inquiétait, mais… enfin, je me suis toujours dit que si, mettons, quand je rencontrerais l’homme de ma vie… s’il portait une barbe, je lui demanderais de la raser au moins une fois avant le mariage.

— La raser !

— Juste une fois. Juste pour deux petites minutes,

que je voie son visage, et ensuite, il pourrait la laisser repousser. »

James lui lâcha la main et recula pour la toiser.

« Quoi ? dit-elle.

— Et s'il disait non ? demanda-t-il. S'il disait : "C'est ce que je suis : un homme barbu. C'est à prendre ou à laisser."

— Mais s'il… »

Elle ne termina pas sa phrase.

« S'il quoi ? la pressa James.

— S'il… s'il s'avérait qu'il avait le menton fuyant ou quoi… »

Il la dévisagea de nouveau.

« Non mais je ne sais pas, moi ! dit-elle. J'aimerais juste savoir où je mets les pieds, c'est tout ce que je dis.

— Et s'il avait le menton fuyant, tu lui dirais : "Oh, désolée, finalement, je crois que je ne peux pas t'épouser."

— Je ne dis pas que je ne l'épouserais pas malgré tout ; je dis que je me lancerais dans ce mariage en connaissance de cause, c'est tout. Je saurais à quoi m'en tenir. »

James fixa le dossier du siège devant lui d'un air sombre. Il ne reprit pas la main de Serena.

« Oh, Ja-a-ames », gazouilla-t-elle.

Pas de réponse.

« James ? »

Il se tourna brusquement vers elle, comme s'il venait de prendre une décision. « Depuis qu'on a commencé à organiser ce week-end, dit-il, tu t'es mise à ériger des petits… murs. À poser des limites. On ne dort pas dans la même chambre ; il faut qu'on fasse ça un dimanche… On a passé seulement quatre misérables heures là-bas ! Le trajet nous a quasiment pris plus de temps que la visite ! Et je n'ai pas souvent l'occasion de voir mes parents, tu sais. Je ne suis pas comme toi, je n'habite pas dans la même ville et presque dans le même quartier qu'eux, je ne débarque pas chez eux dès que j'ai besoin de faire une lessive.

— Mais ce n'est pas ma faute !

— Tu sais ce que je me disais en chemin pour Philadelphie ? poursuivit-il comme si elle n'avait pas parlé. Je me disais qu'une fois que tu aurais rencontré mes parents, tu déciderais qu'on ferait aussi bien de rester là-bas. Tu proposerais qu'on prenne un train de retour tôt le lendemain matin pour que tu puisses assister à ton cours, une fois que tu aurais pu constater qu'ils étaient sympas.

— Je savais déjà qu'ils seraient sympas, James. J'avais juste le sentiment… et d'ailleurs, je n'avais pas ma brosse à dents ! Ni mon pyjama ! »

Il resta de marbre.

« La prochaine fois, lui promit-elle après un silence.

— Très bien », dit-il avant de sortir son téléphone de sa poche pour en consulter l'écran.

Ils passaient devant une portion de la baie de Chesapeake – une vaste étendue d'eau, d'un gris mat même en plein soleil, avec des oiseaux solitaires voûtés et immobiles sur des poteaux plantés çà et là. À la vue de ce paysage, Serena fut prise de mélancolie. De mal du pays, presque.

Tout cela, c'était à cause de son cousin, en réalité. Le croiser avait provoqué une sorte de déchirure au fond d'elle, une fissure entre les deux parties de son monde. D'un côté se trouvait la mère de James, si familière et si confiante ; de l'autre côté, Nicholas, debout seul dans la gare. C'était comme sortir un récipient en verre d'un four chaud et le plonger dans de l'eau glacée : le craquement au moment où il se brise.

« Est-ce qu'on pourrait organiser une réunion de toute la famille un jour ? » avait demandé Serena quand elle était enfant. Et sa mère avait répondu : « Hmm ? Une réunion ? Ça doit être possible. Mais ça ne ferait pas grand monde.

— Est-ce qu'oncle David et les autres viendraient ?

— Oncle David ? Ma foi. Peut-être. »

Il n'y avait rien de très prometteur dans cette réponse.

Mais pourquoi certaines familles n'étaient-elles pas soudées ?

Peut-être qu'oncle David avait été adopté et qu'il était furieux que personne ne le lui ait dit. Ou qu'on lui avait refusé un héritage qui était revenu à ses deux sœurs. (Petite, déjà, Serena lisait beaucoup de romans.) Ou alors était-ce une dispute qui avait dégénéré outre mesure, du genre de celles où des remarques assassines sont proférées, sur lesquelles il est impossible de passer l'éponge ? Ce qui semblait le plus plausible. Après de telles disputes, on n'arrive même plus à se rappeler ce qui les a causées, mais on sait que rien ne sera plus jamais comme avant.

« Bon, avait dit Serena à sa mère, tante Alice pourrait venir, au moins.

— Peut-être, avait répété Lily. Mais tu connais ta tante Alice. Toujours à me houspiller quand on est ensemble. »

Serena avait renoncé.

Force était de constater que, même lorsque les Garrett parvenaient à se réunir, la sauce ne prenait jamais, pour ainsi dire.

Sans bouger, Serena coula un regard en direction

de James. Il lisait un long texte sur son téléphone. (Il avait la capacité extraordinaire de lire des livres entiers sur cet appareil.) Il se mordait la lèvre inférieure d'un air absent.

Au lycée, Serena avait eu pour meilleur ami un garçon du nom de Marcellus Avery. Ce n'était pas une histoire d'amour, mais plutôt une alliance fondée sur un soutien mutuel. Marcellus avait la peau étrangement blanche et les cheveux très noirs, et tout le monde se moquait de son prénom. Quant à Serena, elle avait quelques kilos en trop et se ridiculisait dès qu'elle avait une balle ou un ballon entre les mains – base-ball, tennis, foot, c'était peine perdue –, dans un lycée où le sport était une religion. Ils mangeaient ensemble le midi et critiquaient leurs camarades de classe qu'ils trouvaient tous superficiels ; et ils passaient leurs week-ends chez elle à regarder des films étrangers dans le salon télé de ses parents. Un jour, cependant, il avait très nonchalamment posé sa main contre la sienne sur le canapé et, comme elle n'avait pas réagi, il s'était imperceptiblement rapproché d'elle et avait déposé un timide baiser sur sa joue. Elle se souvenait encore de la sensation veloutée du duvet sur la lèvre supérieure de Marcellus. Mais ils n'étaient pas allés plus loin. Ils s'étaient rapidement écartés l'un de l'autre et s'étaient remis à fixer la télévision, puis ce fut tout.

Curieusement, pourtant, Serena se rendait compte à présent qu'il était d'une rare beauté. Son crâne avait une forme parfaite, semblable à celui d'une statue de marbre, et, pour elle ne savait quelle raison, elle avait toujours associé cela à l'amour infini que devait lui porter sa mère. Elle se demandait où il était, désormais. Il s'était probablement fait mettre la corde au cou – par une femme assez intelligente pour avoir su déceler sa valeur. Et Serena était là, assise à côté d'un garçon guère différent de ses anciens camarades de lycée.

Elle n'avait qu'une envie : que ce trajet en train se termine au plus vite pour qu'elle puisse se retrouver à nouveau seule.

2

La famille Garrett n'avait jamais pu partir en vacances avant l'été 1959. Selon Robin Garrett, le père d'Alice, ils ne pouvaient pas se le permettre. Et puis, les premières années, il refusait de laisser le magasin entre les mains de quiconque. Car Wellington's Articles de plomberie était le magasin de grand-père Wellington, confié à contrecœur et sans trop y croire à Robin après la première crise cardiaque de son beau-père. À l'évidence, Robin devait donc faire ses preuves, en travaillant six jours par semaine et en rapportant les livres de comptes chez lui tous les samedis afin que la mère d'Alice puisse les examiner au cas où il aurait cafouillé quelque part. Soyons honnêtes : il n'avait pas cela dans le sang. Il était plombier de formation ; il se fournissait chez Wellington's uniquement pour pouvoir apercevoir la jeune Mercy Wellington derrière le comptoir. Mercy Wellington était la plus jolie jeune fille qu'il eût jamais vue, racontait-il à ses enfants, et tous les plombiers de Baltimore étaient fous d'elle. Robin n'avait pas la moindre chance. Mais les miracles arrivent parfois. Mercy disait aux enfants qu'elle avait été séduite par sa galanterie.

Puis, quand grand-père Wellington décéda et que la boutique fut entièrement cédée à Robin – à Mercy, en réalité, d'un point de vue juridique –, il redoubla de dévouement et se fit un devoir de gérer la boutique jusqu'aux moindres de ses écrous et boulons, si bien qu'ils ne partirent toujours pas en vacances. Pas avant qu'il embauche un adjoint qu'il appelait « le jeune Pickford », un homme accommodant, pas très intelligent, mais d'une fiabilité à toute épreuve. C'est alors que Mercy déclara : « Très bien, Robin, maintenant je tape du poing sur la table. On part en vacances en famille. »

Été 1959. Une semaine à Deep Creek Lake. Un petit chalet au milieu d'une rangée d'autres identiques, à quelques pas du lac. Pas tout à fait au bord de l'eau – Robin avait prétendu que c'était trop cher –, mais tout de même assez près ; oui, assez près.

En 1959, Alice avait dix-sept ans – elle avait dépassé l'âge où voyager avec sa famille pouvait avoir quoi que ce soit d'excitant. Sa sœur Lily en avait quinze et elle était folle amoureuse de Jump Watkins, un élève de terminale plein d'avenir dans leur lycée, doublé d'un champion de basket-ball. Hors de question qu'elle abandonne Jump toute une semaine, s'était-elle insurgée. Elle demanda s'il pouvait venir avec eux au lac, mais Robin refusa. Il ne se donna même pas la peine de lui fournir une raison ; il se contenta de dire : « Pardon ? Non », et le sujet fut clos.

On ne pouvait donc pas dire que les filles attendaient ce séjour avec impatience. Il arrivait trop tard dans leur vie. Pour leur frère, c'était différent... David n'avait que sept ans, l'âge idéal pour passer une semaine au bord d'un lac. Et, de toute façon, c'était un enfant joyeux, toujours ravi qu'on lui propose quelque chose qui sortait de l'ordinaire. Dès l'instant où il apprit qu'ils partaient en vacances, il se mit à compter les jours sur le calendrier et à réfléchir à ce qu'il allait emporter. Il se représentait probablement le lac comme une sorte de baignoire géante, car il voulut embarquer ses bateaux pour le bain, son voilier en bois et son petit plongeur mécanique. Mercy dut lui expliquer qu'ils risquaient de les perdre dans toute cette eau. « Je t'achèterai plutôt un seau au bazar pour faire des pâtés de sable, lui promit-elle. Et une pelle, aussi. » Donc après cela, il partit dans l'extrême inverse et se mit à entonner des chants de marins de sa petite voix cristalline, et rebaptisa sa poupée cow-boy Bobby Shafto[1]. (Il rebaptisait constamment sa poupée cow-boy, avec laquelle il dormait encore la nuit, même s'il la cachait dans le placard dès qu'il recevait des copains chez lui.) « *Bobby Shafto's gone to sea* [2] », chantait-il en faisant nager la poupée au-dessus de sa tête.

Ils partirent un samedi matin, après avoir fait un détour par le chenil pour y déposer en pension leur chien Cap. C'était Alice qui conduisait. Elle avait obtenu son permis peu de temps auparavant et demandait toujours à prendre le volant, même si son père refusait généralement de le lui laisser, sous prétexte qu'elle était trop « casse-cou », selon ses termes. Ce jour-là, cependant, il céda. Assis à côté d'elle sur le siège passager, il désignait les panneaux stop, les virages et les voitures qui arrivaient en sens inverse, alors qu'elle était tout à fait capable de les voir par

1. Personnage d'une célèbre chanson folklorique.
2. « Bobby Shafto a pris la mer. »

elle-même, merci bien. À l'arrière se trouvaient Mercy, David et Lily – David au milieu, car il était encore assez petit pour ne pas être dérangé par la bosse sur le plancher.

Ils étaient tous blonds, dans la famille, mais Mercy et David avaient les cheveux dorés, un teint de porcelaine rehaussé de rose (fort regrettable dans le cas de David), tandis que Robin et les filles étaient légèrement plus mats. Ils avaient tous les yeux bleus, et tous étaient plutôt de petite taille, même Robin. Alice savait que ça le gênait car, parfois, lorsqu'il avait affaire à des hommes plus grands que lui au magasin, elle le voyait redresser les épaules et tenir la tête plus droite que d'habitude. Il se mettait presque sur la pointe des pieds. Elle en éprouvait toujours de la peine pour lui, même s'il n'en avait probablement pas conscience.

Le voyage durait une demi-journée, principalement à travers des zones rurales une fois la ville derrière eux. David pouvait encore être diverti à la vue de chevaux, de vaches avec leurs petits, et sa mère et lui s'amusaient à repérer les tracteurs, mais Lily boudait et restait affalée sur la banquette en silence, regardant droit devant elle d'un air sombre. À mesure qu'ils approchaient du lac, ils commencèrent à voir des panneaux annonçant TOURISTES devant certaines maisons de particuliers, des cabanons au toit recouvert de papier goudronné qui vendaient des appâts, ainsi que des étendues de gravier faisant office de terrains de stationnement pour des bateaux à moteur dont le prix de vente était inscrit à la craie sur leur pare-brise. Çà et là, des snacks guère plus grands que des abris de jardin proposaient du poulet frit, du pain de viande et des formules déjeuner à un dollar. Les

Garrett avaient emporté de quoi manger à leur arrivée, mais s'arrêtèrent tout de même à un étal de bord de route pour se fournir en produits locaux, puis une seconde fois à un cube de parpaings sous un panneau électrique haut comme un immeuble de deux étages sur lequel on lisait ÉPICERIE DU GROS HARRY. Lily ne les accompagna pas, préférant rester dans la voiture les bras obstinément croisés sur la poitrine. « Tu ne sais pas ce que tu as raté, lui dit Alice lorsque toute la famille fut de retour. Maman nous a laissés prendre de la glace et on a choisi celle aux éclats de caramel. » Lily détestait cette glace ; elle disait toujours que les morceaux de caramel paraissaient ne rien avoir à faire là. Elle ne se donna même pas la peine de réagir et continua simplement de regarder droit devant elle.

Avec tous les produits locaux auxquels s'ajoutaient désormais les articles d'épicerie, les derniers kilomètres du trajet furent pour le moins inconfortables. Le coffre de la voiture était bourré de bagages et de linge de maison, ainsi que du matériel de peinture de Mercy, si bien qu'ils avaient dû entasser leurs courses autour d'eux dans l'habitacle – les sacs de l'épicerie obstruant tout bonnement la vue à Mercy et Lily, et une énorme pastèque écrasant les genoux de David. Les sacs en papier de l'étal de bord de route, eux, jonchaient le sol aux pieds de Robin, lui laissant tout juste assez de place pour caler ses jambes.

Ils devaient localiser leur chalet en se fiant à une feuille d'instructions ronéotypée que le propriétaire leur avait envoyée par la poste. « Tournez à droite sur Buck Street Road, lisait tout haut Robin. Continuez sur trois kilomètres et demi. Tournez à gauche au niveau du panneau "SLEEPY WOODS". » Sleepy Woods, s'avéra-t-il, était constitué de six chalets en rondins bordant la route nationale. Deux d'entre eux avaient un bateau monté sur une remorque dans leur jardin adjacent. Celui des Garrett était le quatrième. Il était petit, mais fonctionnel, de plain-pied, avec une chambre pour les filles et une autre pour les parents, dans laquelle un lit de camp avait été déplié pour David. L'espace séjour et kitchenette disposait d'une cheminée et sentait le feu de bois. En revanche, les chambres sentaient le moisi et Mercy s'empressa d'ouvrir les fenêtres. Dehors, l'air était saturé d'une odeur de pins chauffés au soleil. Les pins se dressaient haut dans le ciel et leurs aiguilles brunies formaient un tapis glissant au sol. Alice comprenait pourquoi le lieu s'appelait Sleepy Woods[1]. Elle se dit qu'elle y dormirait sans doute très bien.

Ils commencèrent par déjeuner à la table en bois de la cuisine, car ils étaient tous affamés. Ils mangèrent des sandwichs au thon et des bâtonnets de carottes, et en guise de dessert des pêches achetées à l'étal de produits locaux. Après cela, Robin entreprit de sortir les affaires du coffre et Mercy envoya les filles faire les lits tandis qu'elle rangeait les courses. David était le seul à rester désœuvré, alors il alla faire grimper Bobby Shafto aux arbres derrière le chalet. Il le baladait le long des troncs et l'asseyait à califourchon sur des branches basses tout en chantant : « *He'll come back and marry me-ee*[2]... »

Une fois le coffre de la voiture vidé, Robin et David se changèrent et descendirent jusqu'au lac pour goûter l'eau – Robin en caleçon de bain bouffant rouge, T-shirt, chaussures de ville noires et chaussettes

1. « Les Bois endormis ».
2. « Il reviendra pour m'épouser. »

assorties, David en peignoir en éponge court de couleur blanche acheté spécialement pour ce séjour, avec ses petites sandales de pêcheur marron aux pieds. Le sentier menant au lac était une sorte de chemin de débardage qui s'enfonçait dans les bois : deux sillons sablonneux séparés par une bande d'herbe. Plusieurs minutes après leur départ, on les voyait encore apparaître par intermittence dans les rayons de soleil qui filtraient à travers le feuillage, Robin avec leurs serviettes autour du cou et David balançant son seau de plage, la pelle à l'intérieur tapant si bruyamment contre les parois qu'on les entendait depuis le chalet.

Alice tenta d'engager la conversation avec Lily pendant qu'elles faisaient les lits – « Prem's pour celui qui est près de la fenêtre ! », puis : « J'espère que ce lit de camp est plus confortable qu'il en a l'air » –, mais sa sœur ne répondit pas, continuant de bouder. Lorsqu'elles eurent terminé, Alice déballa ses affaires et les rangea dans la commode (« Les deux tiroirs du haut sont pour moi »). Lily, quant à elle, prit un bloc-notes et un stylo bille dans sa valise, puis s'installa sur son lit, le dos calé contre l'oreiller relevé, et se mit à écrire. À Jump, sans doute, même si elle ne daigna pas le préciser.

Alice jeta l'éponge. Elle enfila son maillot de bain et un ample chemisier, attrapa son appareil photo – un Brownie Starflash qu'on lui avait offert pour son dernier anniversaire – et retourna dans la cuisine où elle trouva Mercy en quête d'une cruche pour y faire infuser le thé. « Je vais chercher pendant que tu mets ton maillot », lui proposa Alice. À quoi Mercy répondit : « Oh, merci, ma chérie », avant de disparaître dans sa chambre. Elle en ressortit quelques minutes plus tard dans un maillot fourreau en latex du style de ceux qu'arborait Esther Williams, avec un kimono couleur pêche ouvert et flottant au vent ainsi que des sandales à semelles en liège décorées d'énormes pompons sur les orteils. « Où est Lily ? » demanda-t-elle. Alice se renfrogna et répondit : « Elle écrit une lettre. » Mercy se contenta d'émettre un petit rire désinvolte. Elle semblait voir Lily comme une « belle » tout droit sortie d'*Autant en emporte le vent*, avec toute une cour de soupirants se pressant autour d'elle pour « faire ses quatre volontés », comme elle disait.

Elles quittèrent le chalet et descendirent le sentier que Robin et David avaient emprunté plus tôt. Il faisait chaud, mais ce n'était pas insoutenable – six bons degrés en dessous de ce qu'ils enduraient à Baltimore, d'après Alice. De minuscules insectes bourdonnaient autour de leurs têtes chaque fois qu'elles traversaient une zone ombragée, et des écureuils escaladaient les arbres à toute vitesse.

Le lac était plus grand que l'avait imaginé Alice. On apercevait la rive opposée, mais elle semblait très lointaine, et la plus proche décrivait une courbe vers la gauche avant de disparaître derrière un massif de buissons, ce qui signifiait que l'étendue d'eau devait se poursuivre bien au-delà. Une femme imposante bronzait allongée sur une serviette tandis que, au bout d'un ponton branlant, un homme âgé entièrement vêtu était assis face au paysage sur une chaise pliante en toile. Seul Robin était dans l'eau, nageant une brasse vigoureuse parallèle à la rive, l'air sombre et résolu. David l'observait depuis le bord. Il avait ôté son peignoir, mais il était totalement sec ; il n'avait manifestement même pas trempé un doigt de pied.

« Comment tu trouves le lac ? demanda Mercy en s'approchant derrière lui.

— Est-ce que papa va se noyer ? dit-il en se retournant.

— Mais non, mais non, lui assura-t-elle. Papa est un bon nageur. »

David pivota à nouveau et se remit à observer son père.

« Tu vas te baigner ? lui demanda Alice.

— Dans pas longtemps, oui.

— Tu voudras que j'y aille avec toi ?

— Non, ça va. »

Alice enleva son chemisier et le jeta dans le sable à côté de son appareil photo. « Bon, c'est parti », dit-elle avant d'entrer dans l'eau. Celle-ci était tiède, mais se rafraîchissait à mesure qu'Alice avançait, et quand elle finit par s'immerger complètement, l'eau était si froide qu'elle lui bloqua la respiration.

De là où elle se trouvait, la rive avait l'aspect pittoresque et figé d'une scène figurant dans le livre de peintures françaises de sa mère – le vieil homme sur le ponton sous un immense chapeau de paille, la femme une simple bande de couleur contrastant avec le sable. David s'était accroupi pour remplir son seau. Mercy entrait timidement dans l'eau, s'y enfonçant de plus en plus, puis s'élança en une brasse nettement plus gracieuse que celle de Robin. Enfant, elle passait toutes ses vacances à Ocean City, ceci expliquait donc cela. Elle avait l'habitude de l'eau. Mais au bout de quelques mètres, elle cessa de nager et se mit debout. « Viens par ici ! » l'appela Robin. Mais elle répondit : « Je n'ai pas envie de me mouiller la tête. » Elle avait des cheveux qui mettaient des heures à sécher, épais et ondulés, avec des anglaises tombant de son chignon haut. « Je songeais à aller chercher mon carnet de croquis et faire un tour dans le bois. Tu peux garder un œil sur David ?

— Bien sûr. Je vais lui apprendre à nager ; qu'est-ce que tu en dis ?

— Formidable. »

Mercy fit volte-face et repartit en barbotant, les bras tendus bien perpendiculaires à son corps et les mains dressées comme de petits oiseaux, tandis que, au loin, tout là-haut à l'orée du bois, on apercevait une minuscule Lily, les mains en visière pour se protéger les yeux du soleil et mieux les observer. Cependant, elle n'approcha pas plus. Elle n'était même pas en maillot et, au bout d'un moment, se détourna et disparut.

La différence entre cette scène et celles des peintures françaises, se dit Alice, c'était que tous les tableaux représentaient des gens dans un moment d'échange – ils partageaient un pique-nique ou faisaient une partie de canotage, par exemple. Mais ici, chacun évoluait dans son coin. Même son père, à quelques mètres d'elle, nageait désormais vers la rive. Un passant aurait été incapable de deviner que les Garrett se connaissaient, tant ils paraissaient dispersés et seuls.

Les trois enfants, y compris David, savaient que leur mère détestait cuisiner. Elle prétendait *adorer* cela, mais en réalité, elle aimait uniquement faire de la pâtisserie. Et ses desserts étaient plutôt sophistiqués : non pas des cookies ou des crèmes au chocolat, mais de délicates cornes d'abondance en pâte feuilletée fourrées à la crème pâtissière, et de vertigineux édifices de meringue incrustés de violettes cristallisées. Des douceurs qu'elle avait servies à ses prétendants dans sa jeunesse, supposait Alice. Très belles à voir, mais guère appréciées de ses enfants.

Ni de Robin, d'ailleurs, bien qu'il ne l'eût jamais avoué. Devant une préparation tout en dentelle, il s'exclamait : « Ça alors, ma chérie ! Comment as-tu fait ça ? » Mais il n'en goûtait qu'une cuillerée.

Par conséquent, Alice cuisinait davantage que la plupart des jeunes filles de son âge. Elle avait commencé par ouvrir des boîtes de ragoût Dinty Moore ou faire bouillir des saucisses de Francfort, mais, au fil du temps, elle était passée à des gratins assez simples, puis à des recettes trouvées dans le magazine *Woman's Day* ou la rubrique cuisine du journal – des plats avec *espagnol** ou *à la française**[1] dans leurs appellations. « Oh, ça alors, mon cœur ! s'extasiait son pauvre père. C'est toi qui as préparé ça ? » Lui-même était un amateur de viande et de pommes de terre. Mais elle savait qu'il lui était reconnaissant de mettre la main à la pâte.

Pour leur premier dîner au lac – Mercy n'était pas encore rentrée de sa séance de dessin et la faim commençait à faire tourner l'humeur de David –, Alice réchauffa du corned-beef aux légumes et le recouvrit de cheddar râpé, le tout parsemé de ciboulette conservée dans un bocal trouvé dans le placard. (Les précédents occupants avaient laissé toutes sortes de choses derrière eux – des confitures et des haricots secs, de la sauce barbecue et plusieurs curieuses boîtes de conserve qu'Alice était impatiente de tester.) Elle découpa en rondelles plusieurs concombres prove-

1. Les mots et expressions en italique suivis d'un astérisque sont en français dans le texte.

nant de l'étal de produits locaux et les trempa dans un mélange d'huile de maïs et de vinaigre de cidre. David, pendant ce temps, suppliait qu'on lui donne de quoi tenir jusqu'au dîner. Des biscuits secs, des cookies… « N'importe quoi ! » implorait-il sur un ton de tragédien, ce qui ne l'empêcha pas de refuser la rondelle de concombre qu'elle lui proposa.

« Où est ta mère ? » demanda Robin à Alice. Il avait toujours cette phrase à la bouche : « Où peut-elle bien être ? »

« Encore en train de dessiner dehors, répondit Alice. Commençons sans elle. » Elle posa les assiettes sur la table d'un geste brusque, compta les couverts et fouilla tout le chalet à la recherche de serviettes, puis, s'apercevant qu'ils avaient oublié d'en apporter, elle se mit à découper des feuilles d'essuie-tout à la place.

Alice se plaisait souvent à imaginer que quelqu'un écrivait un livre sur sa vie. Un narrateur doté d'une imposante voix masculine décrivait la moindre de ses actions. *Alice soupira*, figurait parmi ses observations les plus fréquentes.

« Va dire à Lily qu'on passe à table, ordonna-t-elle à David.

— Elle n'est pas là.

— Et où est-elle ?

— Elle est partie avec un garçon. »

Alice poussa un profond soupir, dit le narrateur.

Lily était effectivement avec un garçon. Un certain Trent ; ils s'étaient apparemment rencontrés alors qu'elle flânait devant son chalet familial au bord du lac. Elle débarqua avec lui vers la fin du repas. À ce moment-là, Mercy était rentrée de sa séance de dessin avec des aiguilles de pin accrochées dans les plis de sa jupe, et tous les quatre entamaient leur glace aux éclats de caramel. « Mais où est-ce que tu étais passée ? » demanda Alice à Lily tandis que leur mère se redressait sur sa chaise et gratifiait Trent de son sourire le plus radieux. C'était un beau garçon aux sourcils épais, avec un T-shirt de l'université du Maryland, et Alice estima qu'il avait quelques années de plus que Lily.

« Je vous présente Trent, dit Lily. On va aller au restaurant de hamburgers en ville, donc inutile de me garder un dîner.

— Quelle bonne idée ! » s'exclama Mercy au moment où Robin demandait : « Comment vous comptez vous y rendre ?

— Trent a une voiture, lui dit Lily.

— Tu conduis prudemment, fiston ?

— Papa ! » le rabroua Lily.

Mais Alice trouvait qu'il avait raison de poser la question et, qui plus est, elle n'apprécia pas la promptitude et la nonchalance avec lesquelles Trent répondit à son père : « Oui, *monsieur*, je suis un excellent conducteur. » Elle lui trouvait quelque chose d'obséquieux. Pourtant, Robin répliqua : « Dans ce cas, j'imagine que je ne peux pas dire non. Ne la ramène pas trop tard. » Sur quoi Lily les salua en agitant simplement le bout des doigts et tous deux s'en allèrent.

Alice était toujours déconcertée par la façon dont les garçons se pressaient comme des mouches autour de Lily. Bien sûr, elle était jolie avec son visage rond et ses fossettes, mais cela n'expliquait pas l'émoi qu'elle provoquait chez eux dès qu'elle entrait dans une pièce. C'était comme si elle émettait une sorte d'ultrason que seule une oreille masculine pouvait percevoir. (Et ça valait pour les hommes adultes comme pour les garçons. Parmi les pères de ses amies, Alice en avait surpris plus d'un à envoyer à Lily l'une de ces flèches d'attention acérées.) Alice, pour sa part, n'était invitée à sortir qu'en de très rares occasions, et seulement pour des événements officiels, tels que des bals de fin d'année. Elle savait qu'elle n'avait pas le pouvoir d'attraction de Lily. Elle n'était même pas sûre d'en vouloir. (Elle n'aimait *vraiment* pas le regard de ce Trent.)

« Eh bien, dit Robin lorsqu'ils furent partis, adieu Jump Watkins, hé, hé.

— Mais non, c'est juste qu'elle aime faire de nouvelles rencontres », rétorqua Mercy. Puis ils se remirent à déguster leur glace.

Le lendemain matin, cependant, Lily ne fit que parler de Trent durant tout le petit déjeuner. Trent venait de Washington ; il faisait partie de l'équipe de tennis de son université ; l'année d'après, il rejoindrait la société de vente d'articles de sport de son père. « Mais il a quel âge ? » s'enquit Alice. Et Lily lui répondit : « Vingt et un ans. Pourquoi ? », puis ils enchaînèrent sur la maison juste au bord du lac que possédait la famille de Trent. Elle était immense, dit-elle, et ils en étaient propriétaires, et il y avait une tête de cerf au-dessus de la cheminée. « Tu y es entrée ? » demanda Mercy. Et Lily répondit : « Oui, et j'ai rencontré ses deux sœurs et leurs copains. » Après quoi elle s'excusa et alla s'habiller parce qu'ils devaient faire un tour dans le canot automobile de la famille de Trent.

Mercy annonça qu'elle prévoyait, pour cette journée, de peindre le croquis qu'elle avait fait la veille. Alors qu'Alice n'avait pas encore terminé de débarrasser le petit déjeuner, sa mère installa son nouvel assortiment de peintures acryliques format voyage ainsi que son bloc de toiles sur la table de la cuisine – le seul espace de travail disponible. « Tu auras fini pour le déjeuner ? lui demanda Alice.

— Oh, oui, bien sûr », répondit Mercy.

Mais Alice en doutait. Une fois qu'elle se lançait dans sa peinture, sa mère avait tendance à se laisser absorber. Si elle ne dérogeait pas à ses habitudes, il y avait de fortes chances qu'ils déjeunent dans le salon, leur assiette sur les genoux.

Alice, elle, alla se baigner et emmena David. Robin déclara qu'il les rejoindrait parce qu'il était « dommage de ne pas profiter du lac », mais il voulait d'abord voir ce qu'il pouvait faire pour la moustiquaire mal fixée de leur chambre, à Mercy et lui. Tout ce temps libre devant lui le rendait manifestement nerveux.

Ce jour-là, David emporta une collection de jouets au lac – une demi-douzaine de petits GI en plastique qui s'entrechoquaient dans son seau. Sauf qu'il les appelait des « vétérinaires ». Alice pensa tout d'abord qu'il voulait dire des « vétérans », mais non : lorsqu'ils arrivèrent au lac, il laissa tomber tous les soldats dans le sable et lui dit : « Celui-là, c'est Herman ; il s'occupe des gros animaux, les vaches, les chevaux. Là, c'est Don, et il s'occupe des chats et des chiens.

— Où sont leurs patients ? lui demanda Alice.

— Ce n'est pas encore l'heure de voir les patients. Les vétérinaires doivent d'abord faire une réunion. “Bon, Don, dit-il d'une voix grave et revêche. Je vais au champ de courses de Pimlico pour examiner ce cheval qui a la jambe cassée. Et toi, qu'est-ce que tu comptes faire aujourd'hui ?” (Puis, d'une voix un peu plus aiguë :) “La maman chat qu’on m’a amenée hier est sur le point d’avoir ses bébés et je vais me charger de l’accouchement.” »

Alice ne saisissait pas l’intérêt de ce jeu. Il n’y avait aucune action, si ce n’est la façon dont il faisait sautiller chaque soldat de quelques centimètres sur le sable quand c’était à son tour de parler. Mais au moins il s’amusait, et les cas qu’il traitait gagnaient peu à peu en détail, donnant lieu à de véritables histoires. (Par exemple, un chien devait être euthanasié parce qu’il avait mordu un petit garçon, mais le vétérinaire prouva que le garçon avait menti, alors le chien fut sauvé et le vétérinaire décida de l’adopter.) Alice se tartina de sa mixture faite maison à base d’huile pour bébés et de teinture d’iode, censée accélérer le bronzage, car le soleil brillait bien plus faiblement ici qu’à Ocean City. Puis elle s’étendit à plat ventre sur sa serviette et feuilleta un *Mademoiselle* – le numéro spécial étudiants, un guide complet sur les tenues vestimentaires que les jeunes femmes porteraient à la prochaine rentrée universitaire.

Les chaussures de ville et chaussettes noires de son père finirent par apparaître dans son champ de vision et elle leva les yeux pour le découvrir dressé devant elle, qui la fixait. « Pourquoi tu n’es pas dans l’eau ? s’enquit-il.

— J’attends qu’il fasse assez chaud.

— David, tu veux venir avec moi ?

— Je ne peux pas. J’ai une urgence, ici », dit David.

Leur père resta silencieux un instant, peut-être s’efforçait-il de comprendre la remarque de son fils. Puis il se débarrassa de son T-shirt et le jeta sur la serviette d’Alice. « Eh bien, moi, je vais me baigner », dit-il.

Alice se redressa et le regarda s'éloigner. Il y avait plusieurs personnes dans l'eau, ce matin-là – un jeune couple, un homme qui surveillait un enfant en bas âge, et une silhouette indistincte nageant loin de la rive. Robin attendit d'être tout au bord de l'eau pour ôter ses chaussures et ses chaussettes. Il les posa côte à côte sur le sable, mais resta un moment à observer les autres baigneurs avant d'entrer dans l'eau.

Ce n'était pas un vacancier dans l'âme, se dit Alice. Il n'avait pas l'air à l'aise. Il gardait les coudes au-dessus de l'eau et ses omoplates saillantes lui dessinaient comme des ailes de poulet dans le dos.

La plage était elle aussi plus peuplée. La femme imposante était de retour, allongée sur sa serviette rayée comme si elle n'en avait jamais bougé. Il y avait également un couple avec un bébé sous un gigantesque parasol, et un autre avec une ribambelle d'enfants turbulents. Le seul garçon parmi eux avait l'air d'avoir environ douze ans – nettement plus âgé que David, mais Alice tenta tout de même le coup. « Tu ne voudrais pas aller parler à ce garçon, là-bas ? » demanda-t-elle à David. Ce fut tout juste s'il jeta un regard au garçon, lequel se dirigeait vers l'eau à grandes enjambées. « Non, dit David. Il est trop grand.

— Pourtant il a l'air très gentil. »

David était déjà retourné à ses vétérinaires. Il leva l'un d'eux au-dessus de sa tête pour regarder passer un canot au loin. « *I saw three ships a-sailing by,* chanta-t-il, *a-sailing by, a-sailing by*[1]... »

Alice tendit le bras pour attraper son Brownie Starflash et plaça le viseur devant son œil plissé. Elle se

1. « J'ai vu trois bateaux voguer sur l'eau. »

demanda s'il s'agissait de Trent et Lily dans le bateau, mais elle ne pouvait pas distinguer les passagers de là où elle se trouvait.

À en juger par la passion que Mercy vouait à son livre de peintures françaises aux images imprécises, on eût pu croire que ses propres œuvres seraient tout aussi floues – moins des paysages que des ébauches de paysages. Et pourtant, il n'en était rien… ou presque. Il suffisait de voir celui sur lequel elle travaillait quand tous trois rentrèrent au chalet. Ses pins consistaient en de vagues pyramides vertes, le sol de sa forêt un lavis maronnasse, mais, au premier plan, dans le coin inférieur à gauche, ses sandales à pompons abandonnées étaient si nettes qu'elles semblaient vues à travers une loupe. Les coutures bordant chaque lanière, les pores du liège des semelles, et jusqu'à la minuscule abeille posée sur un pompon : aucune place n'avait été laissée à l'imagination. Alice trouva le contraste troublant ; la transition abrupte entre le décor vague et le détail ultraréaliste lui faisait mal aux yeux. Les sandales étaient-elles censées être un message ? Un indice quelconque ? Un symbole ? Tout cela la dépassait !

Mais après tout, elle était toujours dépassée. Alors elle livra son commentaire habituel : « C'est joli, maman », puis alla ôter son maillot de bain. Dans son dos, elle entendit David demander : « Est-ce que tes tableaux pourront aller dans un musée, un jour ? » Et Mercy répondit : « Ah, non, certainement pas, non, en laissant échapper l'un de ses petits rires carillonnants. Je peins juste pour moi », ajouta-t-elle avant de l'envoyer s'habiller.

Trent n'était visiblement pas en couple, selon Lily qui avait remarqué que la patte de serrage à l'arrière de son pantalon de style Ivy League[1] était défaite.

« Peut-être qu'il n'a pas remarqué qu'elle était défaite, suggéra Alice. Peut-être qu'il est juste négligé.

— Tu veux rire ? répliqua Lily. C'est une *déclaration*, tout le monde sait ça.

— Tu ne peux pas simplement lui demander s'il sort avec quelqu'un ? »

Lily lui lança un regard en coin.

Ils étaient au lac depuis à présent quatre jours, et Lily avait passé chacun d'eux exclusivement en compagnie de Trent. Apparemment, ils restaient le plus clair de leur temps dans la maison de famille de Trent au bord du lac.

« Qu'est-ce que vous faites là-bas ? voulut savoir Alice.

— On se baigne, des choses comme ça », répondit Lily sur un ton évasif.

Trent ne passait chez les Garrett que pour venir chercher Lily en milieu de matinée. (Il prenait sa voiture alors qu'il n'était qu'à quelques minutes à pied.) « Salut, beauté », la saluait-il. Puis : « Salut, monsieur Garrett. Madame Garrett, vous êtes ravissante vous aussi ! »

Robin, sa troisième tasse de café à la main, se contentait de pousser un grognement tandis que Mercy répondait : « Merci, Trent. Comment ça va, aujourd'hui ?

1. Style vestimentaire chic et décontracté, majoritairement porté dans les années 1950 par les étudiants des plus grandes universités américaines.

— On ne peut mieux, merci. »

C'était tout juste s'il n'ignorait pas Alice. Il levait la main de quelques centimètres dans sa direction et la laissait retomber mollement. Quant à David, il lui disait simplement : « Salut, bonhomme. »

David lui retournait son « Salut » sans lever le nez de l'activité qui l'occupait.

Mais ce matin-là, après le départ de Trent et Lily, David annonça : « Trent dit des choses fausses.

— Mm-hmm », approuva Alice.

Mais Mercy demanda : « Comment ça, mon chéri ? De quoi parles-tu ? Qu'est-ce qu'il a dit de faux ?

— Je ne sais pas, mais ce n'était pas vrai.

— Oh, allons. Moi je le trouve mignon », déclara Mercy.

Alice s'étonnait qu'une femme adulte puisse être moins lucide qu'un garçon de sept ans. Cela dit, David faisait souvent preuve d'une remarquable perspicacité à propos des gens.

Robin, quant à lui, se contenta de dire : « Au moins, il est bien élevé ; c'est le moins qu'on puisse dire. »

Il y eut un bref silence.

Alice aimait beaucoup son père, déclara son narrateur imaginaire, *mais parfois il la désespérait*.

Un peu plus tard, Robin se rendit à la station Esso pour faire regonfler les pneus de la voiture, et Mercy rassembla son matériel de peinture éparpillé dans tout le chalet. David, qui faisait un coloriage assis sur le tapis, dit à Alice : « Je préfère Jump Watkins à Trent. Pas toi ?

— Ah, mais tu sais, Trent est un homme qui va à l'université.

— C'est pas un homme, d'abord. »

Avant qu'Alice puisse lui expliquer que sa remarque

était ironique, leur mère s'en mêla depuis la kitchenette : « Peut-être pas selon toi, mon chéri, mais je vois ce qu'Alice veut dire ; il est bien plus sophistiqué que Jump Watkins. »

David et Alice échangèrent un regard, mais ne relevèrent pas.

Ce soir-là, Lily rentra si tard que toute la famille était déjà couchée à l'exception d'Alice qui écoutait la radio dans le salon. (Il n'y avait pas de télévision dans le chalet. Elle s'ennuyait à mourir.) Elle était tombée sur une sorte d'émission de libre antenne où l'animateur lisait le courrier de certains auditeurs et passait les chansons qu'ils réclamaient. « En voici une de la part de Kate pour Jerry qui lui manque énormément », dit l'animateur avant que résonne « The Man in the Raincoat ». Alice trouva cela intéressant. (Quel genre de personne pouvait bien être Jerry si des paroles telles que « *taken my money and skipped out of town*[1] » le rappelaient au souvenir de Kate ?) C'est alors que deux phares balayèrent le salon faiblement éclairé ; puis, quelques instants plus tard, elle entendit des pas sur la terrasse et Lily franchit la porte. « Tu es encore debout ? dit-elle à Alice. Il est quelle heure ?

— C'est à *moi* que tu demandes ça ? » rétorqua Alice. Mais quand elle entendit le ton qu'elle venait d'employer – davantage celui d'une mère que d'une sœur –, elle s'empressa de l'effacer par une autre question : « La soirée a été bonne ?

— Merveilleuse », répondit Lily qui se laissa tomber à côté d'Alice sur le canapé. Elle sentait la cigarette – probablement celles de Trent car la seule fois où elle avait essayé de fumer, ça l'avait fait

1. « Il a pris mon argent et quitté la ville. »

vomir. « J'ai plus ou moins demandé à Trent s'il sortait avec quelqu'un, déclara-t-elle. Il venait de me faire un compliment vraiment adorable, que je ne répéterai pas, alors je lui ai dit : "Je parie que tu dis la même chose à ta copine, là-bas chez toi", et il a fait : "Quelle copine, là-bas chez moi ?" du coup j'ai dit : "Oh, allez, je me doute bien que tu as une copine officielle", et il a répondu : "Si c'était le cas, alors qu'est-ce que je ferais ici avec toi ?" Tu vois !

— Je vois », dit Alice.

La bouche de Lily paraissait enflée et elle avait les joues rouges. Elle semblait particulièrement guillerette et excitée ; un peu trop affectée dans son attitude.

« Alice, dit-elle. Je peux te demander un service ?

— Quel service ?

— Imaginons qu'il prenne l'envie à Trent de, je ne sais pas, de me demander en mariage par exemple.

— De te demander en mariage !

— Oui, enfin, je ne sais pas. Ça pourrait arriver. C'est vrai, ce n'est pas une simple amourette. C'est sérieux entre nous ! Donc je dis juste que... supposons que tu en entendes parler. S'il te demandait ma taille de bague, ou quelque chose comme ça.

— Lily...

— Attends, laisse-moi finir ! Si jamais il t'en parlait, est-ce que tu pourrais lui glisser que j'ai toujours rêvé qu'on me demande en mariage dans un belvédère ?

— *Quoi ?* »

Lily se pencha vers elle, serrant fermement les mains entre ses genoux. « Depuis que je suis toute petite, je m'imagine qu'un garçon me fera sa demande dans un belvédère. Je sais que ça a l'air bête, mais... et devine quoi ! À côté de chez les parents de Trent au bord du lac, il y a une maison encore plus grande avec un petit belvédère absolument magnifique dans le jardin. Je n'en croyais pas mes yeux ! J'ai regardé par hasard pendant qu'on était sur sa terrasse et je n'en ai pas cru mes yeux.

— Lily, Trent ne va pas te demander en mariage.

— Qu'est-ce que tu en sais ?

— Tu as quinze ans. Tu n'as même pas encore l'âge de conduire. Et tu l'as rencontré il y a à peine quatre jours. Et puis, en plus de ça… Tu ne devrais pas faire confiance à quelqu'un comme Trent.

— Tu ne le connais même pas !

— Je le connais assez pour savoir que c'est un beau parleur. Il est coincé ici avec sa famille, il n'a aucun ami dans les parages et il repère cette fille un peu trop jeune qui se balade avec des étoiles dans les yeux, alors il se dit : "Tiens, tiens, tiens. Mais qu'est-ce que je vois là ?"

— Tu dis ça par méchanceté, rétorqua Lily. Tu es juste jalouse parce que toi, tu n'as personne. Mais qui est vraiment *coincé* quelque part dans l'histoire ! Tout ça parce que *toi*, tu n'as personne, tu veux me pourrir la vie. »

Sur ces paroles, elle se leva d'un bond et partit dans leur chambre d'un pas lourd, claquant la porte derrière elle.

Elle avait fait tellement de bruit qu'Alice se dit que leurs parents avaient peut-être tout entendu. Elle aurait eu bien besoin qu'ils entendent. Elle lança un regard plein d'espoir en direction de leur chambre, mais leur porte demeura fermée et silencieuse.

« Essaie de mettre ton fils à l'eau, dit Robin à Mercy alors qu'ils prenaient leur petit déjeuner le lendemain matin. Apparemment, il préfère rester au sec et admirer le lac de loin. »

Mercy se tourna vers David. Il agrémentait ses Cheerios de grosses cuillerées de cacao en poudre ; il qualifiait de « cuisine » ce genre d'expérience.

« C'est vrai ? lui demanda-t-elle. Tu n'aimes pas aller dans l'eau ?

— Le fond est tout visqueux, répondit-il.

— Et comment peux-tu le savoir ? intervint Robin – sa réplique avait jailli comme une explosion. Tu n'y as même pas encore mis les pieds !

— Si, j'y ai mis les pieds, dit David en touillant ses céréales avec application.

— Une fois sur deux, il n'enlève même pas ses sandales, dit Robin à Mercy. Il va au bout du ponton avec sa canne à pêche, comme il dit… un morceau de ficelle de l'épicerie qu'il a attaché à un bâton. Il n'y a même pas d'hameçon au bout. Il reste là, à balancer ses pieds au moins vingt centimètres au-dessus de l'eau et à chanter ses chansons. Alors que *Charlie*, le petit de Bentley… »

Bentley – le père des enfants turbulents qu'Alice et David avaient remarqués lors de leur deuxième jour au lac – était le nouvel ami de Robin. Les deux hommes avaient engagé la conversation et s'étaient découvert beaucoup de points communs ; Bentley possédait sa propre entreprise indépendante et avait récemment installé lui-même toute la plomberie dans la nouvelle extension de sa maison. En fait, Alice était surprise d'apprendre que son père s'était préoccupé de savoir si David allait se baigner, car Bentley et lui adoraient rester debout dans l'eau jusqu'à la taille, les bras croisés sur la poitrine, à discuter conduits d'évacuation ou autre. De temps en temps, Charlie fendait les flots devant eux en nageant un crawl australien tapageur, les éclaboussant copieusement, mais Robin et Bentley s'essuyaient distraitement le visage sur leurs épaules nues tout en poursuivant leur conversation.

« Peut-être que Charlie pourrait apprendre à nager à David, suggéra Mercy.

— Charlie est trop grand, objecta David en cessant de touiller ses Cheerios.

— Ah !

— Qu'est-ce que tu racontes ? dit Robin. Il a à peine dix ans, onze tout au plus.

— Je dirais qu'il en a douze.

— Onze, douze… Au moins, lui, il n'a pas peur de se mouiller !

— Oh, Robin, inutile d'en faire une histoire, s'interposa Mercy. David apprendra à nager quand il sera prêt, exactement comme l'ont fait les filles.

— Les filles ont appris bien avant son âge. Alice avait quatre ans. »

En réalité, elle en avait huit. Mais son père ne s'en était pas soucié.

Il y avait des avantages à être une fille et à ne pas cristalliser beaucoup d'attentes.

Autre avantage : Mercy annonça, après le petit déjeuner, qu'elle prévoyait d'emmener ses filles faire du shopping dans la petite ville toute proche. (Alice aimait le shopping.) Lily était encore au lit et, quand elles la réveillèrent et qu'elle déclara ne pas pouvoir les accompagner parce que Trent allait venir la chercher, Mercy n'en fut pas troublée le moins du monde. « Et alors ? Il n'aura qu'à attendre, dit-elle. Ça ne te rendra que plus désirable à ses yeux. »

Et qui sait, ajouta-t-elle, elles trouveraient peut-être un nouveau maillot pour Lily. Cette dernière se plaignait de son maillot de bain, qu'elle jugeait trop enfantin.

« Un bikini ? demanda Lily.

— Euh... un deux-pièces, ce sera déjà bien.

— Je ne veux pas un simple deux-pièces. Il n'y a que les mères qui portent des deux-pièces.

— On verra.

— Chouette, alors !

— J'ai dit qu'on verrait, c'est tout.

— Papa, tu pourras dire à Trent de m'attendre s'il passe avant que je sois rentrée ? demanda Lily.

— Impossible, ma chérie. Je serai au lac, en train d'apprendre à nager à ton frère.

— Laisse un mot à Trent, suggéra Mercy. Colle-le à la moustiquaire de la porte d'entrée. »

Lily ne parut pas satisfaite, mais elle n'argumenta pas davantage. Visiblement, elle jugeait qu'un bikini valait bien ce désagrément pour Trent.

Alice était au volant. Sa mère avait pris place à côté d'elle et Lily était assise à l'arrière, tellement enfoncée dans la banquette que son visage n'apparaissait même pas dans le rétroviseur. Elles prirent la petite route nationale par laquelle ils étaient arrivés et continuèrent dans la même direction. Elles passèrent devant des maisonnettes construites en bord de route, avec des panneaux de bois rustiques sur lesquels étaient gravés des noms tels que MORDU DE PÊCHE et DOMAINES DE REPOS. Mercy bavarda joyeusement durant tout le trajet. Elle était de très bonne humeur. « Quand j'étais petite, leur raconta-t-elle, je m'imaginais faire des virées shopping avec ma fille après m'être mariée. Je n'osais même pas rêver d'avoir *deux* filles ! Je nous voyais faire des essayages ensemble, tester différentes couleurs de rouge à lèvres et comploter pour cacher tous nos paquets à son père une fois rentrées à la maison.

— Mais est-ce qu'à Dunnville ils auront ce genre de magasin ? s'enquit Lily.

— Ils auront sûrement un ou deux endroits sympas. C'est une zone touristique ! Des gens fortunés viennent ici. »

Lily avait toutefois eu raison de se poser la question. Il s'avéra qu'elles roulaient déjà sur Main Street, sauf que la route était désormais bordée de trottoirs. Il y avait une quincaillerie et un drugstore, un café d'apparence miteuse, et enfin une boutique « Hi-Fashion » dont le seul mannequin de la vitrine arborait une coiffure crantée style années 1940 en plâtre et une robe de ménagère en vichy verte. Elles y entrèrent quand même. Une cloche carillonna au-dessus de la porte. « Est-ce que vous avez des maillots de bain ? » demanda Mercy à la femme derrière le comptoir. Celle-ci – visage affable et décolleté pigeonnant – s'anima soudain et s'écria : « Mais bien sûr ! Nous avons des maillots ! Là-bas, sur ce portant ! » Malheureusement, il n'y avait que des une-pièce, la plupart dotés d'une jupette. « Celui-ci est assez joli, dit Mercy à Lily d'un ton plein d'espoir, tripotant un maillot en seersucker à rayures roses coupe shorty.

— Oh, *pitié* ! » répondit simplement Lily.

Mercy n'insista pas.

Elles remercièrent la femme et sortirent. Elles se rendirent au drugstore, où les rouges à lèvres étaient exposés dans une vitrine fermée à clef ; elles n'eurent pas le courage de demander au jeune homme à la caisse de l'ouvrir. « Mais ces serre-tête sont mignons, non ? » demanda Mercy. Ils étaient en forme de croissant et recouverts de tissus de différentes couleurs.

Ils n'avaient rien de spécial, mais Alice en repéra un et s'y intéressa un instant ; il était large et noir, en gros-grain. Il irait bien avec une tenue habillée, se dit-elle. Elle s'arrêta pour le soulever du présentoir. *Alice rejeta ses cheveux par-dessus son épaule d'un geste nonchalant*, déclara son narrateur. Mais elle possédait déjà un serre-tête en velours noir et, franchement, c'était plus chic. Elle reposa celui-là et continua son chemin en direction de la porte, suivie de Lily et Mercy.

Une fois dehors, elles jetèrent un œil au trottoir d'en face. Un cabinet d'avocats, un chiropracteur, un magasin de chaussures exposant des bottes de chantier pour hommes. Une petite épicerie sombre du nom de Robinson's avec une balance en laiton pour seul élément de décoration au centre de sa vitrine. « Ah là là, fit Mercy d'un ton abattu. Parfois, je me dis : Ça se résume à ça ? »

Ses filles se tournèrent pour la dévisager. Elle avait bien dit *parfois* ? Elle ne parlait pas seulement de cette occasion ?

Mais elle secoua soudain les épaules et dit : « Bon, on va peut-être trouver de quoi se faire plaisir dans cette épicerie fine. »

Puis elles traversèrent et entrèrent dans la boutique, qui était effectivement une épicerie fine – on y vendait des confitures importées et du vinaigre aromatisé dans des bouteilles au bouchon de liège. « Et si on choisissait des chocolats pour le dessert de ce soir ? » proposa Mercy. Et tandis qu'elle et Lily délibéraient, Alice fit le tour complet du magasin. Au rayon fruits et légumes, les fruits étaient nichés dans des écrins individuels en papier de soie vert et coûtaient très cher, mais de toute façon, la famille avait fait les provisions nécessaires à l'étal de bord de route ; elle sélectionna néanmoins un avocat parce qu'on en trouvait rarement à Baltimore. Lorsqu'elle le posa sur le comptoir où étaient déjà étalés les chocolats choisis par Mercy et Lily, cette dernière dit : « Non, vraiment ? » ce qui fit hésiter Alice, mais lorsque la cliente devant elles – une femme plus âgée qui achetait une minuscule boîte de conserve emballée dans du papier doré – attrapa l'avocat pour l'examiner, Alice fut prise d'un instinct de possession et déclara : « Oui, vraiment. Ça en fera plus pour nous si tu ne veux pas y goûter. » Et Lily n'insista pas.

Quand Mercy eut réglé leurs achats auprès de la caissière – une femme à l'air sévère qui ne leur adressa pas un seul mot –, elles sortirent dans la lumière du soleil. Mercy portait les courses dans un petit sac vert forêt de chez Robinson's. « Alors, dit-elle, est-ce qu'on se met en route pour la maison ? » Les filles ne se donnèrent pas la peine de répondre et se contentèrent de la suivre sur le trottoir.

Dans la voiture, Mercy se contorsionna pour dire à Lily : « J'ai une idée. Quand on sera rentrées à Baltimore, on achètera un maillot chez Hutzler's, qu'est-ce que vous en dites ?

— Un bikini ? demanda Lily.

— Euh… oui, d'accord, pourquoi pas ? »

Mercy se tourna de nouveau face à la route. Alice jeta un coup d'œil dans le rétroviseur et aperçut Lily l'air hautain et impénétrable.

Quand elles arrivèrent au chalet, la Chevrolet rouge de Trent était garée à leur place habituelle. « Zut, fit Lily en tirant sur la poignée de sa portière avant même qu'elles soient garées derrière lui. Je l'ai fait attendre.

— Tant mieux ! dit Mercy. Il faut savoir se faire désirer ! »

Mais c'était comme si elle n'avait pas parlé ; Lily était déjà hors de la voiture et avait grimpé la moitié des marches du perron. Alice et Mercy, sur ses talons, avaient presque atteint les marches elles-mêmes lorsque Robin apparut dans l'encadrement de la porte. Il semblait bizarre. Il ne portait ni chaussures ni chaussettes, remarqua Alice. Il était en short de bain et T-shirt – tous deux manifestement mouillés et collés à sa peau – mais ses pieds plats, noueux et blancs étaient nus, et il affichait une curieuse expression penaude, comme si quelque chose l'embarrassait. Il accueillit Mercy sur un ton jovial : « Coucou, chérie !

— Robin ? dit-elle avec méfiance, en s'arrêtant net en haut des marches.

— Comment s'est passée votre virée shopping ?

— Qu'est-ce qui ne va pas ?

— Comment ça ? Mais tout va bien !

— Qu'est-ce que tu fais dans cette tenue ?

— Oh, j'étais juste… on était juste au lac, et figure-toi que David a eu un petit souci.

— Un souci ?

— Il a paniqué et il a cru qu'il se noyait.

— *Quoi ?* »

Elle le bouscula pour se précipiter dans le chalet. Alice et Lily lui emboîtèrent le pas ; leur père les laissa passer avant de les suivre, laissant la porte-moustiquaire se refermer lentement derrière lui.

Dans le salon, Trent se prélassait sur le canapé, une jambe nonchalamment étendue de tout son long, le *Mademoiselle* d'Alice ouvert sur les genoux. Il leva un index à l'intention de Lily et dit : « Salut, bébé.

— Hello, Trent !

— Où est-il ? » demanda Mercy à Robin.

Il désigna leur chambre sans un mot. La porte était fermée alors qu'elle restait toujours ouverte la journée. Mercy l'ouvrit brusquement et s'engouffra à l'intérieur, toujours chargée de son sac Robinson's. « Mon poussin, dit-elle. Ça va ? »

David marmonna quelque chose qu'Alice ne parvint pas à déchiffrer. Pendant ce temps, Lily demandait à Trent : « Ça fait longtemps que tu attends ? » Lequel répondit : « Plus longtemps que je ne l'aurais voulu, disons. »

Alice passa la tête dans la chambre. Elle vit David en boule sur son lit de camp, seulement vêtu de son maillot de bain, serrant sa poupée cow-boy contre sa poitrine. Mercy s'assit au bord du lit de camp et lui caressa le dos.

« Tu as eu une petite frayeur ? » lui demanda-t-elle.

Il acquiesça, puis renifla.

« Viens dans le salon avec moi », suggéra-t-elle.

Il se contenta de serrer plus fort sa poupée.

« Tu ne veux pas sortir de là et venir t'asseoir sur mes genoux ? Tu pourrais goûter l'un des chocolats que les filles et moi t'avons rapportés de notre balade en ville ? »

Il secoua la tête.

Elle se redressa et l'étudia un instant. Puis elle se leva et regagna le salon. « Mais qu'est-ce qui s'est passé, enfin ? demanda-t-elle à Robin.

— Oh, eh bien, Bentley et moi étions simplement là debout, tu sais, en train de le surveiller…

— Tu l'as forcé ?

— Pardon ?

— Est-ce que tu l'as jeté à l'eau ?

— *Non*, je ne l'ai pas jeté à l'eau ! Pourquoi je ferais ça ?

— Pour lui lancer une sorte de défi du style "nage ou coule". Je vous imagine bien capables de jouer les gros bras, toi et Bentley.

— Mais qu'est-ce que tu racontes ? »

Elle se dirigea vers le fauteuil à bascule et s'y laissa choir. Trent avait déserté le canapé ; il attendait à la porte d'entrée tandis que Lily enroulait son maillot et sa serviette de bain ensemble pour en faire un boudin. « Je vais chez Trent, annonça-t-elle à Mercy qui lui lança un regard vide d'expression.

— Il n'encourait aucun danger, Mercy, je te le jure, dit Robin. Bentley et moi étions juste là, au bout du ponton. Tout ce que j'ai eu à faire, c'est sauter dans l'eau et le soulever par un bras, et il allait très bien. Mes chaussures sont complètement trempées, par contre.

— Au revoir, maman, fit Lily avant de partir avec Trent.

— Je sors quelque chose pour le déjeuner ? » demanda Alice.

Mais Mercy laissa simplement tomber son sac de courses au sol et se balança sur son fauteuil.

Au bout d'un moment, David finit par émerger de la chambre alors qu'Alice et ses parents déjeunaient. Il se glissa discrètement dans la cuisine, se hissa sur sa chaise et attrapa une tranche de salami sur le plateau. Il avait gardé son maillot, mais enfilé un sweat-shirt, et il avait apporté sa poupée cow-boy qu'il avait posée sur ses genoux, allongée sur le ventre. Même Mercy savait qu'il valait mieux ne pas dramatiser les choses. Elle rapprocha simplement le sac à pain de l'assiette de son fils et continua de raconter à Robin leur virée à Dunnville. « Ça devrait plutôt s'appeler Dullville[1], dit-elle. Je m'attendais à ce que leur activité soit un peu orientée vers le tourisme, mais ce n'est pas le cas.

— Ils ne savent pas ce qu'ils perdent, répliqua Robin. Un type qui a un tant soit peu le sens des affaires pourrait se faire une fortune, ici.

— Ça arrivera tôt ou tard, j'imagine... dit-elle, avant de s'interrompre pour s'adresser à David : Attention, mon poussin. Tu mets de la moutarde sur Bobby Shafto.

— Bascomb », la corrigea David.

Avant de devenir Bobby Shafto, la poupée s'était appelée Bascomb. (C'était le nom du facteur des Garrett.)

« Oh, mille excuses... » dit Mercy à la poupée. David ôta Bascomb de ses genoux pour le poser à côté de lui sur sa chaise et se remit à étaler sa moutarde.

« Je nous ai acheté un avocat en ville, l'informa Alice. Je me disais qu'on pourrait le manger vendredi pour notre dîner spécial dernier soir, qu'en penses-tu ?

— D'accord », répondit David.

Mais il n'avait pas l'air très intéressé.

« Je dois dire que l'avocat est une chose qui m'a toujours laissé perplexe, intervint Robin. Est-ce que c'est seulement un fruit ? Vous ne trouvez pas qu'on dirait davantage un légume ? Qu'est-ce que tu en penses, toi, mon fils ? » dit-il en se tournant vers David.

Ce dernier haussa les épaules presque imperceptiblement et revissa le couvercle de la moutarde.

Après cela, ils le laissèrent tranquille. Il finirait bien

1. *Dull* signifie « morne » en anglais.

par reprendre ses esprits. Robin se rendit au chalet de Bentley après le repas pour l'aider à régler un petit problème électrique, Mercy installa ses peintures sur la table de la cuisine et Alice enfila son maillot pour descendre au lac. Elle proposa à David de l'accompagner, mais comme il ne daigna pas répondre, elle n'insista pas. Elle le laissa en boule sur le canapé avec Bascomb, et lorsqu'elle rentra environ une heure plus tard, il dormait comme un loir. Mercy lui dit qu'il avait dormi durant toute son absence. « C'est un genre de processus de guérison, expliqua-t-elle. Une manière de délester son cerveau d'un souvenir déplaisant. Il sera redevenu lui-même quand il se réveillera. » Et elle sourit à Alice en remuant son pinceau sur sa palette en porcelaine blanche.

Ces derniers temps, elle peignait différents éléments du chalet. Une évocation du papier peint éclaboussé de rose dans la chambre des filles, sur lequel se découpait un bouton de commode en cristal aux facettes minutieusement soulignées grâce à un pinceau doté d'une pointe aussi fine qu'une épingle. Une plinthe du salon se fondant dans le parquet, le long de laquelle on distinguait nettement des petits grains qu'Alice prit pour du sable – ce que réfuta Robin, avançant que c'était plutôt la preuve de la présence de termites.

« Je crois que je suis plus douée pour peindre les intérieurs que les extérieurs, dit Mercy à Alice. Je pensais que ces vacances pourraient, euh, élargir ma vision, mais quand j'étais là-bas dans la forêt, je me suis sentie complètement submergée, tu sais. Comme si je flottais à la dérive dans l'espace.

— C'est vrai que tes tableaux du chalet sont mes préférés », dit Alice.

Elle avait soudain eu le sentiment étrange d'être plus vieille que sa mère – sa petite maman fragile qui dérivait dans l'espace. Parce que, si terrible fût ce constat, Alice n'aimait quasiment aucune de ses toiles, même si jamais elle n'aurait la cruauté de le lui dire.

Le lendemain matin, il pleuvait. C'était Robin que cela dérangeait le plus. « Cette semaine nous a coûté les yeux de la tête, s'agaça-t-il. Et voilà une journée entière de gâchée.

— Oh, pas complètement gâchée, lui dit Mercy. On est toujours en vacances, non ? On passe encore du temps en famille.

— Hmm, maugréa-t-il.

— Et puis, ça te fera du bien de rester quelque temps sans prendre le soleil. »

Il fallait admettre que le visage de Robin avait pris une teinte un peu rougeaude (à force de traîner au lac avec Bentley). À ce rythme-là, il serait le seul d'entre eux à pouvoir frimer à leur retour de vacances, parce que la mixture d'huile pour bébés et de teinture d'iode d'Alice n'avait pas été très efficace, et que Mercy et David n'avaient pas passé assez de temps dehors. Quant à Lily, eh bien, Alice se demandait combien elle avait réellement passé de temps à se baigner pendant qu'elle était chez Trent. Elle était encore très blanche. Ce matin-là, quand elle se présenta à la table du petit déjeuner – elle était la dernière levée, comme d'habitude –, Mercy lui demanda : « Qu'est-ce que tu comptes faire aujourd'hui, puisque tu ne peux pas sortir ?

— Pourquoi est-ce que je ne pourrais pas sortir ?

— Parce qu'il pleut.

— Ah bon ? s'étonna Lily en se tournant vers la fenêtre de la cuisine. Oh, zut.

— Tu pourrais peut-être rester au chalet pour une fois, on pourrait faire des jeux de société tous ensemble. Ils ont des tas de jeux, ici. Monopoly, Parcheesi... Si vous voyiez ce qu'il y a dans mon placard !

— Oh, Trent et moi on va bien trouver une idée », dit Lily sur un ton détaché en attrapant la confiture de fraises.

Mercy l'étudia, puis demanda : « Tu as eu des nouvelles de Jump depuis qu'on est arrivés ici ?

— Comment est-ce que j'aurais pu avoir des nouvelles de Jump ? Il n'a pas mon adresse.

— Oui, mais tu avais l'intention de lui écrire dès que tu aurais résolu ces questions pratiques.

— Oui, eh ben je ne l'ai pas fait. Et même si je l'avais fait, je doute qu'il aurait eu le temps de me répondre avant mon retour. »

Elle étala la confiture sur sa tartine. Mercy leva les sourcils à l'adresse d'Alice et but une gorgée de café.

Après le petit déjeuner, Robin alla faire un tour à la quincaillerie en ville, David s'occupa avec ses vétérinaires et Mercy mit de l'ordre dans sa chambre tandis que les filles faisaient la vaisselle. « En tout cas, il ne faut surtout pas qu'il pleuve demain, dit Lily à Alice en essuyant une assiette.

— Qu'est-ce qui se passe demain ?

— C'est notre dernier jour, banane. Je le passe avec Trent. On va s'installer sur sa terrasse ; j'ai déjà tout prévu. On sera juste à côté de devine quoi... le belvédère. »

Alice plongea une poêle à frire dans la bassine et

déclara : « Je n'ai pas évoqué le sujet des belvédères avec Trent, donc ne te fais pas trop d'illusions.

— Ce n'est pas grave, je me dis que ça va lui venir à l'esprit naturellement. On sera assis là, il se demandera ce que je regarde, il se retournera et apercevra le belvédère… »

Alice se figura tout à coup Lily lorgnant ostensiblement Trent puis le belvédère, le belvédère puis Trent, comme leur chien Cap avait coutume de le faire avec eux et le rôti de bœuf posé sur le buffet quand ils étaient attablés. Elle laissa échapper un petit rire.

« Quoi ? demanda Lily. Qu'est-ce qu'il y a de si drôle ? Tu ne me crois pas ? On est sur la même longueur d'onde, tous les deux, je t'assure. Il est aussi romantique que moi.

— Ça, j'en doute fort.

— Alice, je suis sérieuse. Si Trent ne fait pas sa demande avant que je parte d'ici, ça va me tuer. Ça va vraiment me tuer, je te jure.

— Ça n'arrivera pas, Lily.

— Si, ça arrivera parce qu'il le faut. Et je n'ajouterai rien de plus à ce sujet. »

Sur ces paroles, elle jeta le torchon sur l'égouttoir et sortit d'un pas décidé, alors que la vaisselle était loin d'être terminée.

Apparemment, le seul jeu auquel David voulait bien jouer était le Go Fish, ce qui convenait à Mercy, mais pas tant que cela à Alice car les parties pouvaient s'éterniser. Et c'était justement le cas ce jour-là. Ils durent retourner la pioche au moins une demi-douzaine de fois, et ils y étaient encore quand Trent arriva. « Venez jouer aux cartes avec nous, Trent ! » lui proposa Mercy. Elle avait l'air de se croire dans l'ancien temps, à une époque où les soupirants se prêtaient volontiers à ce genre de choses. Trent eut la délicatesse de faire mine de ne pas entendre. « Prête, bébé ? » demanda-t-il à Lily qui acquiesça avant de le suivre à l'extérieur. Elle avait pris son maillot et sa serviette roulés en boudin, comme si elle se figurait que le ciel pouvait se dégager.

Alice attendit que David soit concentré sur les cartes qu'il piochait pour demander à sa mère : « Tu crois qu'ils sont chaperonnés, dans cette maison ?

— Chaperonnés ! » s'exclama sa mère. Elle paraissait amusée, comme si c'était Alice qui vivait dans un autre temps. « Voyons, ils sont entourés de toute la famille de Trent. Je doute qu'ils manquent de compagnie. »

Alice renonça donc. De toute façon, c'était à son tour de poser une carte.

Le vendredi, le soleil revint. Tout le monde retrouva le moral. Lily partit avec Trent, Alice et Robin allèrent se baigner, et Mercy resta sur sa serviette avec David. Alice proposa à Robin qu'ils tentent de nager ensemble jusqu'à la rive opposée, mais il lui dit que c'était trop loin. Au fond d'elle, elle était soulagée.

Bentley arriva au bout d'un moment, alors elle laissa le lac aux deux hommes et se dirigea vers la rive. David et Mercy avaient entrepris de construire un château de sable ; elle étala sa serviette à côté d'eux et s'assit pour se badigeonner de sa mixture bronzante.

Ici, le sable était généralement trop fin pour faire des châteaux de sable, mais grâce à la pluie de la veille, il était plus facile de le tasser dans le seau de David et de produire des tours cylindriques. Lorsque Mercy découvrit cela, elle retourna au chalet et revint avec davantage d'accessoires – des tasses à thé, des moules à gelée, des boîtes en Pyrex carrées – afin qu'ils pussent construire une ville entière. Mercy pouvait se prendre complètement au jeu quand il s'agissait de fabriquer des choses. Elle ramassait des branches ramifiées qui serviraient d'arbres pour David ; elle se mit à bâtir un mur d'enceinte avec des galets. Son visage luisait de sueur et de crème solaire, et ses cheveux s'échappaient de son chignon haut sans qu'elle s'en aperçoive.

Le reste de la troupe de Bentley – sa femme Tania et leur ribambelle d'enfants – descendit. Tania étala leurs serviettes non loin des Garrett tandis que les enfants allèrent s'amuser dans l'eau. Les plus jeunes se contentèrent de rester là où ils avaient pied mais, bien entendu, Charlie ne put s'empêcher de plonger la tête la première et de nager vers les hommes, puis de les dépasser en les arrosant copieusement.

Visiblement, cela rappela à Robin qu'il n'avait pas encore appris à nager à David. « Fiston ? » appela-t-il depuis l'eau. Il mit ses mains en porte-voix et cria : « Davy ? Viens par là, mon fils ! » Mais celui-ci continua de planter des branches, tournant le dos au lac. « Dis à ton fils qu'il devrait venir ! lança Robin à Mercy.

— Ton père t'appelle, dit Mercy à David.

— Je veux rentrer au chalet, dit-il en se levant et en s'essuyant les mains.

— Tout de suite ? » Mercy semblait surprise. Elle jeta un coup d'œil en direction du lac, mais Robin et Bentley étaient en pleine conversation.

« C'est vrai qu'il a l'air un peu rouge, commenta Tania depuis sa serviette. Vous avez apporté un chapeau pour lui ?

— Euh, non, je…
— Moi je suis sûre que j'en ai un. Quelque part, ici… »

Tania se mit à farfouiller dans son sac en toile. David se tourna et regarda Alice d'un air suppliant. « Je vais t'accompagner », lui dit-elle.

Elle se leva et lui tendit la main. Mercy s'accroupit de nouveau, encore munie d'un galet, et lui demanda : « Tu ne veux pas qu'on termine notre ville ?
— Non, merci, répondit David.
— Bon… d'accord. Je la terminerai pour toi », décida-t-elle.

Elle se pencha pour ajouter son galet au mur d'enceinte, et David et Alice s'en allèrent.

Pour le déjeuner, Alice sortit divers restes – tout ce qu'ils devaient finir avant de partir. Un paquet de salami entamé, une demi-barquette de coleslaw, un steak haché du dîner de la veille – qu'elle réchauffa en vitesse à la poêle… Ce fut Robin qui mangea le steak haché. « Ils étaient plutôt réussis, hein ? » dit-il à Mercy parce qu'il les avait lui-même fait cuire au barbecue dans le jardin, les protégeant de la pluie à l'aide d'un morceau de carton.

Il déjeunait en maillot, de même que Mercy et Alice. David, lui, avait enfilé un short et un T-shirt dès qu'il était arrivé au chalet. Il n'avait manifestement pas l'intention de retourner au lac. Leur mère l'avait probablement compris, mais elle fit comme si de rien n'était. « Attends de voir ce que j'ai fait de notre ville, lui dit-elle. Je te montrerai après le repas. C'est un chef-d'œuvre !
— C'est chouette, maman », dit David d'une voix fluette.

Mercy pencha la tête en regardant David, mais ne dit rien de plus.

« Sauf que la prochaine fois, annonça Robin, je laisserai les braises reposer un peu plus longtemps avant de mettre la viande à cuire. Ce soir, quand je ferai griller nos... qu'est-ce que je fais griller ?

— Des côtes de porc, répondit Alice.

— Ce soir, quand je ferai griller nos côtes de porc, j'attendrai que les braises soient complètement grises, plus du tout incandescentes.

— Je les ai déjà mises à mariner, l'informa Alice.

— À mariner ?

— Elles trempent dans la marinade que j'ai faite avec ce que j'ai trouvé dans le placard. J'ai inventé la recette, en fait, mais à mon avis ce sera délicieux. »

Robin fronça les sourcils.

« Tu es une cuisinière tellement créative, ma chérie, la complimenta sa mère.

— Il y avait même du vin dans le placard. Du rouge. C'était juste un fond de bouteille, mais ça suffisait avec tout le reste.

— Mais de quand datait ce vin ? demanda Robin d'un ton dubitatif.

— Le vin ne vieillit pas, papa. Enfin, si, mais pour les marinades, ça va. Tous les magazines le disent. »

Robin garda sa mine renfrognée. « Je me souviens encore des aubergines », dit-il.

Alice avait un jour servi à sa famille des aubergines à la parmigiana. Son père avait pris une bouchée puis s'était arrêté de mâcher pour demander : « Mais qu'est-ce que c'est que *ça* ? C'est quoi, cette partie gluante ?

— C'est de l'aubergine, avait répondu Alice.

— Oh, mon Dieu », avait-il dit en reposant sa fourchette.

Peut-être parce qu'elle aussi se remémorait la scène, Mercy lui dit : « L'avantage avec les marinades, c'est qu'elles rehaussent la saveur naturelle de la viande. Elles n'ajoutent pas leur propre goût ; elles accentuent simplement celui de la viande. »

En réalité, Alice n'en était pas si sûre. Il y avait beaucoup d'ingrédients atypiques dans sa marinade, y compris de l'huile de sésame noir et de jolis petits poivrons avec un nom italien à rallonge conservés dans un pot en verre. Mais elle tâcha de rassurer son père : « Tu vas adorer.

— D'accord... » dit-il d'une voix à peine audible.

Mercy lui tapota la main.

Après le repas, Mercy et Robin retournèrent au lac – elle avait accepté de se baigner avec lui, dans la mesure où c'était leur dernier jour –, et Alice leur dit qu'elle les rejoindrait avec David une fois qu'elle aurait fait la vaisselle. Elle n'avait pas regardé son frère en disant cela, et celui-ci ne l'avait pas contredite.

Une fois leurs parents partis, Alice jeta tous les restes qu'ils n'étaient pas parvenus à terminer et fit la vaisselle. Puis elle et David jouèrent plusieurs parties de 8 américain. David voulait noter les scores jusqu'à ce que le premier atteigne cent points. D'ordinaire, ils ne comptaient pas les points et se contentaient d'arrêter quand l'un d'eux n'avait plus de cartes. Elle devinait donc qu'il essayait de retarder le moment d'aller au lac. « J'ai une idée, lui dit-elle en poussant les cartes de côté. Et si toi et moi on trouvait quoi faire de cet avocat ?

— Oui ! s'enthousiasma-t-il, comme si cet avocat le tracassait depuis le début.

— J'avais pensé à une salade. Qu'est-ce que tu en dis ?

— Une salade. Super.

— Qu'est-ce qu'on pourrait mettre d'autre dans notre salade ?

— Euh, de la laitue, des bananes…

— Des bananes !

— Ou… Je sais pas…

— Des tomates, peut-être ?

— Oui, des tomates. »

Alice se leva pour aller voir ce qu'il y avait dans le bac à légumes du réfrigérateur. « Bon, dit-elle. On a effectivement de la laitue mais plus de tomates. Il va falloir qu'on aille en racheter. »

Cette course n'était pas un prétexte ; elle aurait vraiment dû réfléchir à ce qui accompagnerait son avocat. Mais en y songeant, elle était contente d'en avoir fini avec les baignades. « Laisse-moi enlever mon maillot, et on va faire un tour en ville, dit-elle à David.

— OK ! »

Elle alla donc se changer dans sa chambre, puis elle prit son sac à main dans le tiroir de sa commode et les clefs de voiture de son père sur la tablette de la cheminée, et ils partirent.

La verdure bordant la route semblait fraîchement lavée après la pluie de la veille. Beaucoup de vacanciers se promenaient à vélo et elle redoublait de prudence pour les éviter en conduisant.

« Mon vélo me manque, lui dit David.

— On sera de retour à la maison demain.

— Et Cap me manque, et aussi Jimmy le voisin, et aussi ma lampe avec le chariot de western dessus.

— Tu vas les retrouver bien assez vite. »

Elle jeta un rapide coup d'œil vers lui. Il était assis sur le siège passager et avait le visage tourné vers la vitre si bien que sa nuque était exposée. Elle paraissait curieusement chétive et triste.

En ville, les trottoirs étaient presque déserts. Assurément, c'était le dernier jour pour beaucoup de monde. Alice réussit à se garer directement en face du Robinson's. Et dans le magasin, ils découvrirent qu'ils étaient les seuls clients. Elle ouvrit la marche jusqu'au rayon fruits et légumes, où elle laissa David choisir deux tomates. Pas plus, précisa-t-elle ; elles étaient affreusement chères. « C'est de la grande truanderie ! murmura-t-elle. (Une des expressions fétiches de son père.)

— On a assez d'argent ? s'enquit David.

— Oui, je pense qu'on va s'en sortir. »

L'endroit paraissait complètement différent, à présent qu'elle était accompagnée de David. Lorsque la caissière à l'air sévère aperçut celui-ci, son visage s'illumina et elle attrapa un bocal de sucettes. « Prends-en deux », le pressa-t-elle. David n'avait jamais aimé les bonbons durs – il prétendait qu'ils lui laissaient les dents râpeuses – mais il choisit néanmoins une sucette rouge et une autre verte. « Merci, madame », dit-il. Alice ignorait totalement comment il avait su qu'il fallait ajouter le « madame ». Ce n'était pas quelque chose qu'on apprenait aux enfants dans leur quartier de Baltimore.

Dans la voiture, sur le chemin du retour, il demanda : « Est-ce que j'aime les avocats ?

— Tu adores ça.

— Quand est-ce que j'en ai mangé ?

— Eh bien… je ne sais pas. Mais je suis presque certaine que tu vas adorer ça, parce que tu es quelqu'un d'aventureux. »

Il renversa la tête contre le dossier de son siège, puis regarda sa sœur et sourit.

Lorsqu'ils arrivèrent, ils trouvèrent la Chevrolet de Trent garée devant le chalet, toutes vitres ouvertes.

« Hmm, fit Alice. Dommage pour le belvédère.

— Quoi ?

— Rien. »

Ils descendirent de voiture et entrèrent dans le chalet, mais il n'y avait pas de trace de Trent ni de Lily. Ils étaient sûrement allés au lac. Alice posa son sac de courses sur le plan de travail de la cuisine. « Tiens », dit David en lui tendant ses sucettes, qu'elle remisa dans le placard au milieu des boîtes de conserve et des bocaux pour quiconque séjournerait ici après eux. Puis elle emporta son sac à main dans sa chambre.

Sauf que la porte de la chambre était fermée, et qu'elle refusa de s'ouvrir quand Alice tourna la poignée. Elle y donna un coup d'épaule. Tourna de nouveau la poignée. Rien.

Elle entendit du mouvement à l'intérieur – des gestes précipités, un murmure. Elle voulut réessayer la poignée mais, cette fois-ci, celle-ci fut saisie de l'intérieur et tournée brutalement, puis la porte s'ouvrit d'un coup et Trent sortit, rentrant sa chemise dans son pantalon en toile.

Alice recula de quelques pas. Trent traversa le salon.

« Salut, bonhomme, dit-il à David.

— Salut », répondit celui-ci.

Trent sortit en laissant la porte-moustiquaire claquer derrière lui.

Alice jeta un œil dans la chambre – Lily boutonnait son chemisier, assise tout au bord de son lit, sans regarder dans sa direction. Puis elle fit volte-face et courut après Trent. Elle atteignit le porche juste au moment où il montait dans sa voiture, et le rattrapa avant qu'il ait eu le temps de fermer sa portière. « Stop ! » lui cria-t-elle.

Il obéit.

« Tu vas partir d'ici et ne jamais revenir, reprit-elle. Tu ne reverras plus jamais Lily. Mon oncle est policier et ma famille lui demandera de t'arrêter si tu t'approches d'elle encore une fois. »

Elle se rendit compte un peu trop tard qu'elle aurait dû dire « juge ». Son oncle était magistrat. Les magistrats avaient plus de pouvoir. Mais Trent paraissait néanmoins décontenancé. « Ça va ! Je m'en vais ! » rétorqua-t-il avant de fermer violemment sa portière et de démarrer plus vite qu'elle ne l'aurait cru possible. La voiture s'élança en marche arrière puis en marche avant, et déboîta pour s'engager sur la route.

Alice regagna le chalet. Elle tremblait. La porte de sa chambre était de nouveau fermée, mais elle ne tenta pas de l'ouvrir. Au lieu de cela, elle retourna à la cuisine et déposa son sac sur la table.

« On a oublié d'acheter de la vinaigrette pour la salade, lui dit David.

— On peut la faire nous-mêmes. »

La voix d'Alice était faible et chevrotante, mais elle doutait que David l'ait remarqué.

Les côtes de porc marinées s'avérèrent excellentes. Même Robin en convint. Il avait fait la moue en les découvrant – détrempées et comme gorgées d'encre, parsemées de morceaux d'épices – mais elles sortirent du gril avec une belle croûte brune, et quand il prit sa première bouchée, il dit : « Ma foi…

— C'est bon, hein ? lui demanda Alice.

— Je dois l'admettre.

— Elles sont délicieuses ! » renchérit Mercy.

David, qui avait tendance à se méfier de la viande, s'en coupa un minuscule morceau et le mâcha prudemment, du bout des incisives, mais un instant plus tard Alice le vit en reprendre une bouchée et sut qu'il trouvait cela au moins mangeable. Et il se régala avec sa salade.

Lily n'était pas à table. Elle était enfermée dans sa chambre. Ils l'avaient appelée deux fois mais, comme elle n'était toujours pas sortie, Mercy se leva pour aller frapper à la porte. Pas de réponse. Elle ouvrit et passa la tête par l'entrebaillement. « Chérie ? » appela-t-elle. Ils entendirent Lily dire quelque chose. Mercy resta silencieuse un moment, puis elle répondit : « Comme tu voudras », referma la porte et regagna la table. Elle semblait plus amusée que contrariée. « Un amour de jeunesse, glissa-t-elle d'un ton dégagé à Robin avant de saisir sa fourchette.

— Quoi, tu vas la laisser sauter le dîner ? demanda-t-il.

— Elle ne va pas en mourir, dit Mercy en plantant sa fourchette dans un morceau de tomate.

— Pourquoi est-ce que tu lui passes tout, Mercy ? C'est notre dernière soirée de vacances ! On a fait un menu spécial. Il faut qu'elle vienne partager ce moment en famille comme une personne civilisée !

— Oh, Robin. Elle a le cœur brisé. Tu te souviens de ce que ça fait.

— Non, je ne m'en souviens pas. Elle a quinze ans. Elle va s'enticher d'un autre garçon avant la fin de la semaine ; tu verras.

— Elle dit que personne ne la comprend et qu'elle veut mourir. Je peux finir ta salade ? » ajouta-t-elle sans transition.

Elle parlait des trois cubes d'avocat abandonnés dans l'assiette de Robin. Il les avait triés aussi méticuleusement que Cap triait le moindre légume dans sa gamelle.

« Vas-y », lui dit-il en reculant pour la laisser piquer un cube.

Plus personne ne se préoccupa donc de Lily, et c'était probablement mieux ainsi. Elle n'aurait fait que rester là à se morfondre, imprégnant l'atmosphère de son humeur larmoyante. L'ambiance était, au demeurant, particulièrement festive. Mercy taquinait à présent Robin avec une pleine fourchetée d'avocat, et celui-ci faisait mine de reculer, horrifié, tandis que David les regardait tout sourire.

Alice prit une autre bouchée de porc et savoura son assaisonnement subtil, déclara son narrateur.

3

Le 6 septembre 1970 au matin – c'était un dimanche lumineux et frais, mais loin d'être automnal –, Robin et Mercy Garrett conduisirent leur fils, David, à Islington en Pennsylvanie, pour sa rentrée en première année à Islington College. Ils l'installèrent dans sa chambre, se présentèrent au camarade avec lequel il la partagerait (un gentil garçon, mais qui n'arrivait pas à la cheville de son fils, selon Mercy), puis ils firent leurs adieux et s'en allèrent.

Ils ne dirent pas grand-chose durant le chemin du retour. De temps en temps, ils faisaient des remarques du style : « Ces façades auraient bien besoin d'un coup de peinture » (Robin) et « Je me demande si David a retenu une seule de mes instructions pour faire sa lessive » (Mercy). Mais ils restaient surtout plongés dans ce genre de silence chargé de pensées non exprimées – des pensées compliquées et contradictoires qui polluaient l'air à l'intérieur de l'habitacle.

Puis, sur la Baltimore Beltway[1], à un quart d'heure de chez eux, Robin déclara : « Je suppose qu'on devrait faire la fête ce soir, maintenant qu'on est de

1. Autoroute constituant la ceinture périphérique de Baltimore.

nouveau que tous les deux. On pourrait se faire un bon restaurant ou, je ne sais pas, faire l'amour comme des fous sur le sol du salon ou quoi. » Il ponctua cette suggestion d'un petit rire sec et reprit : « Mais tu sais quoi ? Je me sens un peu délaissé, pour être honnête.

— Il n'y a rien de surprenant là-dedans, chéri. On a perdu le dernier oiseau de notre nid ! C'est normal qu'on n'ait pas trop le moral. »

Et elle non plus n'avait pas le moral ; c'était indéniable. À bien des égards, David était l'enfant dont elle se sentait le plus proche – elle s'était pourtant attendue à nouer des liens plus étroits avec ses filles. Quand Lily et Alice avaient quitté la maison, David était resté seul avec ses parents, le chaos s'était dissipé et parfois Mercy était capable d'entretenir de vraies conversations – quoique brèves – avec lui. Et puis, Alice avait toujours été si autoritaire et pleine d'assurance, et Lily tellement, euh, délurée, c'était bien le mot ; mais il émanait de David un certain calme et il était à l'écoute, attentif, une qualité que Mercy avait fini par apprécier ces dernières années.

Enfin bon. Quand bien même. Mercy avait un plan en tête. Et parmi les nombreuses émotions qu'elle éprouvait tandis qu'ils rentraient chez eux, l'impatience prenait le dessus.

Le lundi matin, dès que Robin fut parti au travail, Mercy alla chercher dans son armoire un carton de soda Sunkist aplati qu'elle avait récupéré au supermarché. Elle le déplia, renforça le fond avec du gros scotch et commença à le remplir de vêtements.

Elle n'y mit pas *toute* sa garde-robe, loin de là. Si l'on avait regardé dans les tiroirs de sa commode après qu'elle les eut fouillés, on ne se serait jamais douté qu'il y manquait quelque chose. Les tricots étaient toujours là, mais seulement ceux qu'elle portait rarement – ceux dont les couleurs étaient passées, ou qui ne lui allaient pas. Les culottes étaient toujours là, mais seulement celles dont l'élastique ne tenait plus. Le carton n'était pas immense – il fallait qu'elle puisse le porter sur plusieurs rues – et elle ne le chargea pas trop. Il restait des tas de vêtements accrochés dans sa penderie, qu'elle n'avait même pas encore examinés.

Mais elle avait tout le temps du monde pour cela.

Elle ferma les rabats du carton, le cala sur sa hanche, descendit dans la cuisine et sortit par la porte de derrière.

C'était le 1er septembre, le jour de la fête du Travail, et même si Robin était allé travailler comme tous les autres jours, nombre de leurs voisins faisaient la grasse matinée. Elle descendit sa rue sans croiser personne, et lorsqu'elle tourna sur Belvedere Avenue, les rares passants qu'elle vit étaient des étrangers. C'est tout juste s'ils lui accordèrent un regard.

Dans Perth Road, elle prit à droite à la troisième maison – une demeure en bardeaux blanche avec un petit jardin clairsemé côté rue – et suivit une allée ravinée, menant au garage à l'arrière. Le long de la façade latérale courait un escalier d'apparence peu solide. Elle en gravit les marches et déverrouilla la porte de son studio.

Initialement l'endroit n'avait pas été conçu pour y vivre. Quelqu'un avait dû l'aménager un jour pour un fils adolescent impatient de quitter le domicile familial, ou pour un mari rêvant d'une garçonnière. À l'exception de la minuscule salle de bains creusée dans un coin au fond, l'espace se résumait à un unique carré dépourvu de cloison, doté d'une fenêtre donnant sur la cour intérieure. L'espace cuisine se résumait à un plan de travail recouvert de linoléum, équipé d'un évier et d'une plaque chauffante, au bout duquel se trouvait un frigo. Il y avait une petite table en formica et une unique chaise sur laquelle Mercy ne s'asseyait jamais parce qu'elle préférait peindre debout. Des tubes de peinture acrylique, des pots remplis de pinceaux et des blocs de toiles de différentes tailles étaient éparpillés sur toute la surface de la table – le seul désordre qu'elle s'autorisait. Le canapé était en réalité une banquette recouverte d'une housse en velours marron délavé, et la commode à côté était surmontée d'une lampe avec un abat-jour à glands qui ne supportait pas une ampoule de plus de quarante watts. Il y avait aussi du lino au sol, mais celui-ci arborait un motif différent de celui du plan de travail. Pas de rideau ; seulement un store en papier jauni. Pas de tapis. Pas de placard.

Mercy adorait cet endroit.

Robin avait d'abord regimbé lorsqu'elle avait suggéré qu'ils le louent. C'était trois ans auparavant, à cette époque-là, les deux filles étaient déjà parties depuis longtemps. « Tu ne pourrais pas peindre dans la chambre des filles ? Cette pièce est libre, maintenant !

— La chambre des filles est notre chambre d'amis », avait-elle rétorqué.

Les Garrett ne recevaient jamais d'invités pour la nuit. Les quelques membres de la famille de Mercy vivaient tout près, et du côté de Robin ils étaient pour la plupart décédés ; et aucune de leurs connaissances ne vivait en dehors de la ville. Mais Robin ne pouvait pas argumenter davantage car, même s'il était le seul à subvenir aux besoins de la famille, le magasin appartenait à Mercy et elle avait donc voix au chapitre quant aux finances de leur foyer. Elle se demandait comment la conversation se serait terminée si ça n'avait pas été le cas. Il était fier d'avoir une femme qui peignait, elle le savait, mais elle le soupçonnait d'estimer que c'était un passe-temps, comme de la broderie ou du crochet.

Cela allait changer, si Mercy avait un tant soit peu son mot à dire.

Elle retira les quelques affaires présentes dans la commode – des fournitures d'art supplémentaires, un vieux numéro du magazine *Life* – et les remplaça par les vêtements qu'elle avait apportés. Elle était aussi venue avec une brosse à dents et un tube de dentifrice, un bonnet de douche, un peigne et une bouteille de shampooing. Elle les rangea dans la salle de bains qui, jusqu'à présent, n'était équipée que d'un savon et d'une serviette pour les mains. Puis elle s'assit sur la banquette et regarda par la fenêtre. C'était ce qu'elle prévoyait de faire ici : rester assise et penser, toute seule. Ou plutôt, *ne penser à rien*. Se vider l'esprit. En plus de peindre, naturellement.

De là où elle était assise, elle n'apercevait que la cime du chêne qui se dressait dans le jardin des Mott. Au-delà, il y avait le ciel, mais elle ne le voyait pas à cette période parce que le chêne avait encore toutes ses feuilles. Celles-ci n'avaient même pas encore commencé à brunir ; elles étaient d'un vert profond et brillant, et ce décor apaisait Mercy.

Elle finit par se lever, récupéra son carton vide et rentra chez elle.

Le mardi, elle apporta une serviette de douche, un gant de toilette, une parure de lit et une couverture en flanelle. Elle débarrassa la banquette de sa housse, installa les draps, puis remit la housse, laissant la taie sur la commode en attendant de se procurer un oreiller. Elle avait oublié qu'il n'y en avait pas ici – seulement une rangée de coussins en velours appuyés contre le mur. Elle devrait en acheter un ce samedi, quand elle aurait la voiture.

Et si, par chance, Robin se trouvait dans son atelier au sous-sol samedi, elle pourrait même charger certaines des affaires plus lourdes – un peu de vaisselle, une ou deux casseroles, le radio-réveil de la chambre des filles – et les déposer au studio en allant faire ses courses hebdomadaires.

Elle éprouva une sorte de jubilation intérieure à cette pensée, un enthousiasme qu'elle n'avait plus connu depuis des années.

Le mercredi était le premier jour où ils pouvaient espérer recevoir une lettre de David. Enfin, en partant du principe que le courrier envoyé de Pennsylvanie ne mettait qu'une journée à arriver. Mais dans la mesure où David se trouvait dans la partie occidentale de la Pennsylvanie, cela pouvait prendre plus de temps. Et puis, rien ne garantissait qu'il écrirait si tôt. Elle le lui avait demandé ; elle l'avait même imploré. « Envoie-nous un petit mot dès que tu seras installé, lui avait-elle dit. Juste pour nous dire si tout va bien. » Et Robin avait ajouté : « Tu sais à quel point ta mère se fait du souci, mon fils. » Mais, avec David, on ne pouvait jamais être sûr de rien.

Quand bien même, elle s'attarda à la maison ce matin-là pour attendre le facteur. En vain, s'avéra-t-il. Robin appela du magasin pour savoir, lui aussi, ce qu'il en était, ce qui prouvait qu'elle n'était pas la seule à se faire du souci. « J'aurais aimé pouvoir l'appeler, lui dit-elle. J'ai noté le numéro de sa résidence.

— Pour quoi faire ? Écouter les pièces de monnaie tomber pendant qu'ils le cherchent partout ?

— Non. Je sais, tu as raison. »

En désespoir de cause, elle téléphona donc aux filles. Alice était désormais mère au foyer – avec Kevin, ils avaient un bébé de neuf mois –, par conséquent elle était facilement joignable, mais difficile à garder en ligne. « À quoi tu t'attendais ? David est un *garçon*, dit-elle à Mercy. Tu pourrais t'estimer heureuse si tu recevais… Non ! Robby ! Enlève ça de ta bouche ! (Leur bébé était une fille, mais il l'avait tout de même appelé Robin.) Donne ça à maman, ma chérie. M'man, je dois te laisser. Elle est en train de manger des croquettes dans la gamelle du chien. »

Il était plus compliqué de joindre Lily. C'était surprenant, car elle était sans emploi ces temps-ci. (Elle était très souvent entre deux boulots, semblait-il à Mercy.) Mais peut-être avait-elle décroché un nouveau poste. Quoi qu'il en soit, son téléphone sonnait dans le vide, donc Mercy finit par raccrocher et se rendre à son studio.

Cette fois-ci, elle emporta une sélection de jupes. Elle n'avait jamais été une adepte des pantalons. Elle portait des jupes ou des robes. Mais pour les robes, il fallait des cintres et il n'y avait pas de penderie dans le studio, alors que les jupes pouvaient être rangées à plat si nécessaire. Elle y avait réfléchi et avait volontairement laissé de la place dans le long tiroir du bas de la commode.

Le studio s'était imprégné d'une odeur différente depuis la veille, une note légèrement florale qu'elle identifiait comme étant *son* odeur. Ou du moins celle de sa marque de lessive.

Elle profita d'être là-bas pour tenter d'appeler de nouveau Lily depuis le téléphone qui se trouvait dans la cuisine. Cette fois-ci, sa fille décrocha : « Allô ? » dit-elle. On sentait de la méfiance dans sa voix, comme si elle redoutait de mauvaises nouvelles.

« Bonjour, ma chérie ! dit Mercy d'un ton enjoué. Comment vas-tu ? »

Il y eut un silence. Puis : « Je ne vais pas y aller par quatre chemins, maman. J'attends un enfant.

— Oh ! laissa échapper Mercy avant de marquer une pause. Tu attends… Tu veux dire que tu es enceinte ? »

Elle entendit un grognement proche du rire.

« Mais c'est merveilleux, ma chérie ! » s'exclama-t-elle.

Lily avait toujours soutenu que B. J. et elle n'envisageaient pas d'avoir des enfants mais, évidemment, les gens pouvaient changer d'avis.

« J'avais l'intention de l'annoncer au dîner d'adieu de David, dit Lily, mais je me suis dégonflée.

— J'imagine que B. J. est heureux, dit Mercy pour la tester.

— L'enfant n'est pas de lui. »

Mercy encaissa la nouvelle.

« J'étais sûre que tu réagirais comme ça, dit Lily.

— Quoi ! Mais je ne réagis pas ! Je digère l'information, c'est tout. Qu'est-ce que tu vas faire ?

— Qu'est-ce que je *peux* faire ?

— Il est au courant ?

— Non.

— Non, il ne sait pas que tu es enceinte, ou non, il ne sait pas que ce n'est pas le sien ?

— Ni l'un ni l'autre.

— Bon, dit sèchement Mercy, ça explique très certainement pourquoi tu ne voulais pas nous l'annoncer devant lui.

— Au contraire, c'était pour ça que je voulais vous le dire. Pour que vous puissiez… tu sais… faire tampon.

— Tu sous-entends par là qu'il pourrait être violent ?

— B. J. ? Aucun risque. »

Mercy se demanda comment Lily pouvait en être sûre. B. J. était mécanicien moto, et il aimait porter des blousons en cuir noir et des bottes avec des chaînes autour des chevilles. Mais elle dit : « Bon, c'est déjà ça.

— Mais comment tu fais pour être systématiquement à côté de la plaque ?

— À côté de la plaque ! Quelle plaque ? Tu me dis que tu attends un bébé, c'est normal que je me demande comment le père a réagi. La figure paternelle, je veux dire, rectifia-t-elle après un instant d'hésitation.

— B. J. n'est pas le père ni la figure paternelle.

— D'accord. Alors qui est-ce ? »

Elle était satisfaite de son flegme apparent. Cependant, Lily n'avait pas l'air impressionnée.

« Oh, juste un gars de chez Dodd, dit-elle d'un ton détaché.

— De… l'agence immobilière ? » s'enquit Mercy. Il s'agissait du dernier emploi que Lily avait quitté, ou peut-être dont elle avait été licenciée – un poste de réceptionniste chez Dodd, Goldman.

« C'est ça, répondit Lily. Il est agent là-bas.

— Ah », fit Mercy qui n'en était pas moins déconcertée. Un agent immobilier ne semblait pas du tout être le type de Lily. « Comment s'appelle-t-il ?

— Maman !

— Quoi ? C'est le père de mon petit-enfant ! Il faut bien que je sache son nom !

— Oh, Seigneur, fit Lily avant de fondre en larmes.

— Lily, ma chérie. Lily. Arrête. On doit réfléchir à tout ça. On doit réfléchir calmement et tous ensemble. Il est au courant pour le bébé, lui ?

— Il est marié. »

Ses sanglots l'empêchaient d'articuler et Mercy comprit « barré » au sens de déséquilibré.

Ce fut à son tour de s'exclamer : « Oh, Seigneur !

— Évidemment, tu ne peux pas t'empêcher de jouer les offusquées. »

Mercy ne releva pas. Elle attendit que Lily ait fini de se moucher, puis elle dit : « Donc, juste histoire d'envisager tous les paramètres... Est-ce que B. J. a vraiment besoin de savoir qu'il n'est pas le père ?

— Quoi ! Tu me suggères de lui mentir ? »

Mercy se sentit rougir. « Pas de lui mentir. Pas vraiment. Juste d'omettre de lui dire la vérité. Ça pourrait être par... par considération pour lui.

— Mais c'est mal ! s'indigna Lily.

— Ah. Oui, pardon, je...

— En plus, ça se serait fait par l'opération du Saint-Esprit, si B. J. était le père.

— Ah.

— On a un peu pris nos distances. »

Mercy se demanda comment elle avait fait pour ne pas le remarquer. Même si la famille les voyait très peu – ils s'étaient mis en ménage sans prévenir personne pendant la deuxième année de *community college*[1] de Lily, où B. J. n'étudiait même pas, et ils vivaient dans un petit appartement du centre-ville – Mercy avait toujours pensé qu'ils étaient heureux.

Mais Lily déclarait à présent : « Si seulement je pouvais m'en aller d'ici. Partir quelque part et prendre le temps de réfléchir. Faire une croisière ou autre chose.

— Une croisière ! » s'écria Mercy. Cette idée était si saugrenue qu'elle se demanda un instant si elle n'avait pas mal entendu.

« En tout cas, partir loin d'eux, loin de B. J. et Morris, jusqu'à ce que j'aie les idées claires. »

Morris. Mercy enregistra ce nom. Tellement de nouvelles têtes semblaient graviter autour d'une personne une fois qu'elle avait des enfants.

« Je me suis dit hier que je pouvais peut-être camper dans ton studio quelque temps, déclara Lily. Je dormirais sur le canapé, je me réchaufferais des soupes en conserve sur la plaque… »

Mercy changea de position, mal à l'aise. « Oh, tu sais, il me semble plus logique que tu récupères votre ancienne chambre à Alice et toi. Puisqu'il y a de vrais lits et tout, là-bas.

— Ma chambre ! Tu imagines le sentiment d'échec que ce serait pour moi, de retourner dans ma chambre d'enfant ?

— Bon, inutile de prendre des décisions trop hâtives. Mais, écoute ! Tu devrais peut-être consulter un médecin, t'assurer que tu es vraiment enceinte. Il se peut que tu aies simplement du retard.

1. Établissement d'études supérieures peu sélectif et moins coûteux que les universités américaines classiques, proposant un cursus en deux ans.

— Un retard de *trois* mois ?

— Ah. »

Mercy passa en revue ses dernières entrevues avec sa fille – Lily de passage chez eux pour emprunter le mixeur, Lily au dîner d'adieu de David… Portait-elle des vêtements très amples ? Cela dit, elle avait toujours été du genre décontracté. « Quoi qu'il en soit, tu devrais consulter un médecin, dit Mercy. Comment tu te sens, au fait ?

— Ça va. Des nouvelles de David ? »

Mercy fit un effort pour revenir au motif de son appel. « Pas un mot, dit-elle. J'espérais qu'on recevrait une lettre aujourd'hui, mais le facteur est déjà passé et il n'avait rien pour nous.

— Je serais toi, je ne me ferais pas trop d'illusions.

— Non, mais bon…

— Bref, promets-moi de ne rien dire à papa sur ce que tu sais, d'accord ? Attends que je sache ce que je vais faire.

— D'accord, ma chérie. Je suis sûre que tu vas t'en sortir. »

Sur ces paroles, elles se dirent au revoir puis raccrochèrent.

Cela faisait beaucoup d'informations à digérer pour Mercy – il n'y avait pas uniquement le fait que Lily soit enceinte, mais aussi l'état désastreux de son mariage et l'apparition inopinée de machin-chose.

Morris, voilà.

Elle avait honte d'admettre que sa principale préoccupation était de trouver comment dissuader Lily de s'installer dans le studio.

Le jeudi, comme ils n'avaient toujours pas de nouvelles de David, Mercy lui envoya une carte postale tirée de sa pile de cartes glanées dans des musées – un Seurat. « Tu nous manques ! écrivit-elle. On aimerait savoir que tout va bien ! Réponds-nous, s'il te plaît. » Elle ne lui donna aucune nouvelle de la famille, parce qu'elle voulait qu'il s'en enquière de lui-même. Et puis, elle n'avait rien à raconter pour l'instant. La grossesse de Lily était toujours tenue secrète, et Robin devait être le premier informé de son emménagement à elle dans son studio.

Elle redoutait un peu ce moment.

Elle déposa la carte postale dans la boîte à l'angle de la rue en se rendant au studio. Ce jour-là, elle apportait des chaussures. Elle avait troqué son carton Sunkist contre un sac en toile dans lequel elle avait mis une paire de chaussures de ville, une autre de sandales, ainsi que ses chaussons. Ce à quoi elle n'avait pas réfléchi, en revanche, c'était à l'endroit où les ranger une fois arrivée. Elle scruta la pièce qui, à sa grande satisfaction, semblait encore dépouillée. Il ne fallait surtout rien ajouter de superflu. Finalement, elle fourra toutes les chaussures au fin fond des tiroirs sous le plan de travail de la cuisine. Après tout, ce n'était pas comme si elle prévoyait de faire de la grande cuisine ici. Elle pouvait se permettre de condamner un tiroir.

Pour la première fois de la semaine, elle s'approcha de la table et examina le tableau posé debout contre un pot rempli de pinceaux. Ce n'était pas un projet en cours. Il était complètement achevé. Elle avait pris pour sujet sa propre maison – la salle à manger, plus précisément. Un vague miroitement évoquant la table, une tache floue pour le tapis et une forêt de pieds de chaise figurés par des bâtons ; seuls les pieds de la chaise haute que ses enfants avaient autrefois utilisée étaient détaillés – chaque nœud, chaque aspérité apparaissait comme sous un microscope –, de même que le lapin en peluche à salopette, celui de la petite Robby, couché à plat ventre sur un barreau où elle l'avait lancé.

À côté de cette toile se trouvait une pile de cartes postales représentant le même tableau en miniature. Sur le bord blanc en bas de l'image étaient inscrits son nom et le numéro de téléphone de son studio, suivis de la mention : « Et si une artiste professionnelle peignait le portrait de votre maison ? »

Elle était plus ou moins une professionnelle, non ? Ou devrait-elle plutôt dire artiste « qualifiée » ? Elle avait longuement tergiversé à ce sujet, et n'était toujours pas sûre d'avoir fait le bon choix.

Elle avait été formée à l'école LaSalle, sur la 26e Rue. Elle y avait passé un an et demi et avait rêvé d'étudier un jour à Paris. À présent, elle voyait mal comment cela aurait pu se produire. Son père n'était vraiment pas fortuné. S'était-elle figuré qu'elle obtiendrait une quelconque bourse ? Ou qu'elle suivrait un apprentissage auprès d'un célèbre peintre français ? Tout ce qui lui restait en mémoire désormais, c'était une image de la chambre de bonne dans laquelle elle s'était vue vivre – le plafond en pente raide et l'étroite fenêtre avec sa vue sur les toits de Paris.

N'empêche, l'école LaSalle était un établissement tout à fait respecté.

Elle avait prévu de mettre ces cartes postales à disposition dans les épiceries du quartier, sur les tableaux d'information des laveries automatiques et à côté de la caisse chez Wellington's Articles de plomberie. Mais pas avant d'en avoir parlé à Robin.

Le vendredi, ils eurent des nouvelles de David. Enfin ! Il avait écrit sur une feuille de cahier lignée qu'il avait envoyée dans l'une des enveloppes que Mercy avait affranchies et adressées à l'avance pour lui et qu'elle avait glissées dans la poche de sa valise. « Chers parents, écrivait-il. Je me plais beaucoup ici, mais je dois suivre un cours de rattrapage en maths, ce qui ne me réjouit pas. Je vous embrasse, David. »

Elle appela Robin au magasin et lui lut la lettre. « Hmm, fit-il. J'imagine que maintenant il regrette de ne pas avoir été plus attentif en cours de maths.

— Il était attentif ! Ce n'est pas sa faute si ce n'est pas un matheux !

— Hmm », répéta-t-il.

Robin en voulait encore à David d'avoir choisi la littérature comme matière principale. (Il voulait être dramaturge.) À l'entendre, la littérature était la discipline la plus inutile qui soit. (Et ne parlons même pas du théâtre.)

Elle appela ensuite Lily. Recevoir des nouvelles de David donnait à Mercy un prétexte pour la contacter, c'était l'avantage. « Alors, dit-elle après avoir lu la lettre à haute voix. Comment tu te sens, ma puce ?

— Ça va.

— Je veux dire…

— Oui, je sais ce que tu veux dire.

— Alors, tu as… est-ce que tu as réfléchi…

— Ne me mets pas la pression, maman ! OK ? Je suis capable de gérer la situation !

— Oui, évidemment que tu en es capable, mais…

— Voilà, maintenant je regrette de te l'avoir dit. »

Au moins elle ne pleurait plus, c'était un progrès. Mercy s'éclaircit la voix. « Je me demandais, hasarda-t-elle, si tu pouvais envisager d'avoir une franche discussion avec B. J., de lui dire la vérité sans détour et de lui demander si vous pouviez tout recommencer à zéro.

— Maman, tu n'as pas la moindre idée de ce que je traverse.

— Non, c'est vrai. Bien sûr que non. Mais tu vas avoir besoin de soutien, ma puce. Et il y a une chose que je sais : les mariages évoluent par étapes. On pourrait presque parler d'incarnations. Tu peux te retrouver dans un bon ou dans un mauvais mariage, et il peut s'agir du même mariage, mais à différentes époques.

— Eh bien, le mien va de mal en pis, rétorqua Lily.

— Oh, je suis sûre que ce n'est pas vrai !

— On n'a absolument rien en commun.

— Des tas de couples n'ont rien en commun.

— Peut-être que ça te convient, à toi, maman, mais moi je n'ai pas l'intention de me résigner.

— Te résigner ! éructa Mercy, piquée au vif. Tu es vraiment un drôle de cas ! »

Clic. Lily raccrocha.

Bon débarras, se dit Mercy. Puis elle passa un moment à arpenter la maison en émettant des *tsss !* d'exaspération et en songeant à d'autres piques qu'elle aurait pu envoyer à Lily.

Dès que Robin avait eu les moyens d'engager un assistant, il avait pris pour habitude de ne pas travailler le samedi. C'était l'idée de Mercy. D'après elle, il devait passer plus de temps avec ses enfants. Cependant, il s'avéra que ses enfants étaient déjà très occupés par leurs propres activités, si bien qu'il finit par se retrancher au sous-sol où il vaquait joyeusement à divers projets, tandis que Mercy prenait la voiture pour aller faire des courses. Puis, le soir, ils se retrouvaient pour un bon dîner, parfois au restaurant, mais le plus souvent chez eux. Robin prétendait que les prix pratiqués par les restaurants étaient de la « grande truanderie ».

Ce samedi-là, ils restèrent chez eux. Mercy prépara des saucisses polonaises accompagnées de galettes de pomme de terre, l'un des plats préférés de Robin, et lui ouvrit une Natty Boh[1] sans lui demander son avis. Elle-même se servit un verre de chianti, puis elle mit un disque de Frank Sinatra sur la platine. Elle portait la robe à encolure en V qu'il aimait ainsi qu'un peu de maquillage, mais pas trop pour ne pas lui donner l'occasion de dire qu'il la préférait au naturel. Il ne manqua pas de remarquer les efforts qu'elle avait déployés. « Comme c'est chouette, tout ça, dit-il en s'asseyant. Et même un bouquet de fleurs !

— C'est notre premier samedi soir en tant que *vieux* couple, dit-elle sur le ton de la plaisanterie. Je me suis dit qu'on devait fêter ça.

— Oh, chérie, tu n'auras jamais l'air d'une vieille. »

Elle déplia sa serviette et l'étala sur ses genoux. « En parlant de vieillesse, je me dis que, maintenant que je n'ai plus à m'occuper de personne, je vais me sentir désœuvrée.

— Tu as encore de quoi faire avec moi !

— Oui, mais… et donc j'ai pensé que je pourrais me consacrer un peu plus à ma peinture.

— Quelle excellente idée ! dit-il en se servant de la moutarde.

1. La National Bohemian, communément appelée Natty Boh, est une bière blonde produite à Baltimore.

— Et même essayer de me faire un peu d'argent, si je peux. »

Robin reposa la moutarde. « Allons, Mercy, on s'en sort très bien financièrement. Tu n'as pas particulièrement besoin de te mettre à travailler.

— Oh, mais je ne vais pas me mettre à travailler ! Je me dis juste que je pourrais vendre mes tableaux. »

Il fronça les sourcils. « Très bien, ma chérie, mais je ne suis pas certain que…

— Voilà mon idée, le coupa-t-elle. Tu sais comme les gens peuvent être fiers de leur maison. C'est notre cas, d'ailleurs ! Moi par exemple, je suis aux anges quand ma glycine commence à fleurir du côté gauche de la véranda et que les passants s'arrêtent pour me dire à quel point c'est joli.

— Oui, bon…

— Et donc, des portraits de maisons ! Tu me suis ? J'irais chez les gens pour peindre le portrait de leur maison ! Je ferais une campagne de publicité ; je dirais : "Artiste prête à venir capter l'aura de votre maison."

— La quoi ?

— Le caractère particulier et unique. Tu vois ? Si je devais peindre notre propre maison, par exemple, je me concentrerais sur cette glycine. Ou alors, tu te souviens du tableau que j'ai fait il y a quelque temps, celui de la chaise haute de la petite Robby dans la salle à manger ? »

Il pencha la tête d'un air interrogateur.

« Je m'explique : la salle à manger dans son ensemble est simplement suggérée, plus ou moins, mais une attention particulière est prêtée à la chaise haute avec ses pieds inclinés qui sont comme sculptés.

— Tournés.

— Oui, tournés, et le lapin de Robby est accroché en dessous.

— Je vois le tableau dont tu parles, dit Robin la mine toujours renfrognée.

— Je le leur montrerais en disant : “Quelle est la particularité de votre maison à vous, à votre avis ? Vous n’aimeriez pas que je la représente en peinture ?” Et je pense que ça aurait plus de sens pour eux si c’était moi qui désignais cet élément. Si je *lisais* leur maison, comme on lit les lignes de la main, et que je leur disais : “Voilà son âme. Ce qui la définit. Son essence.”

— D’accord, dit Robin en déplissant le front et en hochant la tête. Oui, bien sûr, chérie. Tu devrais te lancer. »

Puis il saisit sa fourchette et commença à mélanger la moutarde dans son assiette de saucisses.

« Ça impliquerait que je passe plus de temps au studio, j’en ai bien peur, annonça Mercy.

— Du temps, tu en as à revendre.

— Il se peut même que je doive y dormir quelquefois.

— Pardon ? » dit-il en posant sa fourchette.

Elle entrait dans le vif du sujet.

« Enfin, tu sais, amorça-t-elle. Je vais m’impliquer à fond dans un projet qui va totalement m’absorber…

— Hmm.

— Donc je me suis dit que si je gardais une couverture à portée de main dans mon studio, je pourrais m’étendre sur la banquette et faire un somme là-bas, plutôt que de rentrer à la maison à pied dans la nuit. »

Il y eut un silence, seulement troublé par Frank Sinatra qui chantait « Strangers in the Night ».

« Mercy, lança Robin. Est-ce que tu me quittes ?

— Oh, mais non ! dit-elle en tendant la main par-dessus la table pour la poser sur son poignet. Non, mon amour, je ne te quitterai jamais ! Comment peux-tu penser une chose pareille ?

— Mais tu es en train de me dire que tu ne veux plus dormir avec moi.

— Ce serait seulement de temps en temps. Comme, par exemple, si j'avais un délai de remise à respecter. »

Il ne répliqua pas. Ses lèvres étaient entrouvertes et il scrutait le visage de Mercy ; il paraissait secoué. Elle fut saisie d'un élan de pitié. Elle lui serra davantage le poignet et dit : « Mon cher amour. Tu es mon mari ! Comment pourrais-je te quitter ?

— Mais personne ne va te demander un délai pour un simple tableau. »

Soudain, elle n'éprouva plus tant de pitié que cela à son égard. Elle lui lâcha le poignet. « Les tableaux font parfois l'objet d'une commande urgente.

— C'est juste le prétexte que tu as trouvé pour me laisser tomber.

— Non, c'est un moyen pour moi de prendre un peu de… d'indépendance.

— Tu veux être *indépendante* ? demanda-t-il en prononçant ce mot avec une sorte de dédain, comme s'il le trouvait répugnant.

— Robin. Écoute-moi. Tu te souviens du mariage d'Alice, quand elle dressait la liste des invités ? Et qu'elle m'a dit : “La nouvelle femme du père de Kevin n'a pas l'air très futée, donc tu pourras t'occuper d'elle pendant la soirée et discuter de trucs de femmes au foyer, s'il te plaît ?”

— D'accord…

— Comme si, moi non plus, je n'avais pas grand-chose dans le ciboulot ! Tu vois ce que je veux dire ?

— Elle ne voulait pas…

— Elle avait invité tous ses collègues enseignants et même sa directrice, donc elle sous-entendait que c'était une chance que je sois là, parce que je n'étais qu'une femme au foyer.

— Ce n'est qu'un mot, lui dit Robin. Ce n'est pas une insulte. Je ne suis qu'un plombier, et alors ? On se colle tous des étiquettes. Ce ne sont que des raccourcis, voilà tout.

— C'est un raccourci pour "moins-que-rien". Tu vois ? »

Mais elle aurait dû arrêter de dire « tu vois », parce que, justement, il ne voyait pas ; il ne comprenait pas du tout où elle voulait en venir.

« Je ne m'en remettrais pas si tu me quittais, Mercy, déclara-t-il.

— Je ne vais pas te quitter. Je te le promets.

— Ça y ressemble vraiment, pourtant. »

« *Doo-be-doo-be-doo* », chantait Frank Sinatra.

Quel idiot !

Les quelques jours qui suivirent, Mercy continua de dormir dans leur maison. Elle se levait le matin et préparait le petit déjeuner de Robin ; elle nettoyait et s'activait jusqu'à ce qu'il s'en aille travailler. (Allez, pars ! Mais pars ! lui disait-elle dans sa tête. Combien de temps cela peut-il prendre, de simplement s'en aller ?) Et puis, dès l'instant où il quittait la maison, elle filait à son studio. Elle n'avait plus grand-chose à y transporter. Tout le nécessaire y était désormais, et même cela paraissait superflu car elle s'était figuré mener sa vie future dans une pièce vide. Elle était presque troublée de découvrir qu'une certaine quantité de bric-à-brac finissait nécessairement par s'infiltrer : la bouilloire sur la plaque chauffante pour le thé, le torchon sur le rebord de l'évier.

Elle avait à présent distribué un certain nombre de cartes postales. Elle avait même reçu une réponse, pas par téléphone mais en personne, quand une cliente l'avait, par hasard, vue punaiser une carte au pressing. « Vous peignez des portraits de maisons ? avait demandé la femme.

— Oui ! Vous êtes intéressée ?

— Eh bien, je vous pose la question parce que mon mari et moi venons d'acheter une maison à Guilford.

— Je pourrais la peindre ! s'était enthousiasmée Mercy. Je pourrais venir la visiter, me faire une idée de sa personnalité.

— C'est juste une idée comme ça.

— Prenez une carte, dit Mercy en en fourrant une dans la main de la femme. Ce numéro, c'est mon atelier ; vous pouvez presque toujours me joindre là-bas en semaine. Réessayez régulièrement si je ne réponds pas. »

Puis elle partit pour ne pas paraître insistante. Mais deux jours plus tard, la femme appela bel et bien. Elle précisa que, dès que leur maison serait aménagée exactement comme ils le souhaitaient, ils pourraient demander à Mercy de passer, et celle-ci convint qu'il était préférable de laisser le temps à la maison de revêtir sa véritable personnalité. « Sa véritable personnalité », répéta la femme d'un ton approbateur qui emplit Mercy d'espoir.

Pendant ce temps, David ne leur écrivait pas. Mercy lui envoya deux lettres dans lesquelles elle lui posait des questions spécifiques – « Comment se passe ton cours de maths ? Est-ce que tu apprécies ton coloc ? » –, mais elle ne reçut aucune réponse. « Rien de surprenant, commenta Robin. Le petit vient juste de se débarrasser de nous. C'était couru d'avance.

— Oh, Robin ! Comment peux-tu dire une chose pareille ? Il a toujours été très proche de nous !

— Il ne l'a plus été depuis l'école primaire », rétorqua Robin.

Mercy abandonna le sujet car ils ne verraient jamais les choses du même œil à propos de David.

Alice et Lily n'avaient pas eu de nouvelles de lui, non plus. Mais elles s'en préoccupaient moins, car elles avaient leurs propres soucis. La petite Robby d'Alice avait attrapé la roséole et empêchait sa mère de dormir depuis trois nuits. Lily était quasiment injoignable et, quand elle répondait au téléphone, c'était seulement pour dire que, non, elle n'avait aucune nouvelle de David et, non, elle n'avait pas encore pris de décision. Au revoir et merci.

Et puis, un vendredi soir vers la fin du mois, alors que Robin et Mercy regardaient les informations régionales, Lily sonna à la porte. (Lily ne sonnait jamais, elle entrait directement.) Ce fut Robin qui alla ouvrir, et Mercy l'entendit s'exclamer : « Lily ! » puis lancer un « Bonsoir ? » déconcerté.

Mercy se leva du canapé et alla le rejoindre. Elle trouva Lily en train de lui présenter un homme d'une quarantaine d'années en complet-veston. « Papa, voici… Ah, coucou, maman ! Maman, papa, je vous présente Morris Drew.

— Bonsoir, Morris », dit Robin, mais sur un ton interrogatif.

Mercy fut bien obligée de s'avancer en passant

devant Robin et de tendre la main. « Comment allez-vous, Morris ? dit-elle. Entrez, je vous en prie. »

La poignée de main de Morris était ferme et professionnelle. C'était un homme ordinaire – de taille moyenne, un peu replet, avec d'épaisses lunettes rondes – et Mercy sut immédiatement qu'elle allait avoir du mal à graver son visage dans sa mémoire. « Enchanté, madame Garrett », dit-il. Il parlait de ce ton neutre qu'adoptent généralement les animateurs radio.

Ils entrèrent, Morris s'essuyant les pieds sur le paillasson pour la forme, car le temps était sec. Mercy alla éteindre la télévision. (Un homme avait été aperçu en train de promener un animal qui s'apparentait à un loup dans Druid Hill Park.) « Bien ! » fit Robin en se frottant les mains. Lily et Morris s'assirent sur le canapé. Robin choisit son fauteuil inclinable, mais n'abaissa pas le dossier ; il resta droit, vigilant, comme paré pour d'éventuels ennuis. Mercy prit place dans le fauteuil à bascule.

« Morris et moi avons une annonce à vous faire, dit Lily de but en blanc. On va se marier.

— Mais que… ? » lâcha Robin.

Que faisait-elle de son mariage actuel ? devait-il se demander. Mercy était la seule à en savoir assez pour s'interroger sur le mariage actuel de *Morris*. De nombreuses explications semblaient s'imposer, qu'il faudrait ensuite digérer et accepter. Mais Lily avait sans doute décidé qu'il était plus commode de s'en affranchir purement et simplement. « Ce n'est pas pour tout de suite, leur dit-elle, mais j'ai pensé que vous apprécieriez d'être prévenus. Morris garde un œil sur les offres immobilières, au cas où la maison idéale se présenterait sur le marché. »

Robin afficha une mine ahurie.

Mercy s'engouffra dans la brèche. « Quand vous aurez trouvé un logement à votre goût, leur dit-elle, je viendrai en peindre le portrait pour votre cadeau de mariage.

— Quoi ? D'accord, dit Lily sans creuser davantage. Merci, maman.

— Merci, madame Garrett », dit Morris.

L'approche de Lily avait donc vraisemblablement fonctionné. Tous les obstacles avaient disparu comme par enchantement.

Du moins en apparence. Robin ne décrocha pas un mot durant tout le reste de leur visite, laissant Mercy alimenter la conversation, et quand Lily lui fit une bise en partant, il se laissa faire et resta muet. Mais en son for intérieur, il était déconcerté et révolté, et à l'instant où la porte se referma derrière le couple, il s'en prit à Mercy comme si tout était sa faute. « Mais qu'est-ce que c'est que ce cinéma ? demanda-t-il, furieux. Comment se fait-il qu'une femme mariée puisse débarquer ici, chez ses parents, et présenter son nouveau fiancé sans qu'aucun de nous réagisse ?

— Allons, allons, chéri. Aucun observateur extérieur ne peut vraiment savoir ce qui se joue dans un mariage ; tu le sais bien.

— Je ne sais rien de tout ça. »

Évidemment qu'il ne savait pas. Leur propre mariage était transparent comme du cristal, un vrai livre ouvert, parfaitement fidèle aux apparences. Si l'on exceptait le fait que Mercy avait désormais passé plusieurs nuits loin de lui.

La première fois, elle l'avait prévenu qu'elle risquait d'être en retard parce qu'elle travaillait sur une toile compliquée. La deuxième – environ une semaine plus tard –, elle avança le même argument. C'était calculé. Elle voulait qu'il s'habitue progressivement. Et cela fonctionna car, lorsqu'elle découcha une troisième nuit sans l'en informer au préalable, il ne téléphona pas pour savoir où elle était ni ne débarqua au studio pour lui réclamer des explications. Ce qui ne signifiait pas pour autant que cela le réjouissait. Il était revêche, susceptible et difficile ; les matins qui suivaient ces nuits, il ne cessait de lui lancer des regards en biais et de faire mine de vouloir dire quelque chose avant de se raviser.

Elle était pourtant toujours là dès le matin. Elle veillait à rentrer avant qu'il ouvre l'œil, et à ce que son petit déjeuner soit sur la table lorsqu'il descendait.

Elle prévoyait d'arrêter un jour ou l'autre de faire cela. Mais pas tout de suite.

Le lendemain de leur rencontre avec Morris, Alice téléphona à Mercy et lui dit : « Alors ? » Puis elle attendit. « Bien, j'imagine que vous avez eu la visite de Lily », finit-elle par ajouter.

Alice et Lily n'avaient jamais été proches. Elles étaient trop différentes l'une de l'autre, supposait Mercy. Mais apparemment il leur arrivait de s'entretenir au sujet de leurs parents – en échangeant des signes de tête furtifs comme les frères et sœurs ont tendance à le faire – car, de toute évidence, Lily avait demandé à Alice de tâter le terrain. Mercy resta cependant évasive. « Hmm-mm, fit-elle.

— Alors, qu'est-ce que tu penses de Morris ?

— Il a l'air sympathique, répondit Mercy d'un ton neutre. Tu l'as rencontré ?

— Oui. »

Combien de fois ? À quelle occasion ? L'avait-elle trouvé agréable ? Digne de confiance ? Que se passait-il exactement, à son avis ?

Mercy ne posa pas une seule de ces questions. Elle se contenta de dire : « Je vais peut-être l'inviter à dîner à la maison avec toute la famille.

— D'accord... répondit Alice en attendant manifestement plus de précisions.

— Est-ce que Kevin et toi vous êtes libres ce dimanche ?

— On est censés aller chez sa mère.

— Le dimanche d'après, dans ce cas ?

— Le dimanche d'après, c'est possible pour nous.

— Très bien. J'en parlerai à Lily. »

Sur ce, Mercy prit congé de sa fille, se gardant toujours d'émettre le moindre jugement au sujet de Morris.

Elle avait plutôt apprécié cette conversation.

Malheureusement, Robin refusa que soit organisé un dîner de famille. « Attends, qu'est-ce que tu dis ? s'emporta-t-il. Tu veux ouvrir notre maison à l'amant de notre fille ?

— L'amant ! s'offusqua Mercy. C'est son fiancé, chéri. Il faut bien qu'on l'accueille au sein de la famille.

— Mais comment peut-elle avoir un fiancé alors qu'elle a déjà un mari, hein ? Où est B. J. dans toute cette histoire ? »

Robin n'avait jamais apprécié B. J. Il l'appelait Elvis dans son dos. Quand Lily et B. J. s'étaient mariés en secret, Robin était convaincu que c'était parce qu'ils y avaient été « contraints », et il avait semblé presque déçu de ne voir naître aucun bébé après cette union.

En parlant de bébé…

Si seulement Mercy pouvait lui confier que Lily était enceinte, il se montrerait peut-être plus compréhensif.

D'un autre côté, ça risquait de le mettre hors de lui.

C'était cette éventualité, plutôt que la promesse qu'elle avait faite à Lily, qui la dissuadait de partager la nouvelle.

Elle rappela Alice pour lui dire qu'ils allaient devoir repousser leur dîner. « Ah bon ? fit celle-ci sans attendre qu'elle lui en donne la raison.

— Je ne sais vraiment pas quand on va pouvoir organiser ça », dit Mercy. Puis elle s'empressa de demander comment se passaient les séances de tractions de la petite Robby. Robby avait atteint le stade où elle parvenait à se hisser sur ses pieds, mais ne savait pas comment se rasseoir. Elle restait debout à brailler dans son parc, épuisée, jusqu'à ce qu'Alice lui plie les genoux de force et la repose au sol. Sur quoi elle se relevait immédiatement. Alice avait beaucoup à dire à ce sujet, ce qui lui fit oublier celui du dîner.

La femme qu'avait rencontrée Mercy au pressing s'appelait Evelyn Shepard, et elle téléphona à la mi-octobre pour inviter Mercy chez elle. « Je crois qu'on a pris nos marques dans la maison, maintenant, dit-elle. Et je voulais voir comment vous envisageriez de la peindre.

— Je serais ravie de venir y jeter un œil.

— Si vous pouviez passer à un moment où mon mari est là lui aussi…

— C'est tout à fait possible.

— Et peut-être apporter quelques exemples de

votre travail ? Je lui ai montré le tableau sur votre carte, mais…

— Bien sûr. J'apporterai mon portfolio », dit Mercy.

Et elle prit note de penser à chercher dans les tiroirs de son bureau, à la maison, son carton à dessins en cuir grainé qu'elle avait conservé de ses années à l'école LaSalle.

Le rendez-vous fut fixé un samedi matin, jour où Mercy disposait de la voiture. Elle se gara en bas de la rue des Shepard afin de se faire une idée générale de la maison à mesure qu'elle s'en approchait ; elle voulait arriver armée, pour ainsi dire. C'était une demeure coloniale classique bâtie sur trois niveaux, en brique rouge avec des volets vert forêt. Soit, elle s'en remettrait ; elle avait tendance à préférer les intérieurs aux extérieurs, de toute façon. Elle appuya sur la sonnette puis l'étudia minutieusement. Sa vue semblait s'être affûtée et elle était attentive au moindre détail. Il faut dire que c'était une sonnette exceptionnelle, un bouton en caoutchouc blanc incrusté dans une plaque en laiton rococo.

Evelyn Shepard ouvrit la porte et s'exclama : « Bonjour, madame Garrett !

— Je vous en prie, appelez-moi Mercy.

— Alors moi ce sera Evelyn. Entrez, entrez. »

Evelyn portait des chaussures à talons, un samedi dans sa propre maison. De petits talons, mais tout de même. Elle était un peu plus jeune que Mercy, mais elle avait déjà tout d'une matrone, avec des cheveux bruns soigneusement permanentés et une élégante robe à fleurs ceinturée et très cintrée. « Clarence ? appela-t-elle. L'artiste est arrivée. » Elle conduisit Mercy à travers le vestibule – tapis persan, lustre en cristal – puis dans le salon, vaste et fastueux, au fond duquel trônait un piano à queue. *Clic*, *clic*, *clic*, Mercy prenait des photos avec ses yeux, enregistrant tout ce qu'elle pouvait. « Vous avez une bien belle maison », dit-elle poliment avant de s'asseoir à l'endroit indiqué par Evelyn, sur un divan de satin glissant. Mais elle se releva aussitôt car Clarence entrait dans la pièce. « Oh ! Clarence ! s'écria sa femme comme s'il l'avait surprise. Je te présente Mercy Garrett, l'artiste. »

Clarence était plus âgé que son épouse – les cheveux blancs, moustachu, avec un ascot s'épanouissant hors du col ouvert de sa chemise. En dehors des films anglais, Mercy n'avait jamais vu d'ascot. Cette vision la mit en confiance. Instantanément, elle fut capable de cerner ces gens : récemment installés dans une maison ostensiblement cossue, ils portaient des vêtements achetés dans l'unique but d'être à la hauteur de ce que, selon eux, elle exigeait d'eux. « Votre maison est magnifique », dit-elle à Clarence, cette fois-ci d'une voix assurée et avec un sourire chaleureux.

Après cela, ce fut simple. Les Shepard s'installèrent de part et d'autre de Mercy qui sortit des toiles de son portfolio – un solarium, un coin repas et ce qu'elle appelait une « salle de musique ». (En réalité, il s'agissait du salon d'Alice et Kevin, mais elle modifiait instinctivement son vocabulaire selon les circonstances.) À chaque tableau, tandis que le point de convergence se détachait du flou qui l'entourait, Evelyn lançait un « Ah ! », mais Clarence ne bronchait pas. « Donc cette photo sur la table d'appoint, dit Evelyn en contemplant la prétendue salle de musique, j'imagine que c'est un portrait du premier propriétaire de la maison, n'est-ce pas ? »

Elle faisait allusion à une photo posée à la verticale

à côté d'une conque : le père ou l'oncle de Kevin, allez savoir, coiffé d'une casquette militaire, lançant un regard belliqueux à travers un cadre argenté aux bords sertis de microscopiques perles d'argent. Mercy répondit : « Oui, un aïeul du côté paternel », puis elle passa à la peinture suivante : leur chambre à Robin et elle. Un rectangle en guise de lit, une estafilade pour le plancher, et puis un bout de fauteuil à bascule sur l'accoudoir duquel était jetée une chemise de nuit, chaque pli et chaque point de couture méticuleusement reproduit.

« L'essence de cette maison est une *chemise de nuit* ? demanda Clarence.

— Chut, Clarence, le rabroua Evelyn.

— Et ici, c'est la nursery de ma petite-fille », déclara Mercy. (« Nursery ! » Elle était satisfaite de ce terme.) Les traits verticaux les plus sommaires évoquaient les barreaux du lit de bébé de Robby, mais le tapis tressé sur lequel il reposait était tellement détaillé que l'imprimé bouton de rose de la vieille robe bain de soleil de Mercy apparaissait clairement dans l'une des mèches.

« Je trouve ça tellement original, dit Evelyn dans un long soupir.

— Avez-vous déjà tenté de peindre toute une scène en détail, au lieu d'une seule partie ? s'enquit Clarence.

— Évidemment ! Tout le monde peut le faire. Mais j'aspire à quelque chose qui ait plus de sens. Je veux me concentrer sur le seul élément qui révèle l'âme d'une maison. »

Il parut soucieux. « Et si vous décidez que l'âme d'une maison, ce sont ses toilettes ou je ne sais quoi ? »

Elle rit. « Je peux vous assurer que c'est très peu probable », lui dit-elle. En réalité, l'un des tableaux qu'elle ne lui avait pas encore montrés représentait le paravent vert entourant les « toilettes de bonne » dans l'atelier de Robin au sous-sol. Elle referma son carton à dessins dans un bruit sec et sourit de nouveau à Clarence. « Quoi qu'il arrive, dit-elle, vous pourrez toujours vous rétracter une fois que vous aurez vu mon travail. Vous aurez un droit de veto absolu. »

Evelyn se redressa, joignit les mains et lança un regard plein d'espoir à Clarence.

« Ah, fit-il. Et je peux vous demander vos tarifs ? »

Elle avait songé à passer son prix de cent à deux cents dollars en voyant le piano à queue, mais à présent, elle devinait qu'il n'accordait pas beaucoup de valeur à son travail.

« Cent dollars », dit-elle humblement.

Il lança un regard à Evelyn. « Bien, fit-il. Entendu.

— Oui ! s'exclama sa femme dans un autre soupir.

— À condition que nous approuvions le résultat, bien sûr, précisa-t-il à Mercy.

— Bien sûr », dit-elle.

Le 1er novembre, un dimanche, Mercy téléphona à David. Elle avait attendu la fin d'après-midi, jugeant que c'était le moment où il serait le plus susceptible d'être dans sa chambre ; mais malgré cela, le garçon qui décrocha mit longtemps à le trouver. « Garrett ? » l'entendit-elle crier. Puis, de plus loin : « Hé, Garrett ! T'es passé où, mec ? »

Elle utilisait le téléphone de la cuisine et s'assit à la table en attendant. Le ton qu'avait employé ce garçon pour s'adresser à David lui semblait un bon signe. Il laissait penser qu'ils étaient amis. Elle regarda Robin à l'autre bout de la pièce car elle voulait lui faire part de cette réflexion, mais il lui tournait le dos, planté devant le réfrigérateur ouvert, comme s'il était uniquement venu là pour grignoter quelque chose. Mesquine, elle se ravisa et ne dit rien.

La communication était mauvaise, de celles qui laissaient étrangement d'autres conversations sur d'autres lignes se glisser au milieu de celles-ci. Elle entendit un rire discret, un « *Quoi ?* » à peine audible. Autant de vies heureuses et insouciantes qui se déroulaient ailleurs.

« Allô ? dit David.

— Bonjour, mon chéri !

— Bonjour, maman.

— Comment vas-tu ?

— Ça va. Tout se passe bien à la maison ?

— Oui, si ce n'est que tu ne nous donnes jamais de nouvelles.

— Oh, désolé. C'est juste que je suis très occupé.

— Tu as beaucoup de travail ?

— Oui, des tonnes, mais pour l'instant j'arrive à suivre.

— C'est bien, ça.

— Comment va la famille ?

— Tout le monde va bien ! Tu veux parler à papa ?

— Oui, d'accord.

— Robin ? dit-elle en tendant le combiné à son mari qui se détourna du réfrigérateur en affectant la surprise. Ton fils », précisa-t-elle.

Il ferma la porte du frigo et la rejoignit sans se presser, avec une réticence feinte, à quoi elle réagit par un claquement de langue exaspéré. Il prit le combiné et dit : « Allô ? » puis : « Ah, bonjour, mon fils ».

David prononça quelques mots qui s'achevaient

sur une note aiguë et Robin répondit : « Nous ça va. Et toi ? »

Réponse inaudible de David.

« Demande-lui pour Thanksgiving, suggéra Mercy dans un chuchotement strident.

— Hein ? Quoi ? Ta mère veut savoir pour Thanksgiving. »

Un autre murmure de David.

« Je ne sais pas, moi. Juste si tu rentres ce week-end-là, j'imagine, dit Robin avant que Mercy n'émette un autre claquement de langue en lui prenant l'appareil des mains.

— David ? dit-elle. Tu sais qu'ils mettent en place une navette pour les vacances, hein ? Des cars Greyhound qui vont de ton école à la gare routière le mercredi avant Thanksgiving.

— Oui, mais ça me paraît être un sacré périple de venir seulement pour deux jours.

— Ce n'est pas deux jours ; c'est mercredi, jeudi, vendredi…

— Je me disais que ce serait l'occasion de me débarrasser de ma dissertation d'histoire.

— Tu ne peux pas la faire à Baltimore ? »

Robin étudiait le visage de Mercy.

« Oui, mais ici j'ai la bibliothèque et tout.

— Ah, fit-elle.

— Comment va Robby ? Ça y est, elle sait marcher ?

— Marcher ? Je ne sais pas. À peine. » Cette conversation semblait très laborieuse. « Bon, je te repasse papa. »

Elle tendit à nouveau le combiné à Robin, mais celui-ci eut un mouvement de recul et agita les bras devant lui en signe de refus. Elle recolla le téléphone à son oreille et dit : « Apparemment il a dit tout ce qu'il avait à dire.

— D'accord, alors au revoir, maman.

— Au revoir, mon chéri. »

Elle raccrocha.

« Il ne vient pas ? » lui demanda Robin.

Elle secoua la tête.

« Bon. Ça se comprend, dit-il. Il a ses copains. Ses études…

— Je sais.

— En fait, c'est plutôt bon signe.

— Je sais. »

En revanche, c'est Morris Drew qui se joignit à eux pour Thanksgiving.

Lily débarqua au studio un matin en milieu de semaine, après avoir cherché Mercy à la maison, expliqua-t-elle ; et à peine s'était-elle assise sur la banquette qu'elle annonça la raison de sa visite : « Maman, dit-elle, je ne viendrai pas pour Thanksgiving cette année si je ne peux pas amener Morris. »

Ce n'était pas vraiment surprenant. Mercy et elle étaient bien entendu restées en contact ces dernières semaines – peut-être pas autant qu'elle l'aurait voulu, mais assez pour qu'elle sût que Lily et Morris étaient plus que jamais en couple ; que B. J. avait accepté le divorce sans même en paraître affecté et que la procédure de celui de Morris était déjà en cours. À présent, Lily disait qu'ils avaient acheté une maison avec trois chambres à Cedarcroft et qu'ils s'y installeraient dès que la toiture serait refaite. « C'est pour ça que c'était une si bonne affaire, précisa-t-elle. Morris a négocié un super prix. Évidemment, c'est son domaine. »

Et la pauvre épouse de Morris ? Et où était passé B. J., au juste ? Et qu'en était-il du bébé ?

Parmi ces sujets, le bébé était le seul que Mercy estimait pouvoir aborder.

Le bébé allait bien, répondit Lily sur un ton désinvolte. (On ne remarquait toujours pas qu'elle était enceinte, mais elle portait une tunique qui cachait son ventre.) Elle sortit une photo Polaroid de son sac à main : une villa blanche classique au perron abrité par un auvent. « L'année prochaine, vous pourrez venir chez nous pour Thanksgiving. C'est formidable, non ?

— Oui, c'est…

— Mais cette année, la maison n'est pas encore prête à recevoir des invités, dit-elle en remettant la photo dans son sac. Je sais ce que tu vas dire. Je sais que papa fait la tête. Hier soir, il m'a dit au téléphone que je pouvais seulement venir avec B. J. pour Thanksgiving. Comme si je l'avais envisagé ! B. J. a déménagé à Fells Point.

— Vous vous êtes appelés avec papa ?

— Oui, et il m'a dit que tu travaillais tard. Il ne t'a pas dit que j'avais téléphoné ?

— J'imagine qu'il n'en a pas eu l'occasion. (Mercy avait dormi au studio la veille, et pour la première fois, elle n'était pas rentrée pour le petit déjeuner.)

— Mais tu peux le convaincre, maman. Je sais que tu en es capable. Tu peux le faire changer d'avis. Il a toujours traité B. J. d'irresponsable, tu te souviens ? Alors que Morris est *très* responsable. Je ne manquerai de rien avec lui, et en plus, il sera un bon père ; il a toujours voulu avoir des enfants. Tu veux bien persuader papa de nous laisser venir pour Thanksgiving ?

— Mais bien sûr, ma chérie », dit Mercy avec

assurance. Il était impossible que Robin coupe les ponts avec sa propre fille. La famille comptait plus que tout à ses yeux, pour la simple et bonne raison qu'il en avait été trop longtemps privé durant sa jeunesse.

« Tout ce qu'il lui faut, dit-elle à Lily, c'est peut-être que Morris s'explique un peu. C'est vrai que vous avez plus ou moins pris ton père par surprise, tu sais. Donc, voilà ce qu'on va faire : vous allez passer à la maison ce soir, et on laissera les hommes entre eux au salon pendant qu'on préparera quelque chose à boire. Là, Morris pourra dire à ton père qu'il est conscient que c'était un choc, qu'il n'a jamais voulu que les choses se passent ainsi, qu'il a simplement eu le coup de foudre à l'instant où il a posé les yeux sur toi. Et ensuite il lui dira pour le bébé, qu'il sait bien que ce n'est pas le meilleur moment, mais qu'il est tout de même ravi, qu'il te respecte profondément, qu'il a clairement l'intention de rester près de toi… Enfin, tu vois où je veux en venir. »

Lily hochait vigoureusement la tête. « Il peut faire ça, dit-elle. Morris est doué pour ce genre de choses. »

Mercy voulait bien le croire. Elle regrettait seulement de ne pas se rappeler à quoi ressemblait cet homme.

Tout se déroula comme prévu. Au début, Robin fit sa mauvaise tête – il essaya même de suivre Mercy et Lily dans la cuisine, jusqu'à ce que Mercy lui ordonne de tenir compagnie à Morris dans le salon. Mais quand elles revinrent avec le café, Morris expliquait à Robin pourquoi il était logique d'investir dans une toiture en ardoises plutôt qu'en goudron, et Robin hochait la tête en disant : « Oh que oui. Ça, c'est très juste. »

Résultat : Morris vint pour Thanksgiving.

Il portait un costume marron avec une cravate, et Lily une robe de grossesse achetée pour l'occasion. Alice dispensa un cours sur l'accouchement naturel à sa sœur. Kevin vanta à Morris et Robin les qualités des centres commerciaux couverts. La petite Robby refusa de s'asseoir sur sa chaise haute et navigua d'un pas mal assuré dans la salle à manger, les deux poings en l'air, s'entraînant à marcher. Quant à Mercy, elle présidait en bout de table, la mine réjouie, leur souriant à tous.

Pour son portrait de la maison des Shepard, Mercy choisit de représenter le couloir de l'étage supérieur, se concentrant en particulier sur l'horloge de parquet dressée entre deux portes de chambres. Ce n'était pas son premier choix, pour être honnête. Elle avait d'abord opté pour un recoin sombre de l'atelier de couture d'Evelyn : une vieille malle patinée datant du service militaire de Clarence, qui débordait de chutes de tissus de toutes les couleurs et de toutes les tailles. Mais ce n'était pas le choix le plus judicieux, elle le savait.

L'horloge était énorme et richement sculptée, avec des balanciers en laiton oscillant pesamment derrière une épaisse vitre rectangulaire, et pour cadran un disque de porcelaine couleur crème surmonté d'un arc scintillant, en laiton lui aussi, figurant les différentes phases de la Lune. Clarence dit à Mercy qu'il l'avait toujours adorée, sous-entendant que c'était un héritage familial. Evelyn, elle, lui confia qu'ils l'avaient trouvée un an et demi auparavant chez un antiquaire de New Market, dans le Maryland. Ce que tous deux semblaient ignorer (ou peut-être ne voulaient-ils pas le savoir), c'était qu'en bas à gauche près du socle, juste au-dessus de la moulure ornée d'une frise d'oves, les initiales CTM avaient été maladroitement gravées à l'aide d'un objet pointu. Inutile de préciser que Mercy inclut ces initiales dans son portrait.

Elle tergiversa longtemps avant de montrer le tableau achevé aux Shepard. S'ils lui demandaient de supprimer les initiales, s'y opposerait-elle ? C'était idiot, bien sûr : il n'y avait pas lieu de se lancer dans une leçon de morale sur la liberté d'expression. Mais tout de même… Elle pesa le pour et le contre. En vain, s'avéra-t-il. Evelyn Shepard aimait beaucoup le tableau et Clarence le jugea très joli. Ils ne firent manifestement pas plus cas des initiales reproduites que des originales.

Au tout début, Mercy s'était imaginé que les Shepard pourraient lui faire un peu de publicité – que leur commande en entraînerait d'autres après que leurs amis auraient vu le tableau. Mais cela ne se produisit pas. (Se pouvait-il que les Shepard l'aient accroché dans un endroit hors de la vue des visiteurs ? Mercy n'en avait aucune idée. En revanche, celui qui lui fit de la publicité – à sa grande surprise – fut Morris Drew. Il lui passa un coup de fil à son studio une semaine ou deux après Thanksgiving et demanda s'il pouvait prendre quelques-unes de ses cartes postales pour son bureau. « Les gens qui achètent une nouvelle maison ont tendance à en être très fiers, dit-il. Je pourrais glisser une carte dans le dossier que je leur remettrais au moment de la vente et, qui sait, peut-être qu'ils décideront de vous commander un portrait. »

Mercy en fut touchée. Et il y eut effectivement des retombées : un jeune couple ayant acquis un appartement l'appela pour lui demander ses tarifs et dit qu'il allait y réfléchir, puis une femme plus âgée lui commanda un tableau pour son fils et sa belle-fille qui venaient d'acheter une jolie maison victorienne du mauvais côté de Roland Park.

On ne pouvait pas dire que Mercy vivait de son art, mais elle avait bon espoir d'y parvenir un jour.

David finit par venir à Noël. Il semblait avoir gagné en assurance, être mieux dans sa peau ; il avait les cheveux si longs qu'ils lui retombaient sur le front comme une gerbe de blé, et avait acquis la nouvelle manie de ponctuer presque toutes ses phrases par : « non, c'est vrai, quoi ». Mais c'était un tel bonheur de le voir ! Mercy ne cessait de trouver des prétextes pour le prendre dans ses bras ou simplement le gratifier d'une caresse dans le dos lorsqu'elle passait devant lui. Il était souvent de sortie elle ne savait où avec ses amis, mais elle trouvait néanmoins que l'ambiance était différente à la maison.

Durant les trois semaines de son séjour, elle ne passa pas une seule nuit au studio et y fit à peine un saut quelques fois la journée. Elle devait se contenter des vêtements et objets de toilette qu'elle avait laissés à la maison, ce qui lui fit prendre conscience de tout ce qu'elle avait déjà déménagé. Il fallait se rendre à l'évidence : elle s'était bel et bien installée au studio. À tel point que Robin lui demandait : « Tu restes ici ce soir ? » sans même partir du principe que ce serait le cas ; et si elle répondait par l'affirmative, c'était une joie et un soulagement pour lui. Quant à Alice et Lily, lorsqu'elles voulaient la joindre, elles composaient d'abord le numéro du studio, sans même y réfléchir, semblait-il. Ni l'une ni l'autre ne demandèrent franchement ce qui se passait. Aucune ne lui dit : « Tu es partie de la maison ? Est-ce que vous vous séparez, papa et toi ? » Peut-être ne voulaient-elles pas le savoir. Peut-être que, à l'image des Shepard, elles préféraient ne pas voir les initiales gravées sur l'horloge. David, lui, n'avait aucune raison de poser la question puisque, pour autant qu'il pût en juger, rien n'avait changé.

Cette situation rappela à Mercy la première fois où Lily était passée à la maison avec Morris – la manière abrupte dont celle-ci avait annoncé qu'elle allait l'épouser, faisant totalement abstraction du fait qu'elle et Morris étaient déjà mariés, et passant sa grossesse sous silence. Était-il vraiment si facile de convaincre le monde que la vie suivait son cours comme si de rien n'était ? s'était demandé Mercy.

Oui, à l'évidence ça l'était.

En janvier, une vague de froid s'abattit et Mercy acheta une couverture électrique. Elle avait d'abord songé à un édredon mais, sous la housse en velours, cela aurait fait une trop grosse masse. (Elle veillait soigneusement à dissimuler le fait que la banquette lui servait également de lit.) Elle cacha le boîtier de commande derrière l'un des coussins afin que personne ne se doute de rien.

Le sol en linoléum était si glacial qu'elle le sentait sous ses pieds, si bien qu'elle acheta de gros sabots en daim qu'elle équipa de semelles intérieures en fausse peau de mouton trouvées au drugstore. La seule source de chaleur dans le studio était un antique radiateur électrique fixé à l'un des murs, et elle en rapprocha la table pour ne pas être trop congelée pendant qu'elle travaillait.

Elle n'avait pas beaucoup de contacts avec le couple âgé à qui elle louait le studio – juste un bref échange de salutations si elle les trouvait dehors quand elle traversait leur jardin – et, à présent que c'était l'hiver, ils étaient tout simplement invisibles. Un soir, cependant, elle entendit quelqu'un gravir son escalier d'un pas lourd, et lorsqu'elle ouvrit la porte, elle découvrit Mr Mott haletant sur le palier. « Bonsoir, madame Garrett, dit-il.

— Oh, bonsoir. Quel bon vent vous amène ?

— J'ai un petit service à vous demander.

— Ah oui ? »

Elle s'écarta pour le laisser entrer et il ôta son bonnet de laine tandis qu'elle fermait la porte. C'était un homme d'une carrure imposante et bien en chair avec une moustache blanche broussailleuse, et il ne semblait pas en grande forme. « C'est au sujet de notre fille, Élise, expliqua-t-il. Elle doit subir une chirurgie exploratoire. »

Il prononça ces deux derniers termes avec une application toute particulière, comme s'ils étaient étrangers.

« Oh, non, je suis désolée de l'apprendre », dit Mercy.

Prenant apparemment cela comme une invitation, il traversa la pièce et alla s'asseoir – pour ne pas dire s'affaler – sur la banquette. Elle le suivit et prit place à côté de lui.

« Elle est à Richmond, dit-il. Elle vit seule avec son petit garçon. Son mari est mort il y a deux ans. Donc Mrs Mott et moi-même allons garder Dickie pendant qu'Élise est à l'hôpital.

— Oui, c'est naturel.

— Nous nous demandions si vous pouviez vous occuper de notre chat.

— Vous avez un chat ? dit-elle pour gagner du temps. (Elle ne s'était jamais occupée de chats.)

— Desmond », précisa-t-il sur un ton fébrile.

Ce nom l'aurait amusée si elle n'avait pas été aussi soucieuse de comprendre ce qu'on attendait d'elle. « Donc… Donc vous voulez juste que je… le nourrisse tous les jours ?

— On se disait que vous pouviez peut-être le garder ici, dit-il en balayant la pièce du regard.

— Ici !

— J'ai remarqué que vous étiez assez souvent ici en ce moment. Et on a quelques scrupules à laisser Desmond seul trop longtemps. Je veux dire, pour un week-end ou quoi, d'accord, mais…

— Vous songiez à combien de temps ? demanda Mercy.

— On ne sait pas encore, c'est bien le problème. Ça pourrait être très court ! Enfin, rien n'est moins sûr. Et Desmond est très indépendant, mais il n'empêche… Tout seul à la maison jour et nuit… D'autant qu'il n'a pas le droit d'aller dehors parce qu'on ne veut pas qu'il chasse les oiseaux…

— Je vois, mais c'est un peu petit, ici, franchement.

— Pas tant que ça. Son bac à litière rentrerait facilement dans votre salle de bains.

— Un bac à litière !

— Et je vous donnerais toutes ses affaires. »

Ils ne pouvaient pas le laisser en pension quelque part ? N'existait-il pas des hôtels pour chats ? Mercy garda cependant cette réflexion pour elle. Mr Mott la fixait d'un air implorant. Ses yeux étaient d'un brun délavé, ses paupières inférieures pendantes et rougies.

« Je le garderai avec plaisir », dit Mercy.

Parce que quitte à rendre service à quelqu'un, disait son père, autant le faire de bonne grâce.

Desmond était un chat au pelage gris laineux, avec une tête carrée et des pattes courtes et épaisses. Il arriva dans une petite caisse équipée d'une fenêtre grillagée aux deux extrémités, mais il en jaillit dès que Mr Mott eut posé la caisse par terre et l'eut déverrouillée. Il se dirigea vers l'espace cuisine d'un air digne, agitant légèrement sa queue dressée. Mercy soupçonna qu'une queue frétillante chez un chat ne signifiait pas du tout la même chose que chez un chien.

Tandis que Mr Mott retournait chez lui pour récupérer les affaires de Desmond, Mercy s'assit sur la banquette et observa le chat qui faisait le tour du propriétaire en reniflant les plinthes. Puis il bondit lestement sur la chaise de la cuisine et examina les peintures et les pinceaux qui se trouvaient sur la table. Il tournait le dos à Mercy, mais sa posture vigilante et presque frémissante lui suggéra qu'il était tout à fait conscient de sa présence. Finalement, il sauta de nouveau par terre dans un bruit sourd qui sembla faire trembler tout le garage. Et elle qui avait toujours pensé que les chats étaient délicats !

Mr Mott revint, plus essoufflé que jamais, les bras chargés d'une sorte de bassine remplie de sachets et de gamelles. « Il ne faut lui donner que cette marque de croquettes à cause de ses reins, dit-il. On les trouve facilement dans presque tous les magasins d'alimentation. Il n'a pas le droit de manger des boîtes. Il vous *dira* que si, mais c'est faux. »

Mercy se demanda comment il pouvait le lui dire. Et puis, Mr Mott semblait penser qu'ils risquaient d'être absents suffisamment longtemps pour qu'elle ait besoin de racheter des croquettes. Tout cela n'était guère rassurant. Mais elle répondit : « On se débrouillera très bien, monsieur Mott. Ne vous en faites pas. J'espère que tout se passera bien pour votre fille. »

Elle lui adressa un sourire en guise d'au revoir et agita la main en refermant la porte.

Le bac à litière rentrait effectivement dans la salle de bains, mais tout juste, et il était accompagné d'un gadget en plastique en forme de spatule que Mercy déposa à côté. Elle dut placer les gamelles d'eau et de nourriture de Desmond – toutes deux plus grandes que nécessaire, selon elle – par terre à côté du plan de travail dans la cuisine, où elles étaient clairement visibles d'où qu'on se trouve dans le studio. Une transgression indéniable de sa règle antipagaille. Cela la contraria. Elle tâcha de se dire que, au bout d'un moment, elle cesserait de les voir, mais n'en fut que plus contrariée.

Dans l'ensemble, cependant, Desmond s'avéra moins encombrant qu'elle ne l'avait craint. Il n'était pas casse-pieds ni geignard ; ce n'était pas non plus un squatteur de genoux. Quand elle s'asseyait sur la banquette, il s'installait près d'elle plutôt que sur elle. Il se roulait en boule, tel un nautile, et ronronnait. La nuit, il dormait entre ses chevilles, mais par-dessus les couvertures, si bien qu'elle ne remarquait sa présence que lorsqu'elle remuait les pieds ou se retournait. Là, elle sentait son poids chaud écraser les couvertures.

Elle prit l'habitude de lui parler pendant qu'elle

peignait. Juste de brèves remarques ; sans adopter une quelconque voix enfantine. « Oh, zut, disait-elle. Regarde ce que j'ai fait. » Ou bien : « Qu'est-ce que tu en penses, Desmond ? J'ai peur que ça ne fasse trop chichiteux. » Et Desmond lui adressait un regard circonspect avant de reprendre sa toilette.

Souvent, quand elle peignait, elle se retrouvait projetée dans son passé, y déambulant comme à travers une vieille maison. Elle pensait à son père qui l'emmenait se promener dans leur quartier quand elle était enfant, afin que sa mère – déjà infirme – pût se reposer. « Tu as vu les taches de rouille sous cet avant-toit ? disait-il. Sous l'avant-toit de Mrs Webb. Je ne sais pas combien de fois je lui ai conseillé de faire nettoyer ses gouttières. » Et un jour, alors qu'il commençait à pleuvoir : « Tu t'es déjà demandé d'où vient la pluie ? » Elle avait répondu de but en blanc : « Non, pas vraiment », mais il lui avait tout de même expliqué que ce n'est qu'une question d'évaporation, de condensation… À présent, elle comprenait à quel point il l'avait aimée et elle regrettait profondément de ne pas s'en être aperçue plus tôt.

Elle pensait à Robin tel qu'il était quand il la courtisait, quand il trouvait n'importe quel prétexte pour venir faire des achats au magasin dans le seul but de l'apercevoir derrière le comptoir. Il était si timide ; si emprunté et respectueux. À l'époque, les garçons avaient la manie d'appeler les filles « poupée » et de les traiter avec le même amusement détaché que, disons, Humphrey Bogart affichait à l'égard de ses partenaires féminines. Mais Robin avait appelé Mercy « Miss Wellington » jusqu'à ce qu'elle l'en dispense en riant. Il avait des intonations parfois un peu rustres, mais il était très strict sur la grammaire et insistait pour employer des tournures inutilement compliquées. « Je me demandais si vous accepteriez un jour de vous prêter à une activité sociale », lui avait-il dit. Il lui proposait en fait d'aller voir un film au cinéma ; aujourd'hui, elle ne se souvenait plus du film en question. Il faisait si chaud ce soir-là qu'une fois installés dans leurs sièges, elle avait sorti de son sac à main un petit pot dans lequel elle avait prélevé un disque de coton imbibé de tonique pour s'en tamponner la lèvre supérieure. Puis, après réflexion, elle lui avait tapoté le bras et lui avait proposé le pot ; il avait avisé l'objet d'un air surpris avant de prendre lui-même un disque et de le fourrer dans sa bouche. Mercy avait rapidement détourné le regard, faisant mine de ne pas voir. Elle redoutait qu'il essaie de l'avaler pour sauver la face, mais quelques instants plus tard, elle avait senti un mouvement subreptice dans le noir lorsqu'il avait retiré le disque de sa bouche et, allez savoir, l'avait peut-être glissé dans sa poche ou laissé tomber sous son siège.

Il avait des yeux d'un bleu extrêmement clair, plus clair que la normale, semblait-il. Ils lui donnaient un air confiant et optimiste. Ses lèvres étaient très bien dessinées, avec un arc de Cupidon qu'elle trouvait intrigant. Il savait tout ce qu'il y avait à savoir – d'instinct, apparemment – dans le domaine de la mécanique. À cet égard, il ressemblait beaucoup au père de Mercy.

Il l'emmena à Canton pour lui présenter l'unique membre de sa famille proche, une grand-tante chez qui il avait vécu en pension dans une maison mitoyenne de moins de quatre mètres de large. C'était une femme au visage anguleux et à la mine sérieuse, qui aurait pu être intimidante si elle n'avait pas traité Mercy avec tant de déférence. Elle insista pour que celle-ci s'asseye dans le seul fauteuil confortable et s'excusa à de nombreuses reprises pour le dîner qu'elle leur servit – une marmite de soupe de betterave accompagnée de sortes de feuilles de chou farcies de viande hachée. « Je sais que ce n'est pas comme qui dirait distingué », dit-elle. « Oh, pensez-vous, mon père est commerçant », répliqua Mercy, à quoi tante Alice répondit : « Je sais. » Mercy se sentit idiote à cet instant et, en réalité, aussi longtemps que vécut tante Alice – huit années supplémentaires –, celle-ci ne parut jamais complètement à son aise en sa présence. Elle assista à leur mariage, une cérémonie discrète et décontractée, coiffée d'un chapeau orné d'un oiseau et vêtue d'une robe d'église plus habillée que celle de la mariée elle-même.

Une fois mariés, Mercy et Robin louèrent l'étage supérieur d'une petite maison à Hampden, et Mercy se consacra à sa vie domestique comme si elle avait été faite pour cela. Ce qui était le cas, à vrai dire. À l'époque, aucune de ses connaissances ne concevait d'autre occupation pour une femme mariée que de rester chez elle et d'élever ses enfants. Quand la guerre éclata et qu'autour d'elle des femmes se mirent à travailler, Mercy était déjà enceinte d'Alice. Puis, deux ans plus tard, Lily arriva et Mercy ne se demanda plus quoi faire de sa vie. Elle était occupée jour et nuit ; parfois la panique s'emparait d'elle, et il ne serait pas venu à l'esprit de Robin de lui proposer son aide même s'il était là, ce qui arrivait rarement. Quelques fois, c'était tout juste s'ils échangeaient deux mots le soir avant de s'écrouler de fatigue dans leur lit.

C'était un bon mari. Il travaillait dur et il l'aimait.

Et Mercy l'aimait elle aussi. Mais de temps en temps, sans raison particulière, elle caressait l'idée de s'enfuir. Oh, pas sérieusement, bien sûr. Ce n'étaient rien de plus que des fantasmes sans conséquence, de brefs accès de rébellion que connaissaient probablement toutes les femmes à cette époque où elles étaient peu considérées. Elle aimait se figurer la nouvelle apparence qu'elle adopterait – elle pourrait se teindre les cheveux en noir corbeau, par exemple, et porter des pantalons noirs ajustés avec des plis au fer sur le devant, ou peut-être même se mettre à la cigarette car qui irait s'imaginer que Mercy Garrett puisse fumer ? Elle pourrait quitter tranquillement le quartier, marchant d'un pas léger en soufflant des ronds de fumée jusqu'à Penn Station, et personne ne lui prêterait attention.

Heureusement qu'elle n'avait pas assouvi ce fantasme, songeait-elle à présent. Heureusement qu'elle était sagement restée, qu'elle avait préparé des milliers et des milliers de repas, nettoyé la maison chaque jour pour se lever le lendemain et renettoyer la même maison. Elle se remémorait désormais cette époque avec tendresse, à vrai dire, même si elle n'aurait jamais voulu la revivre. Elle gardait la sensation des joues douces de ses enfants pressées contre les siennes. Elle sentait encore leurs petites mains se glisser dans les siennes. Elle entendait la voix grotesque et sensuelle de Lily chantant « Itsy Bitsy Spider » ; elle entendait le gloussement contagieux de David. Et la carte d'anniversaire qu'Alice lui avait faite en CE2 ! « Ma chère maman, promets-moi de ne jamais, jamais, jamais mourir. » Et cette merveilleuse semaine d'insouciance qu'ils avaient passée à Deep Creek Lake, pour leurs toutes premières – et toutes dernières – vacances avec les filles devenues presque adultes qui avaient déjà un pied hors de la maison. Tout était arrivé si vite, se dit-elle, même si cette période lui avait semblé interminable. Dans l'ensemble, elle s'en était bien sortie. Elle n'avait rien à se reprocher.

N'empêche, elle rêvait aujourd'hui qu'elle vivait dans une sorte d'État policier et marchait dans une rue grise, emmitouflée dans un énorme manteau de fourrure noire. Un homme en uniforme l'arrêtait pour lui dire que son manteau avait l'air d'appartenir à X, un célèbre révolutionnaire, et qu'il ne savait pas quoi en penser.

Alors elle répliquait : « Eh bien, disons simplement qu'il serait très, très difficile de contacter X en ce moment. »

Puis elle soufflait une longue volute de fumée et tous deux partaient d'un rire diabolique.

Mr Mott appela à deux reprises : la première fois environ une semaine après l'arrivée de Desmond chez elle – seulement pour savoir comment cela se passait avec lui et l'informer que leur fille avait été opérée, mais qu'elle devait rester plus longtemps que prévu à l'hôpital –, puis au début du mois de février, s'excusant pour le temps que cela prenait, mais sans lui donner davantage de détails. Mercy ne lui posa pas de questions non plus ; il ne valait mieux pas, elle le sentait. « Ne vous en faites pas pour nous, dit-elle. Tout va très bien ici. » Elle était sincère.

Un dimanche matin, elle se réveilla et découvrit qu'il était tombé cinquante centimètres de neige. La table en fer sur la terrasse des Mott était recouverte d'un dôme semblable à un igloo, et leur toit se confondait tellement avec le ciel blanc opaque au-dessus qu'elle ne distinguait pas la ligne qui les séparait. Les deux lucarnes paraissaient flotter dans le vide.

Elle se sentait bien et en sécurité ici ; elle se prépara un copieux petit déjeuner et le dégusta en peignoir de bain. Pendant ce temps-là, le chat était perché en équilibre précaire sur l'appui de fenêtre et fixait la neige, fasciné.

« Une sacrée surprise, hein ? » dit Mercy à Desmond qui se tourna brièvement et leva les sourcils en la regardant.

Le téléphone sonna : Robin, évidemment. « Tout va bien ? demanda-t-il.

— Ça va. Comment ça se passe à la maison ?

— Plutôt bien. Sauf qu'ils n'ont pas encore déneigé les rues. Je vais venir à pied t'apporter tes bottes pour que tu puisses revenir avec moi.

— Oh, pas la peine ! Je peux me débrouiller !

— Ça ne me dérange pas ; la balade me fera du bien.

— Robin. Franchement. Je suis en plein milieu d'un tableau pour le moment. J'avais prévu de travailler toute la journée, de toute façon, et j'ai largement de quoi boire et manger. Je pourrais rester coincée des jours ici !

— Oui, mais je me disais que je pouvais nous allumer un feu dans la cheminée.

— Mais oui, fais ça ! Allume-toi un feu, installe-toi bien confortablement et réjouis-toi de n'avoir à aller nulle part. Moi en tout cas, je m'en réjouis.

— Ah.

— Je vais tellement avancer !

— Ah.

— Je passerai plus tard. Bye ! »

Mais son « plus tard » correspondit à trois jours. À ce moment-là, ils avaient nettoyé les rues – à défaut des trottoirs –, donc elle put retourner chez eux à pied en restant sur la chaussée. Robin était au travail quand elle arriva ; c'était le début d'après-midi. Elle trouva la cuisine un peu en désordre – une boîte de chocolat en poudre traînait sur le plan de travail, de la vaisselle s'empilait dans l'évier –, et en voyant la couverture en laine et l'oreiller sur le canapé, elle en déduisit qu'il avait passé au moins une nuit devant la télévision au lieu de monter se coucher.

Elle commença par faire une lessive, ajoutant les vêtements trouvés dans le panier de la salle de bains à ceux qu'elle avait apportés du studio ; puis elle nettoya la cuisine et prépara un pain de viande en utilisant la viande hachée récupérée dans le réfrigérateur. Elle avait prévu de le mettre au four entre seize heures trente et dix-sept heures, pour qu'ils puissent le servir au dîner. Mais il n'était même pas encore quatorze heures, et une fois qu'elle eut fini d'éplucher le courrier, de passer l'aspirateur sur le tapis du salon, et de transvaser le linge de la machine à laver au sèche-linge, elle changea d'avis. Elle écrivit un mot à Robin – « Faire cuire 1 h à 180° » – et le colla sur le plat du pain de viande qu'elle rangea bien en vue dans le frigo, de façon qu'il ne puisse pas le rater. Puis elle chaussa ses bottes et regagna son studio.

Le printemps arriva tôt cette année-là, au tout début du mois de mars. Des crocus bleu lavande commencèrent à moucheter la pelouse, au milieu des brins d'herbe où ils n'étaient pas censés pousser. Un matin, l'immense chêne des Mott fut envahi de petits oiseaux – tellement nombreux que l'arbre dénudé sembla soudain pourvu d'un abondant feuillage – qui émettaient des pépiements affairés évoquant des coups de ciseaux. Desmond les fixait avec de grands yeux et le menton tremblant depuis le rebord de la fenêtre.

Le bébé de Lily vint au monde, un garçon, et avec Morris, ils s'installèrent dans leur nouvelle maison. Ils prévoyaient d'organiser un mariage discret dès que leurs divorces respectifs seraient prononcés. Robby, la fille d'Alice, articula ses premiers mots et, une fois la machine lancée, elle ne s'arrêta plus ; Alice tenait un cahier de toutes ses expressions amusantes. David écrivit pour annoncer qu'une de ses pièces satiriques serait jouée dans l'auditorium de sa faculté.

En avril, Mercy invita ses trois amies les plus proches au studio pour le thé : Darlene, qu'elle connaissait depuis le lycée, et Carolyn et Bridey, dont les enfants avaient grandi avec les siens. Aucune d'entre elles ne savait qu'elle ne vivait plus dans la maison familiale. Les rares fois où elles s'étaient retrouvées, dernièrement, ce fut seulement pour aller voir un film ou déjeuner dans une brasserie du quartier ; cela lui évitait d'avoir à s'expliquer sur ses itinéraires de départ et de retour.

Elle les avait invitées au studio sous le prétexte qu'elle voulait leur montrer ses portraits. Mais elle leur servit du vrai thé dans une théière et des biscuits qu'elle avait achetés au supermarché, exactement comme quand elle recevait chez elle. Toutes trois s'assirent en rang d'oignons sur la banquette et sirotèrent leur thé dans des tasses qu'elle avait rapportées de la maison dans son sac en toile. Elles lui assurèrent toutes qu'elles aimaient beaucoup ses portraits. Évidemment, elles n'auraient pas dit le contraire, mais Bridey demanda néanmoins : « Donc, si tu venais chez moi pour peindre ma maison, sur quel détail tu te concentrerais ?

— Je ne saurais pas le dire comme ça, répondit Mercy. Je ferais juste des ébauches rapides avant de revenir ici pour le déterminer.

— Et pourquoi ça ? Pourquoi n'aurais-tu pas besoin de peindre la partie détaillée directement sur place ?

— Parce que la raison pour laquelle je peins la partie détaillée, c'est justement parce que, au bout du compte, c'est la seule chose dont je me souvienne, dit patiemment Mercy. Il s'avère que c'est le seul élément que j'aie vraiment vu. Donc je sais que c'est ce qui doit être important.

— Je vois », répliqua Bridey sans grande conviction.

Lorsque les femmes partirent, Desmond se glissa hors de la salle de bains où il s'était réfugié, et arpenta la pièce pour réinvestir son territoire.

Par une douce soirée au début du mois de mai, Mercy entendit quelqu'un gravir les marches de son escalier. Elle déduisit que ce ne pouvait être que Robin ; les filles devaient préparer le dîner chez elles à cette heure-ci. Elle se leva en vitesse de la banquette et éteignit la radio. (Elle était censée passer ses nuits au studio pour travailler et non pour flemmarder.) Mais quand elle alla ouvrir la porte, elle découvrit Mr Mott sur le seuil. Un Mr Mott haletant et en sueur dans une chemise en crépon à manches courtes qui donnait à ses bras un aspect nu un peu gênant. « Ça alors, monsieur Mott ! s'exclama-t-elle. Vous êtes rentré !

— Pas tout à fait. Je suis juste passé récupérer quelques affaires à la maison.

— Comment va votre fille ?

— Pas très bien.

— Oh, je suis navrée de l'apprendre.

— Elle va devoir subir des traitements, toute une série de traitements. Apparemment, ça s'est propagé partout.

— Oh, non !

— Comme vous dites. Ah, mais te voilà ! s'écria-t-il en regardant derrière Mercy (il s'adressait à Desmond qui le regardait d'un air absent depuis sa place sur la banquette). Comment ça va, mon bonhomme ?

— Desmond se porte comme un charme, dit Mercy. Nous nous entendons à merveille. Mais entrez, entrez. Venez…

— Donc on va devoir s'installer là-bas, déclara Mr Mott. Déménager chez ma fille, à Richmond. Elle a besoin qu'on lui donne un coup de main avec notre petit-fils. Élise ne peut pas s'occuper de lui. En ce moment, il n'a même pas le droit d'aller la voir à l'hôpital, parce que le moindre germe pourrait la tuer. Et Dickie a tout juste huit ans, vous savez. Donc Mrs Mott et moi-même allons devoir nous installer là-bas.

— Mais… peut-être qu'une fois que tout sera rentré dans l'ordre… » hasarda Mercy.

Il se contenta de la regarder.

« Mon neveu va venir vivre chez nous, finit-il par dire. Il est en plein divorce. Vous pouvez glisser le loyer dans notre boîte aux lettres comme d'habitude et il nous le transmettra.

— Oui, bien sûr.

— Et est-ce que vous accepteriez de garder Desmond ?

— Le garder ? Vous voulez dire pour toujours ?

— Oui.

— Oh ! Non, je suis désolée, c'est absolument impossible.

— On ne peut pas l'emmener à Richmond, parce que Dickie est allergique. Et mon neveu déteste les chats ; je lui ai déjà posé la question.

— Vous savez, la vie que je mène ne me permet pas vraiment d'avoir un chat.

— Mais vous vous en êtes sortie jusqu'à présent, non ? Il ne vous a pas posé de problème, si ?

— Non, absolument pas. Mais bon, je ne veux pas de chat, voilà tout.

— Qu'est-ce que je vais en faire, alors ? Comment me dépatouiller de tout ça ? J'ai beaucoup trop de choses sur le dos ! Les soucis s'accumulent et je ne sais pas à quel saint me vouer, en plus je viens d'apprendre que le ballon d'eau chaude fuit dans tout notre sous-sol depuis je ne sais pas combien de temps alors que mon neveu a juré ses grands dieux qu'il garderait un œil sur la maison pour nous. Je suis complètement… accablé ! »

Il ne mentait pas, elle le voyait bien. Il sombrait. Oh, cette inexorable noyade, ce sentiment d'être assailli, tout ce poids qui pèse sur vous, qui vous submerge, vous étrangle, vous en demande trop, tout cela à la fois !

Elle posa une main sur le bras de Mr Mott, sur la peau triste et bouffie de son poignet. « C'est d'accord. Je prends Desmond, lui dit-elle. N'y pensez plus. Je le fais avec plaisir.

— Merci », dit-il.

Puis il tourna les talons. Elle ne s'en offusqua pas ; elle savait qu'il n'avait pas la force de lui faire la causette. Elle lui lâcha simplement le bras, et il ouvrit la porte et s'en alla.

Le samedi matin suivant, elle se rendit à pied au domicile familial pour récupérer la voiture, comme chaque samedi. Elle ne connaissait aucune autre femme qui n'eût pas encore sa propre voiture, mais elle ne voulait pas de ce fardeau, et de toute façon, Robin aurait trouvé l'idée saugrenue. Elle alla directement dans le garage à l'arrière, attrapa ses clefs au fond de son sac, s'installa au volant et démarra.

Au studio, elle prit la caisse de transport de Desmond dans le coin derrière la porte. Elle avait beau ne pas avoir l'habitude des chats, elle savait qu'il ne valait mieux pas qu'il l'aperçoive trop tôt. Elle la posa sur le plan de travail et l'ouvrit avant d'aller chercher le chat sur la banquette. C'est à peine s'il se débattit – plus surpris, semblait-il, que contrarié. Elle le déposa dans la caisse et referma le couvercle vite fait bien fait, avant de sortir et de descendre l'escalier avec. La façon dont le poids à l'intérieur glissait, s'inclinait et tressautait lui donnait l'impression de porter une boule de bowling, mais elle ne flancha pas. Pendant ce temps, Desmond resta silencieux. Elle s'était attendue à ce qu'il miaule. C'était toutefois un silence qui en disait long, jugea-t-elle, comme s'il faisait vibrer les ondes. Ce fut seulement lorsqu'elle se gara au refuge pour animaux et qu'elle fit le tour de la voiture pour attraper sa caisse sur le siège passager qu'il s'exprima ; et encore, il n'émit qu'un unique « Miaou ? » interrogatif.

Elle referma la portière derrière elle et se dépêcha de rejoindre le bâtiment avec lui.

De retour au studio, elle ramassa les affaires du chat – ses deux gamelles, ses sacs de litière, ses croquettes, son bac à litière et la pelle assortie – et alla les jeter dans la poubelle du dehors, dans l'allée. Puis elle regagna le studio. Le silence y était palpable. Elle ne comprenait pas pourquoi, cependant. Ce n'était pas comme si Desmond avait été un chat bruyant.

Elle devait faire ses courses hebdomadaires tout de suite afin de rendre la voiture à Robin, mais elle décida de s'accorder d'abord un moment tranquille. Elle s'assit sur la banquette, les mains croisées. Elle n'essaya même pas d'avoir l'air occupée, n'alluma même pas la radio. Elle resta simplement assise à écouter le silence.

L'été arriva, mais David ne passa que quelques jours à la maison car il avait trouvé un emploi au sein d'une troupe de théâtre. Le quartier était envahi d'enfants qui chantonnaient, riaient et se chamaillaient. Le chêne dans le jardin des Mott était tellement feuillu que tous les petits oiseaux pépiant sur ses branches étaient désormais invisibles, tandis qu'on apercevait souvent de plus grands spécimens (des faucons ? des genres de rapaces ?) décrivant des cercles haut au-dessus de l'arbre avant de repartir en tournoyant. Pour la première fois, Mercy se demanda si certains oiseaux se distinguaient par leur façon de voler – s'ils s'enorgueillissaient d'exécuter un arc particulièrement gracieux ou bien des descentes en piqué à couper le souffle sous les yeux ébahis de leurs congénères.

Elle secouait finalement les épaules et se détournait de la fenêtre pour reprendre le tableau sur lequel elle travaillait. L'ananas sculpté sur un poteau d'escalier. Le galon pompon d'un rideau. Le cale-porte en forme de chien, en fer noir avec une queue semblable à une plume toute droite.

Est-ce que quelque chose m'échappe ? songeait-elle de temps en temps. Est-ce qu'il y a quelque chose que je ne vois pas ?

Puis elle chassait cette idée et s'emparait une nouvelle fois d'un pinceau guère plus épais qu'un cil.

4

Personne, dans la famille Garrett, n'accordait beaucoup d'importance aux fêtes de Pâques. Certes, ils achetaient des corbeilles garnies bon marché s'ils passaient devant au supermarché. Et il leur arrivait de faire une apparition lors d'une chasse aux œufs organisée dans le quartier, juste pour ne pas passer pour des asociaux, mais c'était à peu près tout.

Aussi, lorsque David téléphona un après-midi d'avril 1982 et proposa de venir en voiture le dimanche pour le repas de Pâques, tous furent fort étonnés. Ce fut Lily qu'il contacta. Elle travaillait ; elle gérait le magasin pour son père depuis que le jeune Pickford était devenu survivaliste et s'était installé en pleine nature dans le Montana.

« Wellington's Articles de plomberie, dit-elle en décrochant.

— Lily, c'est toi ?

— David ? Tout va bien ? s'inquiéta-t-elle car son frère n'était pas un accro du téléphone, c'était le moins que l'on puisse dire.

— Oui, ça va. Mais j'ai eu un mal fou à vous joindre. J'ai d'abord appelé maman, pas de réponse. Puis Alice, mais elle n'a pas décroché non plus.

— Non, évidemment. Alice est la plus difficile à joindre de nous tous. »

Lily avait dit cela parce qu'elle était un peu vexée qu'il ait tenté d'appeler Alice avant elle. En réalité, Alice était très disponible en temps normal. Mais elle enfonça le clou : « Entre ses covoiturages scolaires, son groupe de mamans, son association de parents d'élèves…

— Du coup, je me suis dit que j'allais essayer avec papa, poursuivit-il en la vexant davantage. Je suis content de t'avoir, toi, au moins.

— Hum, fit-elle.

— Je voulais voir avec vous pour Pâques.

— Pour Pâques ! Comment ça ?

— Eh bien, je me disais que je pouvais venir en voiture pour le repas. Je viendrais avec une amie.

— Une amie ? (Dressement d'antenne.)

— Mon amie Greta.

— Ah. »

Alice scruta le magasin à la recherche de Robin. Mais où était-il passé ? Le moment était à marquer d'une pierre blanche.

« Bref, tu crois que tout le monde sera libre ? demanda-t-il.

— Oui, bien sûr ! »

Dans le cas contraire, ils annuleraient leurs projets pour pouvoir se libérer ; aucun doute là-dessus.

« On pourrait arriver aux alentours de midi, dit-il. Impossible de rester dormir parce qu'on travaille lundi.

— Ah oui ? Greta travaille dans ton lycée ?

— Oui. Tu pourras prévenir les autres ?

— Oui, bien sûr ! Tu sais qu'ils vont être…

— OK, à plus.

— J'ai hâte de rencontrer Greta ! » dit-elle.
Mais il avait déjà raccroché.

Il avait trente ans à l'époque, il était professeur de littérature et de théâtre dans un lycée en périphérie de Philadelphie. Il enseignait là-bas depuis plusieurs années. Il vivait dans une maison qu'il louait avec option d'achat. En d'autres termes, il prenait sa vie en main. Il était bien établi. Et pourtant, pas une seule fois, il n'avait amené une fille à la maison pour la présenter à la famille. Tout ce qu'ils savaient de sa vie privée, ils le tenaient des bribes qu'il distillait comme ça ; et quand ils le pressaient de leur fournir davantage de détails – « Des vacances de printemps avec ton amie Lois ? Est-ce que cette Lois tient une place particulière ? » –, il devenait évasif et changeait de sujet.

Il n'était pas surprenant, donc, que ses projets pour Pâques les mettent en émoi. Lily en fit d'abord part à son père, qu'elle trouva dans la réserve. Il se contenta de dire : « Voyez-vous cela ! » (Mais en la fixant d'un regard qui trahissait l'intérêt qu'il prêtait à cette nouvelle.) Puis elle appela sa mère au studio. Toujours pas de réponse là-bas. Elle appela Alice qui était rentrée chez elle entre-temps et qui réagit de manière tout à fait satisfaisante. « Pas possible ! s'exclama-t-elle. Il a dit pourquoi ? Il a dit quelque chose du genre “rencontrer la famille” ? Ou “je veux que vous fassiez tous la connaissance de cette personne” ?

— Il a juste dit qu'il venait avec une amie.

— Peut-être que ce n'est vraiment qu'une amie.

— Oui, mais… et puis ensuite il a demandé si tout le monde était disponible. Et il a aussi dit “on”.

Il y avait un truc dans la manière dont il a prononcé ce “on”. »

Alice resta silencieuse un moment. Puis elle dit pensivement : « Greta. Hmm.

— Je me demande si elle est étrangère, déclara Lily.

— Moi ça me va, si elle est étrangère.

— Oui, évidemment ; j'essaie juste d'avoir…

— On fera le repas ici, ça va de soi, la coupa Alice.

— Quoi ! Chez toi ?

— Tu as une meilleure idée ?

— Mais s'il amène cette Greta chez nous, façon de parler, ça ne devrait pas être dans sa vraie maison de famille ? Est-ce que ce n'est pas tout le but ?

— Réfléchis deux secondes, Lily. Ça fait combien de temps que maman n'a plus préparé un repas ?

— Oui, mais, je veux dire… D'accord, dans ce cas, vous devriez tous venir chez moi. Après tout, je suis en ville. »

Alice, elle, ne vivait pas en ville ; elle et Kevin avaient déménagé à Baltimore County. Le reste de la famille jugeait cette décision incompréhensible : comment Alice pouvait choisir de vivre si loin ? Elle était tellement isolée, ses enfants étaient condamnés à grandir sans avoir idée de ce qu'était la vraie vie. Mais Alice répliqua : « S'il fait assez doux, on pourrait même manger sur la terrasse. »

Ils avaient une terrasse dallée aussi grande que leur maison. Elle était équipée d'un espace cuisine et repas, ainsi que de meubles de rangement. Lily trouvait cela m'as-tu-vu. Elle se garda bien de le dire, naturellement. « Ils vont déjà avoir droit aux embouteillages des vacances, déclara-t-elle. Pourquoi les obliger à rouler jusque chez toi ?

— Parce qu'on a de la place pour les accueillir, répondit Alice. Parce qu'on sera deux, quatre… parce qu'on sera onze à table en comptant les enfants. Et que toi, tu n'as qu'une toute petite salle à manger. »

Alice et Lily ne se parlaient pas souvent – seulement lorsque survenait un problème impliquant leurs parents ou quelque chose de ce genre. Et elles ne se voyaient quasiment jamais. À présent Lily se rappelait pourquoi. (Elles se retrouvaient la plupart du temps quand David était de passage en ville. À vrai dire, que David soit celui qui maintenait le lien entre tous les membres de la famille était plutôt paradoxal. David, qui lui-même n'entretenait aucun lien avec eux !)

« Je pourrais faire ça façon buffet », suggéra-t-elle.

Alice émit un son qui évoquait le rire sans en être un. « Non-hon-hon, dit-elle. Voyons, Lily, on ne fait jamais de buffet en présence d'enfants.

— Mais je pourrais…

— Et en plus on a la salle de jeux. Donc s'il fait froid, les enfants pourront s'amuser là-bas. Tu sais comment ils sont quand ils restent enfermés.

— Bref, de toute façon cette discussion est sans doute inutile parce que je suis quasiment sûre que maman dira que pour un tel événement…

— Elle dira que pour un tel événement elle ne saurait pas quoi faire à manger, dit Alice qui adorait terminer les phrases de sa sœur.

— Bon, je vais lui poser la question. Enfin, dès que j'aurais mis la main sur elle.

— Bonne chance », répliqua Alice.

Mercy déclara que pour un tel événement elle ne saurait pas quoi faire à manger.

« Mais je peux t'aider, insista Lily. Je peux apporter le plat principal, par exemple, et la salade. Toi tu n'aurais qu'à préparer l'un de tes fameux desserts.

— Il n'y a pas que ça, dit Mercy. La nourriture, ce n'est qu'un détail. Il y a tout le ménage à faire, les préparatifs, les fleurs à disposer, les nappes à repasser… Je dois avouer que je ne m'occupe plus trop de la maison ces temps-ci. »

C'était curieux, disait toujours le mari de Lily, à quel point ils niaient systématiquement l'évidence : sa mère avait quitté la maison. Parfois Lily lançait une remarque lourde de sous-entendus du style : « Maman, je pense qu'il faut que tu saches que papa a cette horrible toux et que je n'arrive pas à le convaincre d'aller chez le docteur ou ne serait-ce que de prendre quelques jours de congé. Je crois que ça pourrait être une pneumonie. » Alors sa mère disait : « Je sais, il est vraiment exaspérant, hein ? » comme si elle avait depuis toujours été au courant pour sa toux alors qu'aucun membre de la famille ne l'avait aperçue depuis au moins deux semaines. « Bon, disait-elle, je vais lui faire la morale, d'accord ? » Et immanquablement, Robin appelait Lily le soir-même pour lui dire : « Ta mère m'envoie chez le Dr Fish demain, donc tu devras faire l'ouverture toute seule. Je déteste te demander ça, mais tu sais à quel point elle peut se tracasser. »

Son ton timidement fanfaron emplissait Lily de pitié. Il était tellement fier d'avoir une femme qui se souciait de son bien-être.

« Est-ce que quelqu'un lui a posé la question ? dit Morris un jour. Lui a-t-on déjà demandé : “Est-ce que papa et toi vous êtes séparés ? Divorcés ? Où en êtes-vous, au juste ?”

— Je ne t'ai pas vu le faire non plus, rétorqua Lily.

— Moi ! Ce n'est pas mon rôle.

— Parce que c'est le mien ?

— Ben, tu es leur fille. »

Oui, mais.

En fait, elle n'avait pas l'impression d'être la fille de Mercy. Ou plus précisément, elle n'avait pas l'impression que Mercy était une mère pour quiconque. Mercy lui faisait penser à ces chats qui ne reconnaissent plus leurs propres petits une fois qu'ils sont devenus adultes.

Elle déclara alors : « Très bien, maman, et si tout le monde venait chez nous, dans ce cas-là ? Tu n'auras qu'à faire acte de présence, d'accord ?

— Ou peut-être chez Alice, suggéra Mercy.

— Chez Alice ! Pourquoi pas chez moi ?

— Eh bien, tu travailles, ma chérie. Alice a plus de temps libre. Demandons-lui de s'en charger.

— Tu dis ça juste parce que tu ne me fais pas confiance.

— Parce que je ne te fais pas confiance !

— Tu ne changeras jamais ta façon de me voir, hein ? Je suis l'enfant à problèmes. Je suis celle qui a abandonné ses études ; je suis l'épouse déloyale, la briseuse de foyers, celle qui a eu un enfant hors mariage. Tu es tout simplement incapable d'admettre que quelqu'un puisse changer. Mais j'ai trente-huit ans maintenant ! Je gère un magasin. Mon mariage est très heureux et j'ai un fils qui excelle à l'école !

— Mais bien sûr, ma chérie, dit Mercy d'une voix apaisante. Je sais tout ça. »

À cet instant, elles se comportaient indéniablement comme une mère et sa fille.

Morris appelait cette rencontre « aller bénir la promise ». « Mets tes chaussures, fiston, dit-il à leur fils le matin de Pâques. On va bénir la promise.

— Quoi ?

— On va rencontrer la nouvelle petite amie de ton oncle David.

— Attends, on ne sait pas si c'est sa petite amie, intervint Lily. Il n'a pas explicitement dit que c'était le cas.

— Mais bien sûr que c'est le cas. Sinon pourquoi est-ce qu'il insisterait pour qu'on la rencontre ? »

Morris nouait sa cravate devant la glace du vestibule. Lily enfilait sa parka. (Malheureusement, la journée s'avérait froide.) Elle s'était nettement moins apprêtée que Morris ; elle portait un pantalon et un col roulé. Et Robby, qui regardait des dessins animés en pyjama encore quelques minutes auparavant, avait revêtu sa tenue habituelle – qui consistait en un jean et un sweat – et entreprenait tout juste de chausser ses baskets sans lâcher l'œuf à la guimauve qu'il avait commencé à déballer. Lily émit un claquement de langue réprobateur et s'accroupit pour l'aider à faire entrer l'un de ses pieds dans une chaussure. « Tu te souviens de ton oncle David, n'est-ce pas ? dit-elle.

— Oui.

— Et il vient avec son amie Greta.

— Est-ce qu'elle est jolie ?

— On ne le sait pas encore. »

Elle noua son lacet et tendit la main pour s'occuper de l'autre avant de penser à ajouter : « Non que ce soit important.

— Pour moi, c'est important », répliqua-t-il.

Il venait d'avoir onze ans, mais il en faisait beaucoup moins – c'était un enfant au visage rond, potelé, qui portait des lunettes et avait tout pris de son père. Lily était étonnée qu'il manifestât un quelconque intérêt au fait qu'une fille fût jolie ou non.

Dans la voiture, elle dit à Morris : « Je te parie qu'Alice va dire que j'ai mis un ingrédient superflu dans ma salade.

— Superflu !

— Je te parie qu'elle va dire que je n'aurais pas dû mettre de tomates alors qu'elle sert de la gelée de tomate ou je ne sais quoi. Pourtant je lui ai demandé. Je lui ai dit : "Donne-moi ton menu pour que je sois sûre de ne pas faire doublon." Et elle m'a répondu qu'elle n'y avait pas encore réfléchi. Elle a dit : "Je n'ai jamais préparé de repas de Pâques de ma vie ; comment est-ce que, *moi*, je pourrais savoir quoi faire ?"

— Du jambon, peut-être ? suggéra Morris en mettant son clignotant. Je crois que c'est un plat traditionnel de Pâques.

— Je déteste les tomates ! s'écria Robby depuis la banquette arrière.

— Je sais, mon chaton, dit Lily. Tu mangeras juste ce qu'il y a autour. » Elle jeta un coup d'œil au saladier qu'elle avait dans les bras, bien qu'il fût couvert de papier d'aluminium l'empêchant d'en voir le contenu. « Au moins, il n'y a pas de jambon dans ma salade », dit-elle.

Ils s'insérèrent sur la Baltimore Beltway, où la circulation était étonnamment dense. Lily s'était imaginé que tout le monde serait encore à l'église à cette heure-ci. « J'espère qu'on ne va pas être en retard, dit-elle. Alice veut qu'on arrive tous avant David. Elle veut une sorte de… de comité d'accueil.

— Tout va bien, la rassura Morris. David va se retrouver dans les bouchons lui aussi, n'oublie pas. »

Morris était son roc. Elle pouvait toujours compter sur lui pour l'apaiser.

« Il y a des champignons dedans ? demanda soudain Robby.

— Des champignons dans quoi ?

— Est-ce qu'il y a des champignons dans ta salade ?

— Tu ne me connais vraiment pas du tout ? dit Lily en se tournant pour lui lancer un regard faussement indigné. Est-ce que je ferais une chose pareille ? »

Cela ne le fit pas rire. Il remonta ses lunettes sur son nez – un signe de nervosité chez lui. « En plus, je n'aime pas quand les adultes m'appellent "Robby le garçon".

— Ils sont bien obligés de t'appeler comme ça pour qu'on ne te confonde pas avec Robby la fille. Tu ne voudrais pas qu'on te prenne pour une fille, si ?

— Pourquoi est-ce que Robby la fille n'a pas un nom à elle ?

— Eh bien, il se trouve que c'est son nom, figure-toi. Elle s'appelait même comme ça avant toi.

— Ça devrait être un nom de garçon, en vrai, parce que Robin, c'est le prénom de papy. »

C'était exactement l'argument qu'avait fait valoir Lily lors de la première visite de sa famille après la naissance de son fils. Alice l'avait accusée d'être une copieuse et Lily avait rétorqué : « Mais mon bébé est un garçon, donc il est plus en droit de porter ce prénom.

— Robin n'est pas uniquement un prénom de

garçon, avait dit Alice. En fait, c'est plus souvent un prénom de fille.

— Oui, mais en l'occurrence, notre père s'appelle Robin !

— Et moi, je suis l'aînée.

— Je ne vois pas le rapport.

— Le premier enfant d'une fratrie a la priorité pour les prénoms de la famille.

— Première nouvelle, avait dit Lily.

— Mon Dieu, mais écoutez-vous ! était intervenue Mercy. C'est moi qui devrais me sentir blessée. Deux petits-enfants qui portent le prénom de votre père et pas un seul qui ait hérité du mien.

— On peut difficilement me reprocher de ne pas avoir appelé mon fils Mercy », répliqua Lily, mais la dispute avait tout de même cessé.

Pourquoi Alice n'avait-elle pas baptisé sa fille Mercy ? Eh bien, peut-être qu'elle n'aimait tout simplement pas ce prénom. Mais à présent Lily se demandait si leur mère s'était vraiment sentie blessée. Elle avait pourtant lancé sa remarque sur un ton enjoué.

Morris tourna à gauche sur Garden Gate Garth, une rue courbe bordée de maisons de plain-pied longues et basses posées sur des pelouses dépourvues d'arbres. Il allait s'engager dans l'allée d'Alice, au milieu de la rue, quand Lily dit : « Attends, gare-toi dans la rue. Mieux vaut que personne ne nous bloque en se mettant derrière nous.

— Tu as raison. On pourrait avoir besoin de s'éclipser vite fait », dit Morris en ricanant, mais tout en se garant le long du trottoir. Une fois qu'il eut coupé le moteur, il se tourna vers Lily. « Prête ? lui demanda-t-il.

— Je suis prête. »

Elle pivota pour adresser à Robby un sourire encourageant, mais il descendait déjà de la voiture. Il avait toujours hâte de retrouver ses cousins.

Ce fut Kevin qui leur ouvrit la porte. « Joyeuses Pâques ! » lança-t-il. C'était un homme aux cheveux blonds coupés court, bronzé même en avril, vêtu d'un pantalon de toile et d'un polo rose. « Salut, bonhomme, dit-il à Robby.

— Bonjour, répondit timidement le garçon.

— Ça bouchonnait sur la Beltway ? demanda Kevin à Morris.

— Pas mal, oui. »

Ils suivirent Kevin dans le salon. Robby la fille était agenouillée devant la table basse avec Eddie et ils s'affairaient sur un puzzle géant. Elle leva à peine les yeux lorsque le Robby de Lily vint se planter à côté d'eux, mais Eddie dit : « Salut, Robby. Tu veux nous aider à faire notre puzzle ?

— D'accord », répondit le garçon.

Eddie n'avait que neuf ans, mais il était habillé dans le style golfeur qu'affectionnait son père. Robby le garçon, en revanche, portait des vêtements aussi amples que possible. (Il prétendait être allergique aux coutures.)

Dans des moments pareils, Lily aimait tellement son fils qu'elle en souffrait physiquement.

« Alice est dans la cuisine », l'informa Kevin. Elle le remercia et se dirigea vers l'arrière de la maison avec sa salade.

Elle remarqua que la table de la salle à manger était rallongée à son maximum, recouverte de la nappe familiale héritée de la mère de Kevin et ornée de jacinthes roses et lavande alignées au centre. « Jolies fleurs », dit-elle à sa sœur en entrant dans la cuisine.

Alice était penchée au-dessus de la porte ouverte du four, manipulant une grosse pièce de viande. « Hmm ? Ah, merci », dit-elle avant de refermer la porte du four, puis de se redresser en se débarrassant de ses maniques matelassées. Elle portait un pantalon de tailleur bleu marine et s'était récemment fait faire un « balayage » aux cheveux – Lily pensait que c'était le bon terme. « Tu peux poser la salade là-bas, dit-elle avec un geste du menton. Tu as apporté la sauce ou tu as besoin de la préparer ici ?

— Ah, non, elle est déjà assaisonnée.

— Déjà assaisonnée !

— Je l'ai fait à la maison. »

Alice la regarda de travers.

« Quoi ? dit Lily.

— Rien ! rétorqua Alice d'un ton désinvolte. J'ai finalement opté pour de l'agneau au menu.

— Ah, très bien, dit Lily, heureuse que ce ne soit pas du jambon.

— Et j'ai demandé à maman d'apporter un de ses desserts.

— Bonne idée.

— En plus on a deux bouteilles de champagne au frais, juste au cas où. Je veux dire, si David fait une annonce ou quoi.

— Il a dit quelque chose quand tu l'as appelé ? Enfin, quelque chose au sujet de Greta ?

— Pas un mot. Je l'ai prévenu qu'on ferait ça chez moi et il a répondu : “Très bien.” J'ai dit : “On a hâte de rencontrer Greta !” Mais il m'a juste demandé : “C'est quoi, le nom de ta rue, déjà ?”

— C'est tout lui, ça.

— C'est vraiment… une tombe !

— Bah, comme tous les gars », conclut Lily.

Pourtant, elle se promit que son Robby ne deviendrait jamais comme cela. Pas si elle pouvait l'en empêcher.

« J'ai fait ma propre gelée de menthe sans suivre de recette, dit Alice en prenant une coupelle en porcelaine dans le réfrigérateur.

— Ouah ! Ça a dû te demander énormément de travail.

— Disons que je voulais faire quelque chose d'un peu exceptionnel.

— Ce n'est sans doute pas plus mal que maman se soit défilée pour la préparation du repas. Elle n'aurait certainement pas fait quelque chose d'exceptionnel.

— Oh que non ! s'exclama Alice en contemplant la coupelle d'un air satisfait.

— Tu te souviens ? demanda Lily. Chaque fois qu'on se plaignait d'un de ses repas, elle nous disait : “Oui, eh bien votre père, lui, il n'a jamais râlé.” Et après elle se lançait dans un long discours sur combien il aimait…

— Ses palets de saumon ! la coupa Alice pour terminer sa phrase.

— Sa terrine, rectifia Lily.

— Comment ?

— Sa *terrine* de saumon.

— Ah. C'est vrai. Ha ! De la terrine de saumon pour leur tout premier repas de jeunes mariés. Leur dîner de noces, en fait, dans leur petit appartement de Hickory Avenue, et qu'est-ce qu'elle lui sert ? De la terrine de saumon, faite avec du saumon en boîte. » Elle secoua la tête. « Et avec de la mayonnaise toute prête, c'est sûr, ajouta-t-elle.

— Oui. C'est sûr », répéta Lily, un peu gênée. (La mayonnaise toute prête, ça n'allait pas ?)

On sonna à la porte. Elles se regardèrent, puis se précipitèrent vers l'entrée de la maison.

Mais ce n'étaient que leurs parents. Kevin les conduisait dans le salon. « Il n'y avait pas trop de circulation sur la route ? demandait-il à Robin.

— Oh, ça allait », répondit celui-ci. Il avait fait un effort vestimentaire – jolie chemise écossaise, pantalon en velours propre – mais il n'était pas sur son trente et un. Le convaincre de bien s'habiller n'était pas une mince affaire. Mercy, en revanche, portait une blouse à volants blanche et une jupe en laine de belle qualité, avec des escarpins aux pieds. Elle passa un sac en papier kraft à Alice en annonçant : « Crème glacée.

— Ah ! fit Alice en lançant un regard en coin à Lily.

— Ils ne sont pas encore arrivés ?

— Pas encore, répondit Alice avant d'emporter la glace dans la cuisine.

— Comment ça va, les enfants ? » demanda Robin à ses trois petits-enfants.

Ils levèrent le nez de leur puzzle et le saluèrent à mi-voix ; seule Robby la fille se leva pour le prendre dans ses bras. « Bonjour, papy, dit-elle.

— Coucou, ma chérie.

— Bonjour, mamie. » Elle enlaça également Mercy, laquelle lui embrassa le sommet du crâne. Elles se ressemblaient, toutes les deux – elles avaient les mêmes cheveux dorés dont n'avaient malheureusement pas hérité les filles de Mercy.

« Une petite zone de bouchons sur la Jones Falls Expressway... » disait Robin à Morris quand la petite Robby déclara : « Ils sont là, je crois. »

Tous regardèrent en direction de la baie vitrée,

voilée par un rideau d'un blanc immaculé qui ne leur offrait qu'une vue très brumeuse du dehors. Mais elle en révélait assez pour que Morris pût glisser à Lily, avec un regard malicieux : « Je vois qu'eux aussi se sont garés dans la rue. »

Une, deux, trois silhouettes floues remontaient l'allée de la maison.

« Trois ? s'étonna Alice qui était revenue de la cuisine sans que personne la remarque. Qui est-ce qu'ils ont apporté avec eux ? »

C'était un enfant. Quelqu'un de petit, en jupe.

Ils échangèrent des regards.

« Ah, les hommes ! » s'exclama Alice.

La sonnette retentit.

Kevin et Alice se dirigèrent ensemble vers le vestibule. Les autres entendirent Kevin dire : « Bonjour ! » Puis ce fut au tour d'Alice : « Bienvenue ! » lança-t-elle avant de prendre un ton moins formel généralement employé pour s'adresser à un enfant. « Salut, toi ! »

S'ensuivit une série de chuchotis. Une voix de femme leur parvint brièvement, puis David dit : « J'espère qu'on n'est pas en retard.

— Non, non… » répondirent-ils.

Ils entrèrent dans le salon, David ouvrant la marche. Lily était systématiquement surprise quand elle revoyait son frère. L'image de lui qu'elle avait gravée dans son esprit datait de la fin de son adolescence – il avait encore les cheveux dorés, les traits de son visage ne s'étaient pas encore figés et n'étaient pas nettement définis. Mais désormais ses cheveux étaient d'un blond plus sombre, raides et souples, aux pointes irrégulières, comme s'il avait attendu une ou deux semaines de trop pour les faire couper, et son visage avait pris une forme plus carrée. Ce jour-là, il portait un jean délavé et une chemise de flanelle aux manches élimées. C'était son côté prof, se dit-elle. Les enseignants avaient la réputation de mal s'habiller.

La femme qui le suivait avait plusieurs années de plus que lui – facilement dix, peut-être davantage. Elle tenait la main d'une petite fille âgée de cinq ou six ans, et toutes les deux affichaient la même expression : sérieuse, concentrée, presque renfrognée. Kevin et Alice fermaient la marche. Alice, elle, paraissait complètement décontenancée.

« Bonjour, tout le monde, lança David. Je vous présente Greta Thornton et sa fille, Emily. Greta, voici mes parents, Robin et Mercy ; ma sœur Lily... »

Greta avait des cheveux châtain clair coupés court, crêpelés et dressés au-dessus du front, et elle portait une robe fourreau en laine marron qu'on aurait cru tout droit sortie des années 1940. Les cheveux d'Emily étaient plus clairs, coiffés en tresses si serrées qu'elles lui étiraient la peau au niveau des tempes. Ses vêtements, eux aussi, semblaient démodés – une robe imprimée à manches longues de couleur sombre et des chaussures rigides à lacets avec des chaussettes hautes.

« Comment allez-vous ? » demanda Greta en tendant la main à Robin.

Elle fit le tour de l'assemblée en serrant la main à tout le monde, même aux enfants qui se levèrent d'un bond, l'air gêné. Emily ne serra aucune main, mais elle suivait sa mère de près avec une allure si digne, regardant chacun droit dans les yeux, que c'était tout comme.

« Ravie de vous rencontrer, Greta, dit Mercy.

— Il y avait beaucoup de circulation sur l'I-95, mon fils ? demanda Robin.

— Ça roulait plutôt bien, répondit David sur un ton détaché. Emily, tu veux aider au puzzle ? Emily est une pro des puzzles », dit-il aux autres enfants.

Robby la fille se rassit sur le tapis et tapota l'espace à côté d'elle pour l'inviter à se joindre à eux, mais Emily fit le tour de la table basse et alla s'asseoir sur le canapé, se perchant tout au bord, le dos parfaitement droit. Elle attrapa une pièce du puzzle – un morceau du bord qui ne représentait que du ciel bleu – et l'examina attentivement avant de reporter son regard sur le puzzle.

Les hommes parlaient de l'absurdité de fermer toute une voie de circulation en période de vacances. Mercy demandait à Greta si elle était déjà allée à Baltimore. Alice se faufilait aussi discrètement que possible hors de la pièce – elle allait mettre un couvert supplémentaire sur la table, présuma Lily.

C'était la première fois que Greta venait à Baltimore, s'avéra-t-il. « Je suis originaire du Minnesota », confia-t-elle à Mercy. Elle ne parlait pas tout à fait comme une étrangère, mais elle articulait de manière très guindée et précise, et elle appuyait sur le *t* de « Minnesota » comme le font les Anglais.

« Et vous enseignez dans la même école que David ? » s'enquit Lily.

Greta se tourna vers elle. Ses yeux étaient d'un gris lumineux et il en émanait une grande sérénité – de l'insensibilité, presque. « Je suis l'infirmière de l'école, répondit-elle en détachant bien tous les mots.

— Ah, une infirmière !

— Je suis là-bas depuis un an.

— Donc vous connaissez David depuis un an.

— Oui. »

Greta continua de regarder Lily calmement. Il y eut une brève pause durant laquelle on entendit des bruits de porcelaine et d'argenterie dans la salle à manger.

« Greta, je vous sers un xérès ? » demanda brusquement Kevin.

Lily et sa mère échangèrent un regard surpris. De l'alcool en pleine journée ? Et du xérès, qui plus est ! Kevin et Alice avaient une bouteille de xérès chez eux ?

« Non, merci », dit Greta.

Encore une pause. Kevin ne proposa de xérès à personne d'autre. Il semblait avoir tout bonnement abandonné l'idée.

« J'ai dit à Greta qu'en repartant, on devrait passer par le centre-ville pour qu'elle puisse voir Harborplace, déclara David.

— Oh, oui, tu dois absolument lui montrer Harborplace ! s'enthousiasma Mercy. Harborplace fait l'orgueil de Baltimore », précisa-t-elle à Greta. Pourtant, Lily savait très bien que, aux yeux de Mercy, Harborplace n'était ni plus ni moins qu'un centre commercial.

« Ils tirent un feu d'artifice, là-bas, pour la fête nationale », intervint gaiement la petite Robin, et les deux garçons acquiescèrent vigoureusement.

Emily se pencha légèrement en avant et posa sa pièce de puzzle, assemblant avec application deux longues bandes de ciel.

« Je serais toi, j'éviterais les embouteillages de Harborplace en pleine période de vacances, dit Morris à David.

— Oh, tu sais. On va prendre le risque », répliqua David.

Il y avait quelque chose de différent, chez lui, se dit Lily. Il semblait plus décontracté que d'habitude. Et il avait peut-être pris quelques kilos. Il avait toujours été mince.

Alice apparut sur le seuil de la salle à manger. « Le repas est prêt ! » annonça-t-elle.

L'ambiance se détendit immédiatement, ce fut comme un soulagement général. Tout le monde se leva et se dirigea vers la table. Pour la première fois, Lily remarqua que Greta boitait très légèrement en marchant. Elle avait l'air d'hésiter un peu avant de poser le pied au sol, ce qui la faisait paraître encore plus âgée qu'elle ne l'était – pas seulement trop âgée pour David, mais trop âgée pour avoir une si jeune enfant. Lily n'arrivait pas à cerner cette femme, à vrai dire.

L'agneau était posé au bout de la table, devant Kevin, sur un plateau garni de persil et de petites choses rouges qui ressemblaient à des poivrons, et il y avait une profusion d'accompagnements, dont la salade de Lily.

« Greta, je vous mets à la droite de Kevin, dit Alice. Maman, tu es à sa gauche…

— Je crois que c'est pour ça que je n'ai jamais vraiment apprécié Pâques, dit Mercy en regardant la rangée de jacinthes. Rose et lavande. Je me demande qui a bien pu avoir cette idée.

— Emily, ma puce, tu es en bout de table à côté d'Eddie, poursuivit Alice, imperturbable.

— Je n'ai pas le choix ? demanda Emily d'une petite voix cassante – elle s'adressait à sa mère qu'elle ne lâchait pas du regard.

— Tu n'as pas le choix, lui dit Greta d'un ton ferme.

— Greta, si vous préférez l'avoir à côté de vous… » commença Alice.

Mais Greta l'interrompit : « Elle sera très bien. » Et Emily s'assit près d'Eddie, les mains croisées sur les genoux.

Je n'ai pas le choix ? Lily tenta de se souvenir si elle avait déjà entendu un enfant tourner la question de cette façon.

Son fils aurait dit : « C'est obligé ? »

À elle, on lui attribua une place à côté de Robby. Elle pouvait ainsi effleurer la manche du sweat de son fils avec son avant-bras sans qu'il s'en aperçût. Il gloussait en écoutant une histoire que racontait Robby la fille. Les enfants étaient réunis en bout de table, et les trois cousins s'étaient mis à bavarder entre eux, tandis qu'Emily les observait sans rien dire. Robby la fille parlait de son très gros professeur de musique. Pourquoi les enfants trouvaient-ils l'obésité si drôle ?

La plupart d'entre eux, du moins. Mais pas Emily.

Le père de Lily secoua sa serviette, dont le pliage évoquait une sorte d'aile d'oiseau, et lui demanda tout bas : « Qu'est-ce qu'elle nous a préparé là ? Du rôti de bœuf ?

— De l'agneau.

— Hmm. »

Pour Robin, même l'agneau était un mets exotique.

Dans la mesure où Lily et Greta étaient assises du même côté de la table, Lily ne pouvait pas étudier plus précisément cette dernière durant le repas. En revanche, elle voyait très bien David qui se trouvait face à elle en diagonale. Il ne cessait de jeter des regards en direction de Greta, même pendant qu'il écoutait le laïus de Morris sur l'état actuel du marché immobilier. Et elle vit son visage se détendre lorsque

Greta rit à une remarque de Kevin. Manifestement, il voulait à tout prix qu'elle se sentît à l'aise parmi eux.

Il était impossible que Greta ne soit qu'une amie, comprit Lily.

D'un autre côté, aucune annonce ne fut faite qui méritât que l'on sable le champagne. L'essentiel de la conversation se résumait à un échange de nouvelles : Kevin parla de la proposition qu'il avait faite de développer un centre commercial près de Townson ; Mercy les informa que le Koffee Kafé avait accepté d'exposer quatre de ses tableaux. « Maman peint des portraits de maisons », expliqua David à Greta, car la plupart des nouvelles échangées étaient en fait destinées à Greta. Un numéro de « Voilà qui nous sommes », en quelque sorte. À intervalles réguliers, toutefois, une question en forme de « Et vous, qui êtes-vous ? » surgissait. « Dites-moi, Greta, lança Alice en prenant un air attentif, vous avez toujours été infirmière scolaire ? » À quoi Greta répondit de la même manière – attentive et affable : « Non, j'ai travaillé dans un service des urgences jusqu'à la naissance d'Emily.

— Ah, oui, j'imagine que les horaires de travail aux urgences ne sont pas compatibles avec un enfant en bas âge, commenta Alice.

— Pas du tout. »

Il y eut un silence. Puis Alice dit : « Et est-ce que son père… ?

— Nous sommes divorcés, la coupa Greta.

— Ah. »

Un autre silence.

« Donc ! intervint Morris d'une voix forte. Tu conduis toujours cette Volkswagen, David ?

— Absolument. Je la ferai rouler aussi longtemps que je pourrai.

— Je dois admettre que je t'envie, lui dit Morris. Si je n'étais pas soumis au règlement de ma boîte, j'achèterais moi-même une Coccinelle demain à la première heure. Je suis dans l'immobilier, précisa-t-il en aparté à Greta. On est obligés d'avoir de grosses voitures pour balader les clients. » Et voilà qu'ils reprenaient leur numéro.

David, pour sa part, les informa que ses élèves de théâtre montaient une pièce qu'il avait écrite pour le jour de la remise des diplômes. Et Robin (en réponse à une question de David) dit que, non, il n'envisageait pas de prendre sa retraite avant un bon moment. « C'est déjà à peine si je travaille, maintenant que j'ai Lily, dit-il. Lily est mon manager, glissa-t-il à Greta.

— Ça doit être très sympathique », dit Greta.

Lily avait le sentiment que ce repas allait durer une éternité.

La glace apportée par Mercy était au chocolat. Une boîte d'un litre et demi de glace au chocolat d'une marque de supermarché. C'était comme si elle avait délibérément choisi le dessert le plus banal qu'elle avait pu trouver. En fait, elle le reconnut de but en blanc. « Je sais que vous détestez la nourriture sophistiquée », leur avait-elle dit pendant qu'Alice servait la glace.

Cette dernière laissa échapper l'un de ses non-rires : « Ma-ha-manh ! Ce n'est pas qu'on la déteste ; c'est juste qu'on a des goûts… plutôt classiques dans la famille.

— Exactement, dit Mercy, avant de se tourner

vers Greta : Un jour, j'ai pris un cours de pâtisserie française, à l'époque où je n'étais pas encore mariée.

— Vraiment ! dit poliment Greta.

— Mais finalement, j'ai fait tout ça pour rien.

— Oh, je suis sûre que non. »

Pendant ce temps, les enfants dévoraient joyeusement leur glace – sauf Emily, qui avait à peine touché à son déjeuner et restait assise à écouter les autres enfants plaisanter, fixant leur visage tour à tour avec un imperceptible sourire au coin des lèvres. Comparé à elle, le Robby de Lily paraissait complètement extraverti.

Lorsque Alice proposa de servir le café au salon, Lily se leva et commença à faire la vaisselle, mais sa sœur dit : « Laisse ça, voyons ! » Greta, elle, sortit tout simplement de table et quitta la pièce en boitillant, sans manifester la moindre velléité de débarrasser ou de nettoyer. Ce fut remarqué. Du moins, Lily et Alice le remarquèrent et échangèrent un bref regard, l'air impassible.

Au salon, Robin s'enfonça dans le canapé et déclara : « J'hésite entre m'asseoir et m'allonger, après toute cette nourriture. » Mais David et Greta restèrent debout. « On devrait peut-être se mettre en route, dit David à Alice.

— Quoi ! Maintenant ? Tu n'as pas encore bu ton café !

— On a un long trajet devant nous, et si on veut faire un saut à Harborplace… »

Les autres s'étaient également installés – regagnant les places qu'ils avaient occupées plus tôt, comme ils avaient tendance à le faire –, mais à présent, ils se relevèrent et il régna une atmosphère d'incertitude et une agitation. « Emily, dit Greta. C'est l'heure de partir. » Emily, qui était retournée à la table du puzzle, se leva aussitôt et alla rejoindre sa mère. « Tu dis merci ? lui demanda Greta.

— Merci pour mon déjeuner, dit Emily à Alice d'une voix chantante, comme une ritournelle.

— Je t'en prie, ma puce, dit Alice.

— C'était très gentil de votre part », dit Greta sur un ton solennel. Puis elle regarda David qui renchérit : « Oui, super repas, Alice ! Content de tous vous avoir vus », et il leur adressa un signe de la main avant de se diriger vers le vestibule, Kevin lui emboîtant le pas pour récupérer leurs manteaux.

D'accord, ils n'étaient pas particulièrement démonstratifs, dans la famille. Mais d'ordinaire, David aurait au moins embrassé sa mère et ses sœurs pour leur dire au revoir et aurait gratifié ses beaux-frères d'une tape dans le dos.

C'était à cause de Greta, estima Lily. Elle savait qu'elle jugeait un peu vite, mais elle ne pouvait s'empêcher de penser que David était, d'une manière ou d'une autre, sous l'emprise de Greta.

Elle garda néanmoins cette réflexion pour elle. Quand la porte se fut refermée derrière eux trois, elle se contenta de dire : « Eh bien ! » au moment même où Kevin, qui revenait du vestibule, s'exclamait : « Eh bien dites donc ! en se frottant énergiquement les mains.

— Ma foi, tout cela était… intéressant », déclara Alice.

Mais Morris, ce cher Morris, dit : « C'est formidable qu'il ait trouvé quelqu'un, non ! Et vous avez vu comme cette petite fille est bien élevée ? »

Tout le monde le dévisagea, même Robin.

Alice alla chercher le café dans la cuisine et Lily la suivit pour prendre les tasses ; quand elles revinrent, les autres semblaient avoir retrouvé leur langue. « Mais quel âge peut bien avoir Greta ? » demandait Kevin tandis que la petite Robin, levant les yeux du puzzle, déclarait : « J'ai trouvé Emily bizarre, pas vous ?

— Allons bon, dit Morris.

— Personnellement, je n'ai rien à reprocher à Greta et Emily. On ne les connaît même pas. On n'a absolument rien appris sur elles. Et pourquoi ça ? C'est entièrement la faute de David. Mais pourquoi est-il aussi distant ? Est-ce qu'il est en colère après nous ?

— Il est en colère depuis l'été du plombier, intervint soudain Robin.

— Pardon ? » dit Morris. Mais les autres, qui connaissaient déjà l'histoire, ne réagirent pas.

« Je parle de l'été après l'obtention de son baccalauréat, expliqua Robin à Morris. Avant qu'il entre à l'université. Il voulait travailler bénévolement pour cette troupe de théâtre, une troupe du centre-ville, mais je lui ai dit qu'il ferait mieux de se trouver un emploi salarié. Cette université n'était pas donnée ! C'est vrai qu'on pouvait payer les frais de scolarité grâce à l'argent que Mercy avait reçu de son père, mais c'était une question de principe. Tu comprends ? Franchement, aller baguenauder avec ces théâtreux comme un enfant de riches, puis intégrer la fac aux frais de la princesse à la rentrée sans avoir à se soucier de rien. J'ai dit : “Non, monsieur. Non, tu vas devoir faire quelque chose cet été pour apporter ta contribution. Prendre un job qui couvrira au moins tes faux frais.” Et je maintiens que j'avais raison à ce sujet. Comment est-ce qu'il aurait appris, autrement, je te le demande. Comment est-ce qu'il aurait appris ce qu'est la vraie vie ?

— Ce n'est pas faux, dit Morris.

— Alors je lui ai trouvé un travail chez l'un de mes amis plombiers. Un *vrai* travail, je veux dire, batailler avec des tuyaux et creuser des caniveaux, mettre la main à la pâte comme n'importe qui. Et il l'a fait ; il s'en est sorti. Mais il a joué les malheureux tout du long. Il ne m'adressait pas la parole ; ne répondait pas à mes questions. "Alors, comment s'est passée ta journée ?" je lui demandais, et il disait : "À ton avis ?"

— Et quel était ton avis ? s'enquit Mercy, assise dans le fauteuil à bascule à l'autre bout de la pièce, qui se balança en avant si brusquement que sa tasse tinta sur sa sous-tasse. Tu t'attendais à ce qu'il te dise quoi ?

— Et en septembre il est parti à la fac, poursuivit Robin en l'ignorant totalement. Il est resté là-bas jusqu'à Noël, puis jusqu'aux vacances de printemps. Vers les vacances de printemps, je lui ai demandé : "Qu'est-ce que tu as prévu de faire quand l'année universitaire sera terminée, mon fils ?" Et il a répondu : "Ce qui est sûr, c'est que je ne vais pas rempiler pour un été chez le plombier." Et après ses examens, il est simplement resté à Islington, il a fait je ne sais quoi dans un théâtre là-bas et n'est pas venu nous voir une seule fois avant d'entamer sa deuxième année d'études. En fait, il n'est jamais revenu plus de deux jours.

— Tu exagères, lui dit Mercy. Il est revenu plus longtemps que ça pour les vacances de Noël ! Aux vacances de Noël, il restait une semaine entière ou presque. »

Robin se contenta de lever les sourcils à l'adresse de Morris, comme si Mercy venait d'apporter de l'eau à son moulin.

« Bon, dit Morris, mais il faut reconnaître que tout le monde n'est pas fait pour exercer le même emploi.

— Parce que tu crois que Paul Dee aimait déboucher des canalisations ?

— Qui donc ?

— Le type chez qui je l'ai envoyé travailler. Tu crois qu'il rêvait d'aller dans le sous-sol d'inconnus et de patauger dans leurs eaux d'égout refoulées ?

— Non, mais travailler dans une librairie, peut-être…

— Paul *Dee* ? Je ne suis même pas certain qu'il sache lire. »

Cette remarque fit rire les autres, mais Morris s'obstina. « Je pensais à David, dit-il à Robin. David aurait peut-être pu trouver un travail qui lui aurait mieux convenu. Tout ce que je dis, c'est que des métiers, il y en a pour tous les goûts.

— Hmm.

— C'est comme ce gars de mon lycée, qui a fini par gagner sa vie en élaguant des arbres. Douze mètres de haut qu'il pleuve ou qu'il neige, à passer de branche en branche. Un jour, je lui ai dit : "Richie, comment tu peux supporter de faire ça ?" Et il m'a répondu : "Tu veux rire ? Je suis dans la nature toute la journée ! Je ne trime pas dans un bureau, je ne lèche pas les bottes du premier trou du cul qui cherche à acheter une maison." "Comment tu fais, toi, pour supporter ça ?" il m'a demandé.

— Mais ce que j'essayais d'apprendre à David,

c'est que parfois un homme doit serrer les dents et faire ce qu'il a à faire. Peu importe que ça ne lui "convienne" pas, comme tu dis. Peu importe ses "goûts". Il doit faire abstraction de ses goûts et se retrousser les manches.

— Je vois, dit Morris.

— Est-ce que j'ai mal fait ? Vous pensez que j'ai mal fait ? »

Il s'adressait à présent à toute l'assemblée, mais ce fut Morris qui répondit : « Non, non. Je comprends », dit-il d'une voix douce. Et personne d'autre ne broncha.

« Moi je ne dis pas que c'est à cause du travail de plombier de David, confia Alice à Lily ce soir-là au téléphone. C'est vrai, regarde comme il a tourné ça, il a dit "l'été du plombier". Moitié amusé, moitié méprisant. Je sais que David détestait ce boulot, c'est normal, mais il a survécu. On peut tout supporter pour trois mois. Non, moi je dis que c'est à cause de maman. C'est parce qu'elle a quitté la maison.

— Oh, je t'en prie, David était déjà parti à l'époque. Qu'est-ce qu'il en avait à faire de l'endroit où elle vivait ?

— Tu sais ce qu'on dit sur les parents qui divorcent juste après qu'un enfant a quitté la maison. On dit que c'est tout aussi traumatisant pour l'enfant que s'ils l'avaient fait plus tôt, voire que c'est pire, parce que l'enfant porte une culpabilité supplémentaire en se sentant responsable ; il se dit qu'il n'aurait pas dû les laisser seuls.

— C'est absurde. Primo, papa et maman ne sont pas divorcés. Et deuzio, je ne suis pas sûre que David sache vraiment qu'elle s'est installée ailleurs, même après tout ce temps. Il ne vient presque jamais à la maison, après tout. Et puis, il est tellement égocentrique, avouons-le.

— Égocentrique ! »

Qu'Alice s'offusque de cette remarque n'avait rien de surprenant. Elle avait toujours manifesté une tendresse particulière pour David ; elle avait été l'une de ces grandes sœurs zélées qui aiment jouer les mamans, au point de rivaliser avec sa propre mère. Tandis que Lily, qui avait huit ans à la naissance de David, avait considéré celui-ci comme une nuisance.

« Il est égocentrique aujourd'hui comme il l'était hier, dit-elle à Alice. Taiseux, secret… Est-ce qu'il nous a donné la moindre information sur ses amis ou les copines qu'il fréquentait ?

— C'est juste parce que c'est un garçon. Les garçons n'aiment pas s'épancher.

— Même quand ils sont petits ? Robby, lui, il adore raconter sa vie.

— David, aussi, quand il était petit. Tu te souviens ? dit Alice, à présent avec un sourire dans la voix. Tu te souviens de cette blague avec la souris qu'il adorait ?

— Non.

— Une souris et un éléphant se croisent dans la jungle, la souris regarde l'éléphant et dit : "Qu'est-ce que tu es grand !" (Alice avait pris une toute petite voix.) Et l'éléphant répond (cette fois d'une voix caverneuse :) "Qu'est-ce que tu es petite !" Alors la souris dit (à nouveau d'une petite voix :) "Oui, j'ai été malade." »

Il y eut un silence.

« Tu as compris ? demanda Alice.

— Évidemment que j'ai compris, mais…

— Il était plié de rire chaque fois qu'il racontait cette blague. Et Dieu sait qu'il la racontait souvent, tout le monde y avait droit. Mais si on y pense : ce qu'il y a de comique, c'est l'excuse bidon et autocentrée de cette petite souris. Tu ne trouves pas ça un peu étonnant qu'un enfant de cinq ans comprenne ça ?

— Il avait cinq ans ?

— Oui, cinq. Il était encore à la maternelle.

— Donc ton argument, c'est qu'il se rend compte maintenant que sa famille ne mérite pas qu'il lui parle ?

— Non, non-non. Lily.

— Il comprend qu'il veut épouser une femme divorcée qui a je ne sais pas combien d'années de plus que lui ?

— Il n'a absolument pas parlé de mariage !

— Dis-moi que tu crois vraiment que Greta n'est qu'une amie.

— Comment le savoir ? Peut-être que c'est le cas », dit Alice.

Puis elle changea de sujet et parla du dessert qu'avait apporté Mercy.

Ni Lily ni Morris ne songèrent à demander à Robby son opinion à propos de Greta, mais le lendemain au dîner, il demanda : « Maman, est-ce que la mère d'Emily va se marier avec oncle David ?

— On ne sait pas, mon chéri. Pourquoi cette question ?

— Parce que papa a dit que c'était la petite amie d'oncle David, mais Emily a dit que non.

— Ah, vraiment ? fit Lily en échangeant un regard avec Morris. Alors si tu le dis !

— Emily a déjà un papa dans le Minnesota, c'est pour ça.

— Ah.

— Elle est chez lui à Noël, toute seule.

— Je vois. »

Robby lécha lentement une cuillère retournée de purée, l'air pensif. Puis il demanda : « Quand vous vous êtes mariés, papa et toi, est-ce que votre famille a béni la promise ? »

Lily éclata de rire, surtout parce qu'elle était surprise. Elle ne savait jamais ce que Robby allait retenir dans sa petite tête. « Ça, c'est sûr qu'ils l'ont fait. C'est ta tante Alice qui a rencontré ton père en premier, puis papy et mamie, et tout le monde l'a apprécié.

— Oui, enfin, je n'irais pas jusque-là, intervint Morris en attrapant un biscuit sec. J'ai dû avoir une conversation extrêmement difficile avec ton papy, dit-il à Robby. J'étais nerveux comme pas possible.

— Une conversation à propos de quoi ?

— Euh…

— De toits, lança Lily.

— Hein ? fit Morris.

— Vous avez eu une conversation sur la nécessité de faire poser un toit en ardoises sur notre maison.

— Ah, ça c'était après, dit Morris avant de se tourner vers Robby. D'abord, j'ai dit à ton papy que j'étais très amoureux de ta maman. Je lui ai raconté que la première fois que j'ai posé les yeux sur elle, c'est quand elle est arrivée au travail avec une boîte aux lettres, une boîte aux lettres mouchetée de noir et de blanc d'apparence officielle qu'elle a posée sur son bureau. Elle l'a ouverte et en a sorti un petit pot de crème pour les mains, un minuscule cactus dans un pot en terre cuite et une photo encadrée de son chat… qui venait de mourir, d'ailleurs ; c'était une photo de son chat mort…

— Mon Dieu, Morris, dit Lily.

— Il est mort de quoi ? demanda Robby au même moment.

— C'était une femelle et elle est morte de vieillesse, répondit Lily.

— Elle était morte sur la photo ?

— Seigneur, *non*, elle n'était pas morte sur la photo.

— Donc, après que ton papy a entendu tout ça, poursuivit Morris, il a dit : "Bon, d'accord, d'accord !" » Là, Morris tourna ses paumes vers le ciel en signe de résignation. « "Allez-y, dans ce cas", il a dit.

— Ha ! s'exclama Robby. Tu as gagné, papa !

— Ça, c'est sûr, j'ai gagné. »

Morris et Lily, assis l'un en face de l'autre à la table, se sourirent. Il avait omis beaucoup d'éléments de cette histoire. Par exemple, les longs mois qu'il avait passés transi d'amour pour elle après cette première rencontre, à lui faire une cour qui lui valut d'être la risée de tout le bureau et qu'elle-même dédaigna. Et les conversations fortuites qu'ils commencèrent à avoir de temps à autre au restaurant d'entreprise. Et le fait qu'elle s'était peu à peu rendu compte que, en réalité, c'était un homme tout à fait charmant ; très gentil et attentionné. Même si ce n'était pas son type, bien sûr. Jusqu'à ce qu'il le devienne, du jour au lendemain.

Elle avait été terrifiée quand elle avait commencé à se douter qu'elle était enceinte. Elle avait pris conscience que, durant des années, elle s'était montrée imprudente, car elle se disait qu'elle pouvait avoir une seconde chance dès qu'elle le souhaitait, mais il s'avérait qu'elle se trompait. C'était irréversible et bien réel. Une vraie grossesse, à une époque où l'avortement n'était pas encore légal. Un homme on ne peut plus marié – un mariage *indestructible*, avait-elle supposé, comme souvent pour les couples de longue date sans enfants. Raison pour laquelle elle lui avait annoncé la nouvelle sous la forme d'une déclaration, pas d'une question : « Je suis enceinte, mais je n'attends rien de toi ; je vais me débrouiller toute seule. »

C'était arrivé après son licenciement (un petit souci de retards chroniques), et elle n'avait aucune idée de la façon dont elle allait gagner sa vie. Mais elle n'arrêtait pas de repousser le problème. Une opportunité finirait bien par se présenter.

Et puis une nuit, elle fut réveillée par la sonnette de la porte d'entrée ; elle gagna le vestibule d'un pas chancelant, regarda par l'œilleton et vit le visage blanc aux traits figés de Morris, derrière ses lunettes semblables à des yeux de chouette. Lorsqu'elle ouvrit la porte, il dit : « Je dois être ici. Je ne peux pas ne pas l'être », puis il entra et posa une valise en vinyle ridiculement petite. « Je t'en prie, ne me chasse pas d'ici », lui dit-il.

Ce fut le « je t'en prie » qui la toucha en plein cœur. Mais elle n'aurait pas songé à le chasser, quoi qu'il en fût.

Elle savait que sa famille se moquait de lui. Ou du moins qu'elle le trouvait amusant. Elle savait qu'il donnait l'impression d'être collet monté et d'en faire un peu trop, qu'il avait tendance à raconter toute l'intrigue des films et à laisser traîner sa voix en émettant une note grave chaque fois qu'il s'interrompait pour chercher ses mots ; et, s'il ne levait pas le pied sur les biscuits secs, il allait avoir une bedaine très prononcée. Quel contraste avec les hommes de son passé ! devait penser sa famille – ces hommes séduisants, athlétiques et branchés pour lesquels elle avait toujours eu un faible. (B. J. avec son blouson de motard et son élégance nonchalante – jusqu'à ce qu'ils se marient et que, tout à coup, il commence à la voir comme un boulet à son pied.) Mais elle n'était plus du tout attirée par ce genre d'homme. Les trois mois qu'elle avait passés dans la peur l'avaient vaccinée – et profondément remuée –, si bien qu'elle s'était juré de ne plus jamais être aussi vulnérable.

Morris esquissa soudain un hochement de tête, comme s'il se parlait à lui-même et qu'il avait abouti à une conclusion secrète. « Tu sais, lui dit-il, peut-être qu'hier Greta était aussi nerveuse que je l'ai été avec ton père ce fameux jour. Peut-être qu'elle est du genre à se montrer un peu froide quand elle n'a pas confiance en elle, et qu'on l'appréciera plus quand elle nous connaîtra mieux et qu'elle commencera à se sentir acceptée.

— Oh, tu es vraiment un amour, mon chéri, dit Lily en tendant la main par-dessus la table pour la poser sur la sienne.

— Eh ben moi, je bénirais Greta, déclara finalement Robby.

— C'est vrai, mon bonhomme ? dit Morris.

— Comme ça Emily pourrait devenir mon amie.

— Ah. Emily, répéta Morris avec un petit rire. Emily peut être ton amie même s'ils ne se marient pas, tu sais.

— C'est vrai ?

— Absolument.

— Ah, chouette ! » dit Robby en plongeant à nouveau sa cuillère dans sa purée.

Mais ils se marièrent bel et bien.

Ce fut Alice qui apprit la nouvelle à la famille. Elle téléphona un vendredi soir alors que Lily regardait *L'Incroyable Hulk* avec Morris et Robby.

« Allô ? dit Lily.

— Bon, ben ils se sont mariés.

— Quoi ?

— David et Greta. Ils se sont mariés.

— Oh, Dieu du ciel », lâcha Lily. Morris lui lança un regard interrogateur. « Attends, je change de téléphone, dit-elle en tendant le combiné à Morris avant d'aller dans la cuisine pour utiliser l'autre appareil. C'est bon », dit-elle, puis, dès que Morris eut raccroché : « Raconte-moi tout depuis le début.

— Il n'y a pas grand-chose à raconter. J'ai reçu une carte de remerciement de Greta qui disait... attends. » On entendit farfouiller brièvement à l'autre bout de la ligne. « Qui disait : "Chère Alice, merci pour le délicieux repas de Pâques. Ça m'a fait plaisir de tous vous rencontrer." Nouveau paragraphe. "David et moi voulions vous informer que, hier après les cours, nous nous sommes mariés. Emily était la seule invitée parce que nous ne voulions pas de grande cérémonie. J'espère que vous nous souhaiterez d'être heureux. Sincèrement, Greta Thornton Garrett."

— C'est *tout* ?

— C'est tout.

— D'accord, fit Lily après un silence. Après tout, ils avaient le droit de le faire à leur manière.

— Sans avertir personne, sans annonce préalable.

Quoi, ils avaient peur qu'on sabote le mariage ? Et qui est-ce qui nous en informe, en plus ? Greta ! Même pas David ! C'est *Greta* qui nous l'annonce ! J'ai l'impression que je viens d'apprendre la mort de David.

— Oh, Alice !

— Je ne l'ai pas encore dit aux parents. Je ne l'ai même pas dit à Kevin. C'est comme si je croyais que, tant je n'en parle pas, ça ne s'est pas produit.

— Tu as appelé David ?

— David ?

— Tu l'as appelé pour le féliciter ?

— Ça va pas, la tête ? Franchement, Lily. Je sais que tu es plus détachée que moi ; tu as toujours été jalouse de lui parce que, jusqu'à ce qu'il arrive, tu étais la petite dernière. Mais tu ne vois pas comme c'est blessant ? Je ne sais pas si j'arriverai à l'aimer de la même manière, maintenant.

— Je n'étais pas jalouse ! s'insurgea Lily.

— Ah, voilà qu'elle va être toute vexée, dit Alice en s'adressant sans aucun doute au plafond.

— Ça ne me dérangeait pas qu'il soit le plus petit. C'est vrai… Écoute, Alice, pense à ce qu'a dit Morris. On ne devrait pas tout simplement se réjouir que David ait trouvé quelqu'un ?

— Qu'il ait trouvé une femme divorcée qui a trois fois son âge et qui s'est tout juste donné la peine de nous adresser la parole ? »

Lily se mit à rire.

« Quoi ? fit Alice.

— À t'entendre, cette pauvre femme a un pied dans la tombe. Elle ne doit pas être si vieille que ça.

— C'est une momie. Et je ne sais vraiment pas d'où elle sort.

— Du Minnesota.

— Mais quelle est son histoire ? Comment est-ce qu'elle est arrivée ici ?

— Elle a probablement vécu un premier mariage malheureux suivi d'un divorce, avant de venir s'installer dans l'Est avec sa fille. Point. Je ne vois pas où est le problème.

— Tu dis ça rien que pour avoir l'air plus tolérante que moi.

— Mais je *suis* plus tolérante que toi !

— Alors que moi, c'est le bonheur de David qui me préoccupe.

— Tout ce que je dis, c'est que Morris pense...

— Morris pense que notre famille est étroite d'esprit, peu accueillante et prompte à critiquer ; je sais, dit Alice. Je connais la rengaine.

— Non, objecta Lily, Morris pense que Greta a peut-être agi comme elle l'a fait parce qu'elle était stressée. Il dit qu'on viendra peut-être à l'apprécier, petit à petit. »

Puis elle ajouta : « Si tu tiens à terminer mes phrases à ma place, est-ce que tu peux au moins le faire correctement ? »

Elle raccrocha violemment. Après s'être recoiffée et avoir rajusté son chemisier, elle regagna le salon télé.

Elle attendit une page de publicité pour mettre Morris au courant. « Devine ce qu'Alice voulait me dire.

— Elle quitte Kevin ?

— Mais non, bêta.

— Ils s'installent dans une maison mitoyenne à Govans ?

— Très drôle.

— Chuut ! les houspilla Robby qui était toujours captivé par ce qu'il voyait à l'écran, même les publicités.

— David et Greta se sont mariés », déclara Lily.

Robby tourna la tête pour la dévisager. Morris dit : « Ah bon !

— Greta a écrit un mot de remerciement à Alice et a balancé la nouvelle l'air de rien.

— Mais ils ne nous ont pas invités ! se lamenta Robby.

— Eh bien, ce n'était pas un *vrai*, vrai mariage, apparemment. N'empêche, ajouta Lily à l'attention de Morris, ils devaient savoir qu'ils allaient se marier quand ils sont venus à Pâques. Ils auraient au moins pu nous le dire à nous.

— Ils ne voulaient sans doute pas avoir droit à une scène.

— On n'aurait pas fait de scène !

— Non, mais peut-être que David avait peur que l'un de vous lâche une réflexion qui aurait paru… peu amène.

— On aurait été très amènes ! On avait même préparé le champagne !

— C'est vrai ? s'étonna Morris.

— On n'est pas des sauvages, tu sais.

— Hé ! Youhou ! » protesta Morris car Hulk était réapparu à l'écran.

Lily se leva et retourna à la cuisine. Le silence qui y régnait fut un soulagement après le vacarme de la télévision. Elle s'assit à la table et attrapa le répertoire qui pendait au bout d'une ficelle accrochée au téléphone mural.

Voilà qui était révélateur : elle ne connaissait pas

le numéro de son frère. Elle le chercha, le composa, puis elle se renversa contre le dossier de sa chaise et écouta la sonnerie à l'autre bout du fil.

Si Greta répondait, elle prévoyait d'être exagérément chaleureuse. Une vraie pom-pom girl. « Greta ! s'exclamerait-elle. C'est ta nouvelle sœur à l'appareil ! » Ou, non, peut-être pas. Ce serait peut-être aller trop loin. « Bonjour, Greta, je suis tellement heureuse d'apprendre… »

Mais ce fut David qui décrocha.

« Allô ?

— Salut, David.

— Salut, Lily.

— Alors comme ça tu es marié ?

— Oui.

— Eh bien, félicitations.

— Merci. »

Il sembla attendre qu'elle dise autre chose.

« Quelle surprise ! s'exclama-t-elle. Je n'en savais rien avant qu'Alice me l'apprenne.

— Oui, j'avais l'intention de te le dire. Mais j'allais d'abord écrire aux parents.

— Je vois. Bon. Bref. Je voulais juste te dire que j'étais heureuse pour toi.

— Merci, répondit-il, mais il semblait encore attendre quelque chose.

— J'ai trouvé Greta très sympathique, hasarda-t-elle finalement.

— Oh, mais elle l'est. Elle est tout à fait… épatante ! Elle n'a pas eu une vie facile, tu sais. Elle vient d'une famille d'immigrés qui ont lutté pour s'en sortir ; elle a eu la poliomyélite quand elle était petite ; pendant ses études, elle a dû travailler comme serveuse, auxiliaire de vie pour personnes âgées, faire la plonge dans un *diner*… »

Lily ne se souvenait pas de la dernière fois qu'elle avait entendu David prononcer autant de mots d'une seule traite. C'était une véritable avalanche. « Son mari était un goujat de première, poursuivait-il. Un orthopédiste ; il l'a quittée pour sa secrétaire un mois après la naissance d'Emily, mais aujourd'hui, il se prend pour un père modèle ; il fait tout pour obtenir sa garde alors qu'au début, il la rejetait purement et simplement, il ne lui accordait même pas…

— Emily a pourtant l'air adorable, dit Lily.

— C'est ma fille de cœur. »

Lily fut sonnée par cette remarque.

« Elle est tellement… Ce n'est pas une enfant comme les autres, tu sais. J'adore voir comment fonctionne son esprit ! Je t'assure, Lily, jamais de ma vie je n'avais envisagé d'avoir des enfants. Je ne m'imaginais pas du tout capable de tisser des liens avec un enfant. Mais à Noël, quand Emily a dû prendre l'avion toute seule pour aller voir son père, j'étais bien plus inquiet que Greta. Quand on l'a accompagnée à l'aéroport, j'ai dit : "Emily, imaginons que quelqu'un commence à t'embêter ou à trop te parler. Imaginons que tu commences à te sentir mal à l'aise. Ce que tu dois faire, c'est… tiens, je veux que tu regardes autour de toi maintenant et que tu choisisses une personne à qui tu pourrais demander de l'aide. Quelqu'un à qui tu pourrais faire confiance." Et là, Greta rit et elle dit : "David. Elle a sa propre hôtesse. Elle a une fiche d'identité accrochée en pendentif. Elle est étiquetée comme un colis. Ça va aller !" Mais pendant ce temps Emily s'était mise à regarder autour d'elle, et elle me dit : "Ben, euh, je ne sais pas ; je pourrais peut-être faire confiance à cette personne", et figure-toi qu'elle venait de choisir un ado absolument improbable qui se trémoussait avec son Walkman. Ha ! »

Lily avait du mal à reconnaître David. Et celui-ci dut le sentir car il cessa subitement de parler et se racla la gorge. « Regarde-moi ça, je suis intarissable ! » dit-il. Puis, d'une voix plus douce : « Greta me taquine encore à ce sujet. La première fois qu'on a évoqué l'idée de se marier, elle m'a donné un petit coup de coude dans les côtes et elle a dit : "Réponds-moi franchement, maintenant, c'est une épouse que tu veux ou une fille ?" Et j'ai dit : "Les deux ! Je vous veux toutes les deux ! Je veux le lot complet." J'avais envie de fonder une famille ; je n'aurais jamais cru en avoir envie un jour, mais visiblement si. Et je serai bon dans ce rôle, Lily ; j'en suis certain.

— Évidemment que tu le seras. »

Elle aurait pu en dire beaucoup plus. Elle aurait pu dire : « Ça alors, David ! » Elle aurait pu dire : « Là je te retrouve ! Je pensais t'avoir perdu à jamais ! » Mais elle ne voulait pas le faire fuir, donc elle se contenta de lui répéter, sincèrement cette fois-ci, qu'elle était heureuse pour lui, et il la remercia de nouveau ; puis ils se dirent au revoir et raccrochèrent. Après cela elle resta assise à la table un moment, le regard dans le vague.

Elle ne se souvenait vraiment pas de la blague de David sur la souris. Peut-être ne la lui avait-il jamais racontée, bien que cela semblât improbable. Ou peut-être que, à treize ans, elle avait été trop absorbée par ses propres soucis pour l'écouter. Quoi qu'il en soit, ça ne lui avait rien évoqué quand Alice la lui avait rappelée. À présent, pourtant, elle entendait très nettement la petite voix de son frère ; elle l'entendait chantonner la chute. « J'ai été malade », disait-il, et son petit gloussement onduleux traversait les années pour l'atteindre, depuis l'époque très lointaine où ils formaient encore une famille.

5

Le cinquantième anniversaire de mariage de Mercy et Robin tomba un jeudi. Le jeudi 5 juillet 1990, plus exactement. Au début, Robin estima que c'était fâcheux. Qui organise une fête un jeudi ? Surtout en pleine journée. Et il fallait absolument que ce soit en journée parce qu'il y aurait de jeunes enfants parmi les invités.

Mais soudain, il entrevit une solution. Il voulait que cette fête fût une surprise, et s'il en fixait la date *avant* leur anniversaire de mariage – disons le dimanche d'avant, puisque les dimanches étaient, pour tout le monde, les jours de la semaine les plus propices à l'improvisation – il y avait d'autant plus de chances que Mercy fût prise au dépourvu.

Oh, les choses se présentaient bien, sentait-il.

Il approcha d'abord Lily ; elle était au travail. En théorie, il était désormais à la retraite, mais il avait tendance à passer fréquemment au magasin, tout simplement parce qu'il n'avait rien d'autre à faire. En général, il prenait son petit déjeuner sans se presser, et il traînait encore un peu après, mais ensuite il commençait à s'agiter. Il tournait en rond dans la maison ; il s'attelait à quelque menue corvée au jardin, qu'il achevait beaucoup trop tôt ; il se retrouvait devant le réfrigérateur, piquant des spaghettis à la fourchette directement dans le plat, alors qu'il n'avait pas faim. (Tous ses pantalons le serraient à la taille. Qui aurait cru qu'il serait du genre à s'empâter ?) Et finalement, il débarquait au magasin juste pour fureter un peu, comme disait Lily. « Mais qu'est-ce que tu trafiques, à fureter comme ça ? lui demandait-elle mais sur le ton de la plaisanterie, pour le taquiner. Tu es censé te la couler douce à la maison.

— Oh, je ne sais pas. Je ne suis pas trop fait pour me la couler douce. »

Ce jour-là, il la trouva dans le bureau. Elle était assise à sa table à lui, le téléphone collé à l'oreille, mais il devinait que l'appel avait été mis en attente ; elle enroulait et déroulait distraitement le fil autour de ses doigts. (Et, oui, dans son esprit c'était toujours son bureau « à lui » ; il était toujours un peu choqué de voir une femme installée là, même une femme sans chichi telle que Lily, avec ses cheveux raides et blonds relevés en queue-de-cheval et ses pantalons de toile confortables.)

Il frappa au chambranle de la porte et articula en silence : « Je te dérange ? » et elle libéra ses doigts du fil pour lui faire signe. « Bonjour, papa, le salua-t-elle sur un ton naturel.

— J'ai une idée à te soumettre.

— Ah ? De quoi s'agit-il ?

— Je songeais à organiser une petite fête.

— Une fête !

— Une fête pour ta mère. Pour notre cinquantième anniversaire de mariage.

— D'accord, donc, attends, dit-elle. Quoi... ?

Allô ? Oui, je suis là. Oui, Lily Drew, de chez Wellington's Articles de plomberie. »

Il se retira et la laissa travailler. Puis il se dirigea d'un pas nonchalant vers deux hommes en salopette rayée qui débattaient au sujet d'une douchette d'évier, mais comme ils ne lui prêtèrent pas attention lorsqu'il s'approcha d'eux, il renonça à leur donner son avis. Il continua son chemin vers le rayon suivant.

« Donc, dit Lily en sortant du bureau quelques minutes plus tard. Une fête pour les noces d'or.

— C'est ça.

— Ça alors, papa. Qu'en pense maman ?

— Elle n'est pas au courant. Et je ne veux pas qu'elle le sache ; je veux lui faire la surprise.

— Oh oh. Franchement, je ne pense pas que maman soit du genre à apprécier les surprises.

— Mais, tu vois, si je lui dis à l'avance, elle va croire que c'est parce que je lui demande de l'aide. Pour nettoyer la maison, faire la cuisine, tout ça. Ça ne fera que la décourager. En plus, elle est complètement accaparée par sa peinture, tu n'imagines même pas.

— Tu ne pourrais pas lui préciser que tu ne lui demandes pas ça ? Lui dire que la fête est prévue, mais qu'elle n'a pas à s'en faire, que tu t'occuperas de tout ?

— Oui, mais elle va s'attendre à ce que je fasse tout de travers.

— Ma foi… »

Il savait ce que pensait Lily. Il lisait en elle comme dans un livre ouvert. Elle se disait que, en effet, il allait sans doute tout faire de travers. « J'espérais que ta sœur et toi puissiez me conseiller, lui dit-il. Enfin, pas m'aider pour la cuisine ni rien, j'ai mes propres idées à ce sujet ; juste me renseigner sur ce qu'il convient de faire pour célébrer des noces d'or, exactement.

— Tiens, prenons la liste des invités, dit Lily. Tu sais qu'elle aura une opinion bien arrêtée sur cette liste.

— Les invités, ce sera notre famille. Qu'est-ce qu'elle pourrait avoir à redire là-dessus ?

— Ah.

— Par exemple, poursuivit-il avec malice, vous devez bien avoir une idée de l'heure pour cette fête. Je pensais à un dimanche – le dimanche 1er juillet – mais est-ce qu'il vaut mieux que ce soit le soir ? Il ne faut pas oublier qu'il y aura les petits.

— Ah non, pas le soir ! Pas si les enfants viennent ! »

Il fit mine d'y réfléchir, puis finit par déclarer : « Oui, tu as raison.

— Il faudrait que ce soit un déjeuner tôt, comme ça David et les siens pourront reprendre la route avant la nuit. On peut faire ça chez nous, si tu veux.

— Non, chez nous, je préfère.

— Chez vous, d'accord. »

Il la tenait. Un jeu d'enfant.

Telle était la plus grande réussite de la vie de Robin : aucun de ses enfants n'avait compris que Mercy avait quitté la maison.

Certes, ils savaient que, pour la joindre, ils devaient d'abord tenter de l'appeler au studio. Du moins, les filles le savaient. (Il était impossible de deviner les informations dont disposait David, dans la mesure où ils avaient très peu de contacts avec lui.) Et elles ne semblaient jamais surprises si elles passaient à l'improviste à la maison et qu'elles y trouvaient Robin tout seul. Mais cela pouvait s'expliquer par le travail de Mercy, son dévouement à son travail. Ah, les artistes ! Ils étaient tous fous. Dans le bon sens du terme, bien sûr.

Et sa plus grande crainte était la suivante : Mercy pouvait un jour révéler toute la vérité. « Inutile de vous dire que votre père et moi ne vivons plus ensemble », risquait-elle de leur annoncer – lâchant la nouvelle l'air de rien, incidemment, comme si elle supposait qu'ils le savaient déjà. Ils ne s'en remettraient pas. Ils seraient anéantis. Il lui en voulait presque à la simple idée qu'elle pût faire cela, bien qu'en réalité elle n'en eût jamais soufflé un mot. Il n'avait aucune raison de lui en vouloir.

Sa grand-tante avait désapprouvé son union avec Mercy. Elle ne l'avait pas explicitement dit ; elle avait simplement exprimé son aversion pour le mariage en général. « Je veux juste te mettre en garde, avait-elle dit. Les qualités pour lesquelles tu épouses une personne finiront par être les raisons pour lesquelles tu la détesteras, c'est presque toujours comme ça. » Robin savait qu'elle faisait allusion aux « manières bourgeoises » de Mercy, selon ses termes, mais ce n'était pas pour cela qu'il l'épousait. Il se moquait de sa classe sociale. Non, c'était la dignité discrète de Mercy qui l'avait attiré en premier lieu – son port altier et son calme, alors qu'elle se tenait derrière le comptoir. Elle était si différente des filles collantes, charmeuses et glousseuses qu'il côtoyait d'habitude. C'était tante Alice – qui avait travaillé toute sa vie dans une conserverie – qui se souciait des classes sociales.

Il avait vécu avec tante Alice dès l'âge de quatorze ans, après que sa mère avait été emportée par un cancer. Même si, en vérité, avait dit tante Alice, elle était morte parce qu'elle avait eu le cœur brisé. « Sans ton père, elle serait en vie et en bonne santé à l'heure qu'il est », lui avait-elle dit. Son père était un conducteur de poids lourd qui avait rencontré une autre femme dans le New Jersey et avait demandé le divorce quand Robin avait six ans. « Divorce » – un mot tranchant comme une lame, selon Robin : dur, acéré et brutal, la cause de l'éternel chagrin muet de sa mère. Après cela elle avait pris un emploi dans une teinturerie où elle faisait des retouches, mais quand Robin se la remémorait, il la voyait toujours à la maison, toujours affalée dans le canapé du salon. Il voulait bien admettre que certains facteurs – la maltraitance physique, par exemple – justifiaient parfois que l'on divorce, mais sinon c'était impensable. Les couples qui divorçaient étaient des tire-au-flanc. Ils n'étaient tout simplement pas mûrs. Il avait dit cela à Mercy quand il lui avait demandé sa main. « Laisse-moi te dire une chose, avait-il déclaré. Si tu imagines ne serait-ce qu'un instant qu'on peut divorcer, alors je ne veux pas que tu acceptes. » Et elle l'avait évidemment pris au sérieux. Elle avait redressé les épaules et planté son regard dans le sien. « Je te le promets, Robin, avait-elle dit. Ça n'arrivera jamais. »

Mais qui pouvait dire ce qui, chez lui, avait attiré Mercy ? Il s'émerveillait encore, après toutes ces années, qu'elle lui ait prêté attention. Il était conscient qu'il n'était pas particulièrement beau, qu'il était court sur pattes et maladroit en société – il commettait toujours des faux pas avant de grogner en constatant son erreur, furieux après lui-même et secouant la tête durant des heures en y repensant. Par exemple, voyant un voisin adresser un salut, Robin s'écriait : « Oh, bonjour ! » en agitant le bras comme un dément, pour s'apercevoir une seconde après que le voisin saluait en réalité une personne qui se trouvait plus loin dans la rue. Ou bien une caissière du magasin lui disait : « Bon déjeuner », quand il prenait sa pause de midi, et il répondait : « Vous aussi » avant de grimacer en se donnant une tape sur le front une fois dehors, parce qu'elle-même n'allait pas déjeuner. Quel idiot, elle venait de rentrer de sa pause-déjeuner !

La plus simple des interactions le submergeait d'angoisse. Il ne parlait jamais à bon escient, semblait-il. Et pourtant Mercy l'aimait. Il ne lui avait jamais demandé pourquoi ; il craignait qu'elle ne comprît son erreur si elle y réfléchissait trop. Il se contentait de couver précieusement cette idée, de l'entretenir et de la chérir comme il le faisait depuis le jour où elle lui avait dit oui : *Mercy m'aime*.

Alice téléphona : « Alors, dit-elle. Il paraît que tu veux organiser une fête d'anniversaire de mariage.

— C'est exact. »

Il poussa son bol de chili de côté et se renversa dans sa chaise. Alice appelait systématiquement à l'heure où il prenait son dîner, vers dix-sept heures, pour lui tenir compagnie pendant qu'il mangeait. En fait, Robin n'aimait pas faire deux choses à la fois, il cessait donc toujours de manger jusqu'à ce qu'elle ait raccroché, mais Alice n'en savait rien.

« Je tenais juste à dire que, d'après moi, les fêtes surprises ne sont jamais, en aucune circonstance, une bonne idée.

— D'accord, dit-il sur un ton affable.

— Dans ce cas, tu veux bien dire tout de suite à maman ce que tu manigances ?

— Oh, je ne crois pas, ma chérie. »

Il y eut un silence à l'autre bout du fil. Elle levait sûrement les yeux au ciel d'un air dépité à l'attention de Kevin.

« En plus, ajouta-t-elle, c'est *nous* qui devrions faire ça. Nous trois ; vos trois enfants.

— Eh bien, c'est gentil de ta part de le proposer. (Elle n'avait rien proposé du tout, en réalité.) Mais je m'en charge, merci. J'ai tout prévu.

— Papa…

— Cela dit ! s'exclama-t-il gaiement. J'ai tout de même une faveur à te demander.

— De quoi s'agit-il ?

— Est-ce que tu peux appeler David pour moi et t'assurer qu'il viendra ? À midi dimanche en huit, le 1er juillet. Dis-lui que c'est vraiment important qu'ils viennent. C'est toi qui sais le mieux comment lui parler.

— Bon… mais il se peut qu'il soit déjà pris.

— Même s'il est pris ! Dis-lui que c'est important. Précise-lui qu'ils peuvent dormir à la maison sans problème, s'ils veulent.

— Il ne va pas vouloir dormir à la maison.

— Mais essaie quand même, d'accord ? Tu sais t'y prendre avec lui.

— Bon… D'accord. »

Il s'autorisa un petit sourire d'autosatisfaction.

« Maintenant, à propos du menu, dit-elle.

— Le menu, je l'ai.

— Quoi ? Qu'est-ce que tu vas servir ?

— Tout est sous contrôle, absolument tout, dit-il d'un ton apaisant.

— Mais je pourrais faire mon…

— Je m'en charge. Merci, ma chérie. Bisous. »

Il raccrocha et approcha de nouveau son bol de chili.

Tout le monde était disponible à l'exception des deux Robby. (La Robby d'Alice avait décroché un boulot d'animatrice de camp de vacances à Rehoboth pour l'été. Le Robby de Lily était en Espagne dans le cadre de son programme d'études à l'étranger.) Même David et sa famille pouvaient venir. Alice n'avait pas dit si elle avait eu du mal à le persuader, et Robin n'avait pas posé la question. Elle avait toutefois précisé que son frère avait décliné l'invitation à dormir dans la maison familiale.

Robin engagea la femme de ménage de son voisin d'à côté pour qu'elle nettoie la maison. Cela lui prit une journée entière, et elle ne fit que le rez-de-chaussée. Après cela, il veilla à ne pas laisser la pagaille s'accumuler de nouveau.

Il commanda un gâteau au supermarché – il n'était pas assez fou pour en faire un lui-même, surtout pour Mercy. Il avait également acheté toutes les provisions dont il avait besoin – des choses simples car ses talents culinaires étaient modestes –, et tondu la pelouse et élagué la glycine aux endroits où elle envahissait la véranda.

S'offrait-on des cadeaux pour un anniversaire de mariage ? Oui, il en était convaincu, même si Mercy et lui ne l'avaient jamais fait. Mais qu'allait-il lui offrir ? On appelait cet événement les « noces d'or » ; cela signifiait probablement que le cadeau devait être en or. Mais Mercy ne portait pas de bijoux. Même son alliance, pas plus épaisse qu'un fil de fer, demeurait généralement dans le porte-savon derrière l'évier de la cuisine. De plus, se disait-il, elle n'allait certainement pas lui offrir de cadeau à lui, alors pourquoi la mettre mal à l'aise ?

« Quel est ton plan ? » lui demanda Lily le vendredi précédant la fête. Il était passé au bureau, mais juste pour lui faire un coucou ; il courait après le temps, ces jours-ci. « Comment peux-tu être certain que maman sera disponible pour la fête ?

— Oh, je vais attendre le jour J, et là je l'appellerai pour lui dire que David est ici.

— David.

— Je l'appellerai au studio et je dirai qu'ils sont passés à l'improviste parce qu'ils se rendaient ailleurs et qu'on était sur le chemin. Je lui proposerai de venir les voir.

— D'accord.

— On sera dimanche. Aucun risque qu'elle soit quelque part chez un client ou je ne sais quoi.

— D'accord », répéta Lily avant de pousser un soupir qu'il ne sut pas interpréter.

Il faisait un temps idéal, le dimanche. Ensoleillé et chaud, mais pas *trop* chaud, pas autant que la semaine qui avait précédé ; et de toute façon, Mercy aimait la chaleur. Comme la plupart des femmes que connaissait Robin, elle se plaignait toujours de sentir un courant d'air.

Il ouvrit toutes les fenêtres et les portes, et descendit le store extérieur à l'arrière. Il avait profité de la présence de la femme de ménage pour lui demander de mettre la table, même si cela impliquait que la salle à manger serait plus ou moins hors d'usage pour les prochains jours, et à présent, il sortait toute la nourriture qui n'avait pas besoin d'être conservée au frais – les petits pains et le beurre, les rondelles de concombre trempées dans l'huile de maïs et le vinaigre. Puis il remplit la glacière de glaçons et de boissons non alcoolisées, plus quelques bières pour les garçons.

Même si Kevin allait forcément apporter du champagne. Cet homme ne jurait que par le champagne. À la moindre occasion – anniversaire, vacances, remise de diplôme – il fallait qu'il arrive avec ses « bulles », comme il disait. Et toujours des marques de luxe, de la « grande truanderie », selon l'avis de Robin. Celui-ci préférait la bière ou le Dr Pepper. Il soupçonnait les autres d'être du même avis, mais de ne pas le dire par politesse. « Merci, Kevin », murmuraient-ils. « Santé, tout le monde ! », puis « Vraiment délicieux ». Ils prenaient une petite gorgée avant de poser leur verre et d'omettre de le reprendre, ou alors ils se dirigeaient vers la cuisine l'air de rien et revenaient les mains vides.

Oh, tout le mal que se donnait cette famille pour préserver les apparences !

Kevin arriva donc le premier, muni de son sac isotherme spécial, faisant irruption par la porte de derrière et fonçant droit vers le réfrigérateur, tandis que le reste de sa famille – Alice, Eddie et la petite Candle qui tenait dans ses bras le doudou dont elle ne se séparait jamais – suivait quelques pas derrière. Et dans leur sillage apparurent Lily et Morris accompagnés de Serena. Candle et Serena avaient à peine un an d'écart – elles devaient être à la maternelle, ou quelque chose comme cela – et elles échangeaient des regards timides tandis que les adultes se pressaient dans la cuisine et faisaient des incursions dans la salle à manger pour examiner les préparations.

« Jolies fleurs, papa, dit Alice.

— Merci, je les ai achetées au supermarché.

— Ça t'embête si je les arrange un peu ?

— Non, vas-y », dit Robin, qui estimait toutefois s'être plutôt bien débrouillé. C'étaient des tulipes rouge vif ; elles étaient complètement fermées quand il les avait achetées, mais la caissière lui avait assuré que, d'ici le dimanche, elles se seraient parfaitement ouvertes, et elle ne s'était pas trompée.

À présent, il commençait à se sentir nerveux. « C'est sacrément compliqué d'évaluer la durée du trajet depuis Philadelphie, dit-il. J'espère que David et les autres ne seront pas en retard.

— Ne vous inquiétez pas, le rassura Morris. D'après mon expérience, ça prend toujours deux heures. Que l'autoroute soit déserte ou que les voitures soient pare-chocs contre pare-chocs ; deux heures pile, quoi qu'il arrive. »

C'était tout Morris, cette gentillesse. Il faisait toujours de son mieux pour mettre les gens à l'aise.

Les trois petits-enfants sortirent à nouveau en troupe – tout d'abord Eddie, ramassant au passage le vieux ballon de basket sur la véranda, puis les deux fillettes, qui étaient en admiration devant lui. (C'était aussi un peu le chouchou de Robin ; il était le seul à aimer fabriquer des choses.) Alice commença à couper les tiges des tulipes dans l'évier de la cuisine, et Kevin ouvrit de nouveau le frigo pour admirer ses bouteilles de champagne. « On devrait peut-être aller s'asseoir dans le salon », suggéra Robin, mais à ce moment-là, par-dessus le bruit du ballon qui rebondissait, il entendit un crissement de pneus. Il alla regarder par la porte-moustiquaire et, en effet, il s'agissait bien de la Coccinelle bleue de David qui se garait à côté de la BMW de Kevin. Eddie s'écria : « David est là ! » et rejoignit la Coccinelle en dribblant avec le ballon.

David descendit de voiture et leva une main pour intercepter le ballon, tandis que Greta émergeait du siège passager et le pliait en avant afin qu'Emily et le petit Nicholas puissent s'extraire de la banquette arrière. Emily avait grandi de trente bons centimètres, semblait-il à Robin. Elle entrait dans l'adolescence et elle était grande et mince, avec un chignon bas sur la nuque qui faisait très adulte. Elle suivit sa mère qui se dirigeait vers la maison, mais le jeune Nicholas – âgé d'à peine six ou sept ans – s'attarda pour regarder son père envoyer le ballon dans le panier de basket depuis une distance impressionnante.

« Bonjour, tout le monde ! » lança Robin depuis le seuil. Mais au lieu de suivre les autres à l'extérieur, il retourna à la cuisine et composa le numéro de Mercy depuis le téléphone mural.

« Allô ? dit-elle.

— Salut, ma belle.

— Bonjour, mon chéri. Comment se passe ta journée ?

— Oh, ça va. Mais tu ne devineras jamais : David et les autres sont ici.

— David !

— Ils ont fait un crochet en allant… ils font une sorte de *road trip* et il se trouve qu'ils ont fait un crochet, et…

— Pas possible !

— Oui, et je me suis dit que tu voudrais venir leur dire bonjour.

— Mais évidemment ! J'arrive tout de suite.

— Tu veux que je vienne te chercher ?

— Non, non, je peux venir à pied.

— Ne tarde pas trop ! » dit-il en chantant presque. Puis il raccrocha et alla rejoindre les autres dehors.

La plupart des adultes – tous à l'exception de David – discutaient debout au milieu des voitures garées. Emily était avec eux, se tenant très près de sa mère comme si elle craignait de se mêler aux autres, et Greta avait les bras chargés d'une fleur exotique aux allures d'orchidée dans un pot en faïence. « Bonjour, Robin, dit-elle en le voyant. Joyeux anniversaire. C'est pour vous deux. »

Elle s'avança vers lui et lui mit le pot dans les mains. Comme d'habitude, elle portait une robe imprimée bleu marine au style démodé, avec une ceinture et des manches courtes à revers. (Emily, toutefois, avait rejoint le monde moderne : elle était vêtue d'un jean et d'un haut bouffant blanc.) « Je crois qu'elle ne demandera pas beaucoup d'entretien, précisa Greta.

— Ma foi, merci », dit Robin.

La fleur sentait l'eau de pluie, une odeur pure et fraîche, mais n'était pas vraiment parfumée. Il la huma profondément puis demanda : « Ça roulait bien ? »

Au lieu de répondre, elle se tourna vers Emily. « Souhaite un joyeux anniversaire à Robin », l'exhorta-t-elle. Alors Emily s'avança d'un pas précautionneux et déclara : « Joyeux anniversaire, Robin. » On l'avait plusieurs fois encouragée à appeler Robin et Mercy « papy » et « mamie », mais elle ne l'avait jamais fait et Robin n'avait pas l'intention de lui forcer la main. (Elle appelait encore David « David », après tout, alors qu'il était évident qu'elle l'aimait plus que tout.) « Merci, ma chérie », lui dit-il avant de lancer à la cantonade : « Ce n'est pas encore tout à fait notre anniversaire. Pour ça, il faut attendre jeudi.

— Le lendemain de la fête nationale, dit Kevin d'un ton songeur.

— Oui, bon, c'était la première date disponible en juillet pour le pasteur. Mercy tenait à ce qu'on le célèbre en juillet, figurez-vous, parce qu'elle estimait que les mariages de juin étaient trop conventionnels. »

Cela fit rire Alice et Lily, mais Greta acquiesça d'un air solennel et dit : « Oui. Ça lui ressemble bien. »

Robin savait que ses filles ne portaient pas vraiment Greta dans leur cœur. Alice disait d'elle qu'elle était un « glaçon ». Mais, au moins, on savait toujours à quoi s'en tenir avec elle. Elle était franche ; elle était comme elle était ; elle ne faisait jamais de ronds de jambe, comme il disait.

Tiens ! Il n'y avait pas songé jusqu'à présent, mais elle avait quelque chose de sa tante Alice.

Il sortit de sa rêverie et se tourna vers ses filles. « Il faut qu'on rentre, leur dit-il. Votre mère va arriver du studio par l'autre côté.

— OK, dit Lily. Tout le monde dans la maison ! Mamie arrive. »

David fit un dernier panier puis attrapa le ballon et l'envoya aux enfants. « Où est ton tablier, papa ? demanda-t-il en approchant. Il paraît que tu te charges de la cuisine.

— Mon tablier, c'étaient tous mes vêtements, répondit Robin. Jusqu'à ce que je m'en débarrasse il y a une heure et que je les mette au sale. Quoique, j'aurais peut-être mieux fait de tout jeter au feu. »

Il regarda Nicholas, derrière David, qui courait après le ballon de basket plutôt que de rejoindre tout le monde. Mais une fois qu'il réussit à l'attraper, il se mit à dribbler avec vers la maison. Il ressemblait à David au même âge, s'aperçut soudain Robin – blond et maigre avec des genoux cagneux, sauf qu'il avait les yeux gris pâle de Greta.

Tandis qu'ils entraient dans la cuisine, Alice demanda : « Qu'est-ce que tu sers au fait ? » mais Robin répondit : « Oh, des choses et d'autres », parce qu'il était hors de question qu'il la laisse prendre la main à ce stade. Il posa la plante en pot sur un plan de travail, puis traversa la salle à manger pour gagner le salon. Eddie déclara : « Est-ce qu'on est censés se cacher et apparaître quand mamie arrive ? » Mais Robin répondit : « Oh, non, je pense qu'on peut juste rester assis l'air de rien. On est là, tranquillement, puis on lève la tête très naturellement quand elle entre et on lui dit : "Joyeux anniversaire." »

Chacun se trouva une place dans la pièce, mais Nicholas dut se relever et remporter le ballon de basket dehors quand sa mère le lui ordonna. Robin, lui, resta debout. Il alla à la fenêtre de devant et contempla la rue ombragée, la rangée de voitures garées, un jeune couple qui passait avec un enfant dans une poussette. Là, il repéra Mercy qui descendait la rue par la gauche. Elle portait un volumineux sac blanc – non, une taie d'oreiller pleine de linge sale. Sa jupe voletait autour de ses tibias car, même à soixante-dix ans, elle marchait d'un pas aussi vif qu'une jeune fille. « Elle est là », annonça-t-il.

Tout le monde se tut.

Robin s'écarta de la fenêtre pour ne pas être vu. Il entendit les chaussures de Mercy cliqueter lorsqu'elle s'engagea dans leur allée ; il l'entendit monter les marches de la véranda. La porte-moustiquaire s'ouvrit d'un coup sec et elle traversa le vestibule pour s'arrêter sur le seuil du salon.

Peut-être auraient-ils dû se cacher, après tout. Car, ce que n'avait pas prévu Robin, c'est que les voir ainsi figés, complètement silencieux, assis les mains sur les genoux, sembla la perturber. Elle ouvrit la bouche pour parler, mais ne dit rien. Eux non plus, curieusement. Attendaient-ils Robin ? Il allait prendre la parole, mais Greta dit alors d'une voix posée : « Joyeux anniversaire, Mercy.

— Pardon ? » s'étonna Mercy.

Puis ils retrouvèrent tous leur langue. « Joyeux anniversaire, maman ! » s'écrièrent-ils. « Joyeux anniversaire, mamie ! » Tous se précipitèrent soudain autour d'elle, mais Robin fut le premier à l'atteindre. Il la déchargea de son linge sale et le posa au sol, puis il dit : « Ça fait cinquante ans, ma chérie. »

Malgré tout, elle eut l'air perplexe. « De quoi tu parles ? demanda-t-elle.

— Ce sont nos noces d'or.

— Ah oui ?

— Le 5 juillet 1940, ce jeudi. Mais je me suis dit qu'il valait mieux organiser une fête un dimanche.

— Eh bien, ça alors. » Désormais son visage s'était éclairé et elle se mit à embrasser tout le monde ; elle les prenait dans ses bras, disait à Nicholas qu'il avait énormément grandi. « Eh bien, ça alors… ne cessait-elle de répéter. Ça alors, je ne… »

« Tu es surprise ? lui demandèrent-ils. Tu avais deviné ? Tu te demandais si on allait s'en souvenir ?

— Comment aurais-je pu me demander ça, puisque je ne m'en souvenais pas moi-même ?

— Ce n'est pas faux, dit Morris.

— Oh, maman, comment as-tu pu oublier ? dit Alice. Cinquante ans, tu te rends compte ?

— En fait, non », répondit Mercy.

Elle enlaça David pour la deuxième fois et dit : « Ça alors, Emily ! Tu es devenue une vraie jeune femme.

— C'est papa qui a tout organisé, précisa Alice. La date, les invitations, le menu…

— Oh, si seulement j'avais su, déclara Mercy. J'aurais pu passer tout ce temps à me réjouir à l'avance ! »

Cette remarque provoqua un léger malaise. Toute l'assemblée s'interrompit pour regarder Robin. « Ah », fit-il.

Mais à cet instant, Kevin arriva de la cuisine en levant en l'air deux bouteilles de champagne. « C'est l'heure de porter un toast ! » s'exclama-t-il avant d'envoyer Eddie et Emily chercher des verres dans la salle à manger. Puis il fit sauter le premier bouchon avec force théâtralisme et prit un air résigné – comme toujours – lorsque les verres arrivèrent, car il s'agissait des coupes que Mercy avait héritées de sa grand-mère. Kevin avait précisé à plusieurs reprises que les gens utilisaient des flûtes, de nos jours.

Les toasts furent brefs, fort heureusement – une salve de simples « Joyeux anniversaire » et un « À vos cinquante prochaines années ! » (de la part de Morris). Robin ne savait pas s'il devait boire quand il était l'objet du toast, pour ainsi dire, mais il vit Mercy attendre d'abord un peu, puis sourire, hocher la tête et prendre une gorgée, alors il l'imita. Cette boisson pétillait tellement qu'elle lui chatouilla le nez. « Oups, je ferais bien d'aller jeter un coup d'œil au four », dit-il en emportant son verre dans la cuisine.

Alice, bien sûr, lui emboîta le pas avec son propre verre.

« Qu'est-ce que je peux faire pour t'aider ? lui demanda-t-elle.

— Servir l'eau, peut-être ?

— Je m'en occupe. »

Il vida la barquette de salade de pommes de terre dans un saladier et l'emporta dans la salle à manger, puis il revint dans la cuisine et attrapa des maniques pour sortir les deux plats à terrine du four. « Qu'est-ce que tu nous as préparé là ? s'enquit Alice en revenant avec sa carafe.

— De la terrine de saumon.

— De la terrine de saumon », répéta-t-elle.

Elle s'avança près de lui et se baissa pour examiner les terrines. Le dessus avait joliment doré, constata-t-il, et gonflé par-dessus le bord des plats de manière tout à fait appétissante. Mais quelque chose dans le ton qu'avait employé Alice l'inquiéta et il leva les yeux pour sonder l'expression sur son visage. « Ça va ? demanda-t-il.

— Oh ! C'est bien. »

Puis elle l'embrassa sur la joue – il avait donc sûrement eu tort de douter.

Étonnamment, Mercy ne semblait toujours pas avoir saisi le concept d'une fête surprise. Tandis qu'elle prenait place en bout de table, elle demanda à David : « Vous étiez en route pour où, mon chéri ?

— Comment ?

— Quand vous avez fait un crochet pour nous rendre visite, je veux dire. Ton père m'a dit que vous faisiez un *road trip* et que vous êtes passés à l'improviste.

— Non, je… intervint Robin en voyant la mine désarçonnée de David. Non, c'est juste une histoire que j'ai inventée pour que tu viennes déjeuner, ma belle.

— Ils ne font pas un *road trip* ?

— Ce déjeuner était une surprise, tu vois, et ils sont venus exprès pour l'occasion, mais je ne voulais pas que tu le saches.

— Moi j'aurais bien aimé le savoir. »

Robin en éprouva une certaine frustration : qu'y avait-il de si compliqué, bon sang ? Qu'est-ce qu'elle ne comprenait pas ?

« Que tu le saches à l'avance, il veut dire, expliqua Alice. S'il t'avait prévenue qu'ils venaient déjeuner, tu aurais pu deviner qu'il organisait une fête.

— Oui, mais je l'aurais bien su tôt ou tard, répliqua Mercy. Maintenant je le sais, après tout. Non ? » Elle scruta les visages de l'assemblée. Ils avaient tous l'air perplexes, eux aussi. « Je n'ai pas raison ? leur demanda-t-elle.

— Il avait peur que vous ne refusiez », lui dit Greta d'une voix un peu trop forte.

Mercy braqua son regard sur elle.

« Il avait peur que vous ne vouliez pas fêter votre mariage.

— Ah », dit finalement Mercy.

Et cette explication sembla la satisfaire, bien que Robin fût légèrement perturbé par cet échange.

Plus tard, cependant, elle remit le sujet sur le tapis. Les convives s'étaient désormais dispersés en petits groupes plongés dans diverses conversations – Alice et Lily discutaient de la dernière lettre de Robby le garçon, et les fillettes rivalisaient pour amuser Emily (qui les subjuguait encore plus qu'Eddie, visiblement), et Morris racontait à Kevin et David l'une de ses interminables histoires de transaction immobilière, se perdant dans les explications comme toujours, digressant inutilement et revenant en arrière pour introduire un détail qu'il aurait dû mentionner dès le départ. Mais, de but en blanc, Mercy déclara : « Quand je suis entrée et que je vous ai tous vus assis dans le salon, j'ai cru que quelqu'un était mort.

— Mort ! s'exclamèrent certains.

— Qui ça ? demanda Alice.

— David, peut-être.

— David !

— Oui, enfin, j'ai tout de suite vu que je me trompais. Mais vous étiez tous si silencieux !

— On était silencieux parce que vous aviez l'air terrorisée », dit Morris.

Robin lui lança un regard étonné.

« J'étais terrorisée parce que je croyais que quelqu'un était mort », rétorqua Mercy.

C'était un dialogue de sourds. Robin recula sa chaise et se leva. Il se racla la gorge : « Je ne suis pas très doué pour les discours », commença-t-il.

Il avait leur attention. Il poursuivit : « Mais je voulais vous parler de cette terrine de saumon.

— Elle est délicieuse, intervint Greta.

— Eh bien, merci, dit-il.

— J'aimerais bien avoir la recette.

— Je l'ai trouvée dans le livre de l'église que ma grand-tante nous a offert pour notre mariage, dit-il. Je te la recopierai, ajouta-t-il, avant de reprendre son discours : On n'arrêtait pas de se retrouver pour des rendez-vous galants, vous voyez. J'avais emmené Mercy dans des tas de restaurants, je voulais faire bonne impression. Je me suis ruiné ! » Quelques rires étouffés autour de la table. « Du *crab imperial*[1] servi dans des coquilles en porcelaine blanche, des poulets aux pattes parées de papillotes à manchon et ce dessert flambé, un restaurant…

— Les cerises jubilé, murmura Mercy.

— Des plats incroyables ! Et puis on s'est mariés. On n'est pas partis en lune de miel ; on n'en avait pas les moyens. Sans doute à cause de tous ces restaurants hors de prix. » Autres rires. « Première nuit dans notre nouveau chez-nous, ce petit appartement à Hampden ; vous vous en souvenez, les filles. Premier repas en tant que mari et femme. Mercy se rend dans la cuisine et se met à préparer le dîner. Je reste assis dans le salon, à lire le journal du soir. J'ai l'impression de jouer dans une sorte de pièce de théâtre. Je me demande ce qu'elle va me servir ; j'espère que ce n'est pas français. Je me dis que je pourrais très bien ne plus jamais manger français de ma vie, ça ne me manquerait pas. Puis elle m'invite à passer à table. Je plie mon journal, je vais dans la cuisine… Devant mon assiette, il y a une terrine de saumon qui attend que je la serve. Cette terrine de saumon avec une croûte grillée à souhait, elle avait l'air si… »

Il déglutit. Ses yeux s'emplissaient de larmes ; il espéra que personne ne l'ait remarqué. « Elle avait l'air si réconfortante, murmura-t-il. Elle m'évoquait un foyer. Comme si j'avais enfin un foyer à moi. »

Il avait prévu d'en dire plus, mais il s'arrêta là et se rassit.

Depuis sa place à l'autre bout de la table, Mercy dit : « Merci, mon chéri. »

1. Spécialité du Maryland à base de chair de crabe et de mayonnaise.

Il leva les yeux vers elle et vit qu'elle lui souriait. Cela valait bien toute la peine qu'il s'était donnée.

Le gâteau fut un énorme succès, surtout auprès des plus jeunes. Certes, ce n'était qu'un grand gâteau rectangulaire tout simple recouvert de glaçage – parce que, au supermarché Giant, on lui avait dit que c'était ce qu'il y avait de plus pratique pour autant de convives –, mais « Joyeuses noces d'or » était écrit en lettres cursives parfaitement tracées et il y avait une rose jaune en sucre à chaque coin.

« Je fais le service ? proposa Alice.

— Oui, s'il te plaît », répondit Mercy en agitant la main.

Alice se mit donc à découper le gâteau et à distribuer les parts. Avant même qu'elle ait terminé, les fillettes en redemandèrent. Les gens du Giant avaient eu raison.

Greta, pendant ce temps, alla spontanément préparer du café à la cuisine, initiative un peu surprenante. Tandis que le café passait, elle récupéra sa plante sur le plan de travail et l'emporta dans la salle à manger pour la poser devant Mercy. « C'est de notre part, dit-elle à sa manière brusque.

— Oh, comme c'est joli ! s'exclama Mercy. Robin, tu as vu ?

— Oui, très chouette.

— Je crois qu'on devrait la mettre devant une fenêtre exposée au sud. N'est-ce pas, Greta ?

— La lumière risque d'être trop forte, répondit Greta.

— Alors je suppose qu'à l'est, ce sera mieux. Disons, la fenêtre du salon côté est, dit Mercy à Robin.

— D'accord », approuva-t-il.

Il lui était reconnaissant d'avoir parlé comme si elle vivait toujours là.

Cette petite Candle ! Un vrai feu follet. Elle avait à présent englouti sa deuxième part de gâteau et voulait que tous ses cousins la suivent dans le jardin, même s'ils n'avaient pas fini de manger. « Allez, s'il vous plaît », répétait-elle, et elle et Serena incitèrent Emily à poser sa fourchette. En un éclair, tous les enfants s'étaient volatilisés ; avec les assiettes sales, les serviettes en boule et la nappe pleine de miettes qu'ils avaient laissées derrière eux, leur partie de la table était silencieuse tout en paraissant curieusement bruyante.

Morris confiait à Mercy à quel point ses clients admiraient ses peintures. (Il en avait accroché deux dans son bureau.) « Je leur dis toujours : “Je vous ai glissé sa carte dans votre dossier.”

— Comme c'est gentil », dit-elle.

Alice interrogeait David sur son travail d'enseignant ; apparemment il donnait un cours d'été en improvisation. Et à présent, Greta revenait de la cuisine avec la cafetière, marchant de son pas boitillant et l'air un peu las.

Un jour, Robin avait demandé à Mercy : « Elle a quel âge, à ton avis ? » (Ils venaient d'apprendre qu'elle était enceinte du petit Nicholas.) « Quarante-deux ans, répondit aussitôt Mercy. Je lui ai posé la question. » Onze ans de plus que David, donc. Ma foi, ç'aurait pu être pire. Et ils semblaient vraiment heureux. Mais comment le savoir, finalement ? Qui pouvait deviner ce qui se passait vraiment dans la vie de leurs enfants ?

Il s'était depuis bien longtemps fait à l'idée que

son expérience de la paternité ne correspondait pas à ce qu'il avait envisagé. Il s'entendait bien avec ses filles, Dieu merci, mais l'éducation des filles était davantage l'affaire d'une mère, donc il ne pouvait pas s'en attribuer un quelconque mérite. David, en revanche… Pour une raison qui lui échappait, David et lui n'avaient jamais semblé sur la même longueur d'onde. Il avait sans aucun doute fait de son mieux. Ç'aurait peut-être été plus simple si David avait été quelqu'un de manuel. Ça leur aurait fait un sujet de conversation. Mais ça n'avait pas été le cas. Et ça n'avait pas d'importance ! Absolument aucune importance ! Cela convenait à Robin. Il était fier du métier qu'avait choisi David, à vrai dire, et il gardait encore quelque part des coupures de journaux mentionnant l'une de ses pièces de théâtre, qu'une troupe de quartier avait jouée.

Les femmes commençaient à s'activer – elles empilaient les assiettes et débarrassaient les couverts. Même Greta s'était levée pour aider. « Ne vous embêtez pas avec ça », leur dit Robin sans vraiment le penser. Comment aurait-il pu s'occuper d'une telle pagaille tout seul ?

« Allez vous installer dans le salon, maman et toi », ordonna Alice. Alors ils s'exécutèrent, accompagnés de David et de leurs gendres. Mais au lieu de s'asseoir avec les autres, Robin alla s'accroupir devant la télévision.

« Qu'est-ce que tu fais ? » demanda Mercy, aussitôt méfiante. (Elle protestait toujours quand les hommes regardaient un match plutôt que de converser avec les autres, bien que Robin lui eût maintes fois expliqué que regarder un match était une forme d'échange.)

Mais il répondit : « Tu vas voir ! » et glissa une cassette dans le magnétoscope.

« Qu'est-ce que c'est que ça ? s'enquit-elle.

— Un film. Un film de famille.

— Quoi ?

— Tu te souviens de ces films que faisait ton père ?

— Oui…

— Je les ai fait convertir. »

Cette remarque éveilla l'intérêt des gendres. Ils étaient toujours partants pour parler technologie.

« Ah bon ! fit Kevin.

— On peut faire ça ? demanda Morris.

— Oh, oui, répondit David. Presque tous les développeurs de photos le font.

— Le père de Mercy a acheté une caméra en… en quelle année, tu penses, ma belle ?

— Vers la fin des années 1940. Je sais que les filles étaient encore petites.

— Je me rappelle effectivement que papy avait une caméra, dit David. Mais il me semble ne jamais avoir vu ses œuvres.

— Oui, à cette époque-là c'était toute une histoire pour projeter un film, expliqua Mercy. Il fallait un écran spécial, un projecteur spécial, on devait fermer tous les volets…

— Et maintenant regardez, dit Robin d'un ton ravi. Il suffit d'appuyer sur un bouton, et c'est parti. »

Le poste de télévision se trouvait près de la cheminée, légèrement de biais par rapport au mur pour éviter que la lumière des fenêtres ne s'y reflète. Cette maison – autrefois celle des parents de Mercy – avait été construite avant l'avènement des salons télé. D'ordinaire, c'était un inconvénient, du moins ça l'était avant que les enfants quittent la maison. Robin s'en réjouissait désormais, parce qu'un salon télé classique aurait été trop exigu pour une si grande assemblée : les femmes se rapatriant depuis la cuisine, une fois la vaisselle faite, les enfants revenant du jardin après qu'on les avait appelés… D'ailleurs, certains d'entre eux – les deux fillettes – durent s'asseoir par terre. Ceux-ci étaient tout rouges et en sueur, mais ils vinrent sans trop se faire prier ; ils ne résistaient jamais à la tentation d'un écran de télévision. « Alors, c'est un film sur l'ancien temps », expliqua Alice à Candle en employant un ton pédagogue. « Sur notre famille quand on était enfants. Est-ce que ça va jusqu'à notre adolescence ? demanda-t-elle en se tournant vers Mercy. Je ne me rappelle pas. Je sais que j'ai dû voir ces images, mais ça remonte à tellement longtemps.

— Jusqu'à votre adolescence à vous, en tout cas, répondit Mercy. Votre grand-père a vécu jusqu'en 1956. Vous n'aviez pas plus de quatorze ans à l'époque.

— Mais quand il est mort, adieu les films, précisa Robin. Je crois qu'on n'a même pas sorti la caméra de sa boîte, après ça.

— Mais je suis sûre qu'on l'a encore quelque part », dit Mercy qui se plaignait toujours du bazar accumulé dans cette maison.

Robin appuya sur « Play » et regagna son fauteuil inclinable. Quelques chiffres aléatoires se succédèrent sur l'écran. Puis un petit groupe de personnes vêtues de couleurs trop vives apparut debout sur une pelouse, *leur* pelouse, sous un cornouiller à fleurs, mort depuis près de vingt ans. Un homme et une femme très jeune avec deux fillettes, la plus jeune à califourchon sur la hanche de la femme. La vue de ces enfants choqua

Robin. Elles étaient de nouveau là ! Elles étaient revenues ! Il avait oublié qu'elles avaient existé, mais voilà que soudain, elles s'étaient rematérialisées. Et Mercy : voyez cette robe à froufrous sans manches, rien à voir avec ce qu'elle portait de nos jours.

Robin lui-même faisait peine à voir – un garçon osseux et empoté, avec des cheveux beaucoup trop court qui dévoilaient sa nuque toute maigre, un sourire forcé qui dévoilait tellement ses dents qu'il avait du mal à se regarder. Mais tout le monde s'exclama : « Ouah ! » Même les fillettes : « Ouah ! » Puis l'écran clignota, et apparut une Alice un peu plus grande vêtue d'une barboteuse bouffante rose. Faisait-on encore des barboteuses aujourd'hui ? Elle se tenait à côté d'un vélo avec un nœud rose accroché au guidon. Puis Alice et Lily ensemble, plissant les yeux dans la lumière du soleil.

Apparemment, grand-père Wellington n'avait pas complètement saisi le principe des images animées, car toutes ces scènes étaient presque figées, les sujets immobiles comme sur des portraits. Mais à partir de 1952 (Robin parvint à déterminer la date en découvrant un David bébé dans les bras de Mercy), on voyait au moins Lily s'agiter en tous sens, faisant tourner des roues de chariot d'un bout à l'autre de l'écran et montrant sa culotte. Robin était stupéfait de constater à quel point Lily lui rappelait Candle ! Et pourtant, Candle était la fille d'Alice, pas celle de Lily. C'était un peu comme si ses petites-filles s'étaient chacune retrouvées avec la mauvaise mère – l'espiègle Candle avec la bégueule Alice, la docile Serena avec Lily qui leur avait toujours mené la vie dure. Quant à Eddie, le fils d'Alice et de « Monsieur Country Club », comme Robin se plaisait à appeler

Kevin, il s'était avéré être l'unique petit-enfant qui appréciait d'aider Robin avec ses projets de menuiserie. Par conséquent, avoir des enfants était peut-être censé prodiguer un enseignement, songea Robin – une leçon pour les parents sur des êtres totalement différents d'eux. Et à présent, il souriait en voyant Alice cueillir des fraises quelque part dans un champ et les déposer dans une boîte de graisse Crisco. Même sans bande-son, il était capable de se remémorer sa voix autoritaire. « Une pour le seau, *une* pour moi ; une pour le seau, *une* pour moi », disait-elle en enfournant un fruit sur deux.

Mais voilà qu'apparaissait une nouvelle image : grand-père Wellington en personne, jetant un regard désapprobateur à un tout petit David qui s'accrochait à la jambe de pantalon de son grand-père comme si c'était la seule chose qui le maintenait debout. Et une autre voix résonna dans la tête de Robin : celle de grand-père Wellington qui trouvait à redire tous les dimanches après-midi lorsque Robin passait lui donner le chiffre des ventes de la semaine. À cette époque-là, le vieil homme était confiné chez lui après sa première crise cardiaque ; pas même autorisé à monter à l'étage ou à faire un tour du pâté de maisons, il en était réduit à tenir salon dans ce même fauteuil inclinable où il fumait des Lucky Strike à la chaîne en mitraillant Robin de « Et si tu faisais ceci ? » et de « Tu aurais dû faire cela » ponctués de « Mais qu'est-ce qui t'a pris, bon Dieu ? »

Qui avait filmé cette scène ? se demanda Robin. Ce n'était pas Mercy, puisqu'elle venait de surgir à l'écran, traversant la pelouse d'un pas allègre pour prendre son père par le bras tout en souriant au petit David. Ça ne pouvait donc être que Robin lui-même, pourtant il avait du mal à croire qu'on lui eût confié la précieuse caméra. « Oh, Seigneur, regardez de quoi j'ai l'air ! s'écria Mercy depuis le fond de la pièce. Ma coiffure ressemble à… une composition florale ! » Et Robin, tournant le regard vers l'endroit où elle était assise, découvrit qu'elle avait vieilli. Elle était toujours jolie, mais ses cheveux avaient pris une teinte ivoire alors que, durant toutes ces années, ils les avaient vus blonds, et ils ne formaient plus une cascade de boucles qu'elle relevait, mais un nœud à l'arrière de sa tête.

Étaient-ils limités dans le temps, à cette époque, pour filmer une scène ? Chacune d'elles était si brève. Regardez, untel et untel ! Et *pouf*, voilà ci et ça ! Et puis *pouf*… adieu. Adieu tout cela, en fait. Ce fut terminé en quelques minutes. Zut, il aurait aimé en voir plus. Lily habillée pour son bal de promotion, peut-être, ressemblant à une princesse au côté de Jump Watkins. Ou bien David batifolant par terre avec leur bon vieux chien Cap. Il aurait particulièrement aimé voir des images de cette agréable semaine passée à Deep Creek Lake. C'était allé beaucoup trop vite, se dit-il quand l'écran n'afficha plus rien. Et il ne parlait pas seulement du film.

« Eh bien ! lança Kevin. Très intéressant ! » Morris, lui, demanda : « Qu'est-ce que vous en dites, les enfants ? » Puis il y eut une agitation générale – les enfants de nouveau libres de courir partout, les femmes rassemblant sac à main et baskets abandonnées ou cherchant le doudou de Candle. Non, David ne changerait pas d'avis : il ne resterait pas dormir. Non, personne ne voulait récupérer le reste du gâteau, ni la salade de pommes de terre, ni les tulipes qui décoraient la table de la salle à manger. Et, l'instant d'après, ils étaient partis.

Mais Mercy n'allait pas partir elle aussi, n'est-ce pas ? Il ne pensait pas pouvoir le supporter, si elle s'en allait. Il se tenait à côté d'elle sur la terrasse de derrière, après qu'ils avaient salué la dernière voiture, et il eut presque peur de la regarder. Il finit toutefois par le faire et la découvrit en train de lui sourire. « C'était vraiment gentil de ta part, d'organiser ça, lui dit-elle.

— Ah, bien, dit-il en respirant.

— Mais promets-moi une chose.

— Je sais.

— Qu'est-ce que tu sais ?

— Tu ne veux plus de surprise.

— Jamais, plus jamais, acquiesça-t-elle.

— Je te le promets.

— Mais si tu le savais déjà, alors pourquoi tu l'as fait ?

— Je ne sais pas. Une erreur d'appréciation. »

Mais, après coup, il lui vint à l'esprit qu'il savait parfaitement pourquoi il avait fait cela. Greta ne s'y était pas trompée : il avait craint que Mercy ne refuse de fêter leur union.

Elle continuait cependant de lui sourire.

Et lorsqu'il suggéra : « On rentre ? » elle ne prétendit pas devoir retourner à son studio.

Les femmes avaient nettoyé la cuisine à fond, remarqua-t-il. Tous les plans de travail avaient été astiqués et le lave-vaisselle bourdonnait. Dans la salle à manger, les tulipes commençaient à pencher la tête par-dessus le bord de leur vase comme pour admirer leur propre reflet dans le plateau lustré de la table.

Lorsque Mercy et lui arrivèrent dans le salon, il se dirigea vers le canapé plutôt que son fauteuil. Il espérait que Mercy viendrait s'asseoir près de lui. Au lieu de cela, elle alla ramasser sa taie d'oreiller pleine de linge dans le vestibule. « Tu as du blanc à faire tourner ? » lui demanda-t-elle. Et il répondit : « Non, non », même s'il en avait. Elle emporta sa taie d'oreiller au fond de la maison et, quelques instants plus tard, il l'entendit descendre au sous-sol.

Depuis sa place sur le canapé, il regarda les chaises vides, les coussins écrasés, une coupe de champagne presque pleine abandonnée sur la tablette de la cheminée – tous ces signes d'une vie soudain disparue. Le magnétoscope était resté allumé, observa-t-il : il voyait briller un point rouge, mais ne se leva pas pour l'éteindre.

Il entendit Mercy remonter du sous-sol puis s'arrêter dans la cuisine. Il craignit qu'elle n'ait trouvé une quelconque source de distraction, mais non, elle apparut sur le seuil de la salle à manger. Traversa la pièce jusqu'au canapé. Et s'assit à côté de lui, enfin.

« Tu n'as presque plus de lessive, lui dit-elle.

— Ah, d'accord.

— Je l'ai marqué sur ta liste de courses.

— Merci. »

Un silence. Il s'était figuré qu'elle voudrait peut-être commenter un peu plus la fête, mais elle n'en fit rien. Alors il finit par demander : « Tu te rends compte, ma belle ? Tu te rends compte que ça fait cinquante ans ?

— En un sens, non, je ne réalise pas. Mais d'un autre côté, j'ai l'impression que ça fait une éternité.

— Je vois ce que tu veux dire.

— On était des gamins, sur ces vidéos !

— Tu veux qu'on se repasse la cassette ? demanda-t-il en se redressant.

— Pas vraiment. »

Il se renfonça dans le canapé.

« Ça m'a mis un peu le bourdon, pour tout te dire, déclara-t-elle.

— Oui, à moi aussi, s'empressa-t-il de répondre.

— Ce n'est sans doute pas plus mal qu'on n'ait pas de film de notre mariage.

— En revanche on a des photos, dit-il avec espoir. Dans l'album. »

Mais elle était perdue dans ses propres pensées. Elle dit : « Et pourtant je n'avais pas le sentiment d'être une gamine, à l'époque. Tu te rappelles que papa voulait qu'on attende un an ? "Attendre ! j'ai dit. C'est absurde. J'ai déjà vingt ans, je suis adulte."

— En tout cas, moi, je ne me sentais pas adulte, affirma Robin. Pas le jour du mariage. Je me rappelle que, alors que j'étais habillé et prêt pour la cérémonie, je me suis regardé dans le miroir et j'ai vu que j'avais oublié une zone en me rasant. Je ne savais même pas me raser correctement, j'ai pensé, alors comment pouvais-je me marier ? Comment savoir quoi *faire* avec une femme ?

— Tu en savais assez, tout de même, dit Mercy en lui donnant un petit coup de coude malicieux dans les côtes.

— Je n'en suis pas si sûr.

— Allons, allons, ne fais pas le modeste. »

Il laissa échapper un son proche du gloussement.

Elle reprit : « Au début, je me suis demandé : "Est-ce qu'il va savoir comment s'y prendre ?" Parce que *moi*, je n'y connaissais vraiment rien. Et tu m'as effectivement semblé un peu lent au démarrage.

— C'était à cause du révérend Ailey.

— Pardon ?

— Pendant notre séance de préparation au mariage. Tu te souviens qu'il nous a reçus séparément avant de nous marier ? Eh bien, là, il m'a conseillé d'être "prévenant". Je ne savais pas très bien ce qu'il entendait par là. "Prévenant comment ?" j'ai demandé, et il a dit : "Le marié doit veiller à ne pas précipiter les choses lors de la nuit de noces." "L'épouse peut se montrer craintive", il a dit. "Je recommande toujours au marié de considérer la première nuit comme une simple occasion pour le couple de mieux se connaître. Il ne s'agirait pas de la rebuter", voilà ce qu'il a dit.

— Tu ne m'as jamais raconté ça ! s'exclama Mercy en riant.

— Donc j'étais là, à enfiler vite-vite mon pyjama pendant que tu te changeais dans la salle de bains. Un nouveau pyjama que j'avais acheté exprès pour l'occasion. Je me suis glissé sous la couverture ; j'ai croisé les mains sur ma poitrine… Et là tu es sortie de la salle de bains, toute sexy dans ta nuisette en satin blanche.

— Et tu as détourné le regard. Tu as fixé la fenêtre de la chambre.

— J'essayais de ne pas perdre mon sang-froid.

— Alors je me suis mise dans le lit à côté de toi et j'ai attendu, allongée sur le dos. Et au bout d'un moment j'ai dit : "Voilà, on y est !" et tu as fait : "Hmm-mm", puis tu as continué à fixer la fenêtre.

— J'essayais de comprendre ce que le révérend Ailey entendait par "mieux se connaître". Est-ce qu'il voulait dire en se faisant la conversation ? Est-ce qu'il fallait que je t'interroge sur tes centres d'intérêt ou je ne sais quoi ? Ou est-ce qu'il voulait plutôt dire sur le plan physique, c'est-à-dire en me dirigeant peu à peu vers le grand événement ?

— Et c'est à ce moment-là que je me suis tournée vers toi et que j'ai commencé à déboutonner ton pyjama. »

À présent, il riait aussi.

« Une vraie dévergondée ! dit-il.

— Mais j'attendais ce moment depuis si longtemps, se justifia-t-elle. Je m'étais tellement bien tenue jusque-là. »

Elle lui parlait désormais dans le creux du cou. Elle s'était blottie contre lui. Il pencha la tête pour l'embrasser et, tandis qu'il remontait une main le long de sa cuisse, elle s'écarta un peu pour lui chuchoter : « Tu veux qu'on monte ?

— D'accord », répondit-il.

Dans le temps, ils n'auraient jamais pu attendre d'être à l'étage.

Il se réveilla en fin d'après-midi. Il le devinait à la poussière d'un jaune profond qui recouvrait les vitres de la fenêtre. Dans le lit, il n'y avait personne du côté de Mercy et son drap repoussé semblait durci, comme si elle était partie depuis des heures.

Mais il entendit des pas au rez-de-chaussée, ce qui le réconforta. Il se leva, enfila son peignoir et ses mules en tissu-éponge, et descendit tranquillement dans la salle à manger. Mercy pliait les vêtements d'une panière à linge qu'elle avait posée sur la table. Ses cheveux étaient soigneusement rattachés et elle était habillée de pied en cap. « Coucou, mon dormeur ! lui lança-t-elle.

— Je suis tombé comme une mouche. Depuis quand es-tu levée ?

— Une éternité », dit-elle en indiquant le linge en guise de preuve.

Il parvenait rarement à s'endormir en pleine journée. C'était sans aucun doute dû au soulagement, se dit-il – le soulagement d'en avoir terminé avec la fête –, et il songea à lui en faire part, mais se ravisa. Il ne voulait pas avoir l'air de se plaindre. Force était d'admettre qu'il avait été un peu tendu ces deux dernières semaines, et à présent, il pouvait dire sans crainte que toute cette affaire s'était déroulée sans accroc.

Il s'assit à la table et la regarda secouer un jupon puis le plier en carré. « J'ai rêvé de l'appartement de Hampden, lui dit-il.

— Ah oui ?

— Je suppose que c'est à cause de toute cette discussion sur le passé. J'ai rêvé que je refermais le canapé sur lequel on dormait après la naissance des filles, ce vieux canapé-lit, tu sais. Je soulevais la barre en métal au pied du matelas ; je faisais ce mouvement où on enfonce le matelas puis qu'on le redresse jusqu'à ce qu'il reprenne sa forme de canapé. »

Il était conscient qu'il donnait beaucoup trop de détails. Il détestait quand les gens faisaient cela ; en fait, il détestait tout bonnement qu'ils racontent leurs rêves. Mais, curieusement, il lui semblait important que Mercy se représente la scène aussi concrètement qu'il l'avait fait lui-même. « Tout le geste m'est revenu, poursuivit-il. Tu te souviens de ce geste ?

— Je m'en souviens, dit-elle en hochant la tête et en attrapant un chemisier dans la panière.

— Et tout à coup, Alice était là. Elle avait deux ou trois ans, avec cette coupe au carré courte qu'elle avait à l'époque, et elle disait : "Devine quoi, papa ? On mange des scabettis ce soir." »

Mercy leva les yeux de son pliage. « Oh, fit-elle d'une voix attendrie. Des scabettis.

— Tu te souviens ?

— Des scabettis à la bolognaise.

— Ça tenait plus du voyage dans le temps que du rêve, dit Robin. Ça paraissait bien plus réel qu'un rêve.

— Elle était à croquer, hein ? Ils l'étaient tous, non ? Oh, c'était il y a si longtemps !

— On vieillit, Mercy.

— C'est vrai. On vieillit. »

Elle venait de prendre un autre chemisier dans la panière, mais elle le plia au ralenti. Elle le caressa plus ou moins avant de le placer au-dessus de la pile de vêtements.

« Bien, dit-il, tu crois que tu pourrais envisager de revenir à la maison, maintenant ?

— Euh.

— Rien ne changerait ! Tu pourrais toujours faire tes tableaux ! C'est juste que tu ne peindrais plus dans ton studio. Ou peut-être que tu pourrais prendre ta retraite. Je suis bien à la retraite, moi ! Toi et moi, on pourrait flemmarder ensemble, se la couler douce, passer plus de temps avec les petits-enfants ou même voyager un peu, si c'est le genre de choses que tu… »

Une fois de plus, il parlait trop. Et trop vite. Il la regardait prendre le dernier article dans la panière : une taie d'oreiller qu'elle secoua pour soigneusement glisser la pile de linge plié à l'intérieur. Elle secoua à nouveau la taie, délicatement cette fois, pour en tasser le contenu, puis la souleva à deux mains et se retourna pour sourire à Robin. « Oh, mon chéri, dit-elle. Tu détestes voyager ! »

Il aurait pu protester. Il aurait pu dire qu'il apprendrait peut-être à aimer cela, ou – surtout – que les voyages n'étaient qu'un détail dans ce qu'il venait de lui proposer. Mais il s'en abstint. Il se contenta simplement de dire : « Tu veux prendre la plante de Greta ?

— Non, merci.

— Je pourrais te l'apporter.

— Ça me demanderait trop d'entretien.

— D'accord. »

Il la suivit dans le vestibule, mais ne l'accompagna pas dehors parce qu'il était encore en peignoir ; il accepta simplement le baiser qu'elle déposa sur sa joue, puis tint la porte-moustiquaire ouverte pour la laisser sortir.

Après cela, il monta s'habiller, car il n'y avait rien de plus pathétique qu'un vieillard se baladant en peignoir en pleine journée. Ensuite il alla se bricoler de quoi dîner. Non pas qu'il eût faim après ce déjeuner gargantuesque, mais il était cinq heures passées et il y avait une autre chose qu'il trouvait pathétique : c'était quand les vieilles personnes commençaient à sauter des repas, à se nourrir de *junk food* et à développer ce que le Dr Fish appelait le syndrome « de la biscotte et du thé ». Non, en effet, il y avait cette bonne salade de pommes de terre que les femmes avaient mise dans un Tupperware. Il la sortit du réfrigérateur et la posa sur la table, avec environ une demi-tasse de rondelles de concombre devenues juste un peu translucides dans leur sauce. Il y avait aussi un tiers de terrine de saumon, à vue d'œil, encore dans son plat. Il la sortit également et l'emporta jusqu'au tiroir à couverts pour y attraper une fourchette. Toujours debout devant le tiroir, il planta la fourchette dans le bord de la terrine et en goûta une bouchée. Délicieuse. Il prit une autre bouchée. Puis il se laissa choir sur une chaise avec le plat au creux du bras et piocha allègrement dedans, chaque bouchée plus grosse que la précédente et de plus en plus vite, tout en se disant *Pourquoi pas ?* et *Qui va m'en empêcher ?* et *J'y ai droit, nom d'un chien !*

Au bout du compte, il termina le plat jusqu'à la dernière miette et racla les morceaux croustillants restés accrochés sur le bord. Puis il posa le plat vide sur la table, la fourchette à côté, et resta à regarder droit devant lui tandis que, de l'autre côté de la porte-moustiquaire, les oiseaux chantaient encore et le soleil brillait intensément.

6

Le jour de son douzième anniversaire – le 8 janvier 1997 – Candle Lainey annonça qu'elle allait procéder à des changements dans sa vie. C'étaient ses mots exacts : « Je vais procéder à des changements dans ma vie, dit-elle à sa mère en entrant dans la cuisine un matin.

— Ah ? » fit Alice en lui déposant un baiser sur le front avant de lui demander ce qui lui ferait plaisir pour son petit déjeuner d'anniversaire. Au fond, cela laissait entendre que, quels que fussent ces changements, ils n'auraient pas grande importance.

« Primo, dit Candle, je vais me faire couper les cheveux. Les queues-de-cheval, c'est pour les enfants. Je pensais à une coupe dégradée, qui ferait comme des ailes sur les côtés.

— Ce n'est pas un peu démodé aujourd'hui ?

— Deuzio, je vais me faire percer les oreilles. Tu as dit que je pouvais ; ça fait des années que tu dis que je pourrai le faire quand j'aurai douze ans.

— J'ai dit *peut-être* quand tu auras douze ans.

— Et tertio, je veux qu'on m'appelle par mon vrai prénom à partir de maintenant. Kendall.

— Je suis d'accord, dit Alice. C'est toi qui as commencé à le prononcer "Candle".

— Seulement parce que j'étais trop petite pour le dire correctement. Maintenant je reviens à l'autre.

— Très bien », dit Alice, puis elle lui demanda à nouveau ce qu'elle voulait pour son petit déjeuner.

Candle alla effectivement chez le coiffeur le samedi qui suivit. Elle ne s'était pas exactement fait faire des ailes sur les côtés, mais ses cheveux étaient bel et bien dégradés et projetés en arrière, et ils lui tombaient juste au-dessus du col. Elle se fit percer les oreilles aussitôt après, dans une bijouterie du même centre commercial. Personne, pourtant, ne fit le moindre effort pour respecter son changement de prénom. « Jolie coupe de cheveux, ma petite Candle ! » la complimenta son père quand elle rentra chez elle. Elle lui lança un regard inexpressif et dit : « Quoi ?

— Elle veut qu'on l'appelle Kendall », rappela Alice à Kevin. Mais elle-même appela sa fille « Candle » deux minutes plus tard.

Candle était le bébé de la famille, voilà pourquoi. Le dernier enfant à vivre encore chez ses parents. Personne ne la prenait au sérieux.

Même ses amis, à sa soirée pyjama d'anniversaire ce soir-là, ne cessaient de se tromper et de l'appeler Candle. Ils s'efforçaient pourtant de s'en souvenir. Ils disaient : « Oups ! » quand elle les corrigeait, mais dès le lundi matin, c'était de nouveau « Candle ceci » et « Candle cela », et ses professeurs ne faisaient même pas l'effort.

Finalement, elle redevint Candle même pour elle. C'était comme si le changement n'avait jamais eu lieu. Quand elle écrivait « Kendall » sur ses copies – ce qu'elle avait toujours fait, car c'était le nom inscrit dans son dossier scolaire –, elle y jetait désormais un regard nostalgique, se remémorant ce bref moment où elle avait cru possible de devenir une autre personne. Il fallait bien reconnaître qu'elle n'avait jamais eu le sentiment que ce prénom était le sien.

Ses cheveux repoussèrent parce qu'elle était complètement débordée, ces temps-ci, et qu'elle n'avait tout simplement pas une seconde à elle pour aller chez le coiffeur. Et puis la saison de softball commençait et il était plus simple de s'attacher les cheveux avant de mettre son casque de receveuse.

Les oreilles restèrent percées, en revanche, et elle accumula petit à petit une belle collection de boucles – essentiellement des clous parce que son entraîneur interdisait toutes les boucles pendantes.

Elle se dit que, quand elle aurait treize ans, elle mènerait une campagne pour se faire une nouvelle rangée de piercings sur le bord extérieur de chaque oreille. Puis elle passerait une petite boucle dans chaque trou, si bien que les hélix de ses oreilles ressembleraient à la reliure d'un cahier à spirale. Elle avait vu cela chez une fille au McDonald's – une fille qui paraissait extrêmement émancipée, avec des yeux maquillés façon raton laveur et du rouge à lèvres noir. Les élèves du collège n'en reviendraient pas ! Ce serait tout juste s'ils la reconnaîtraient, tellement elle serait différente.

Cet été-là, elle partit au camp de vacances du Maine où elle allait chaque année depuis ses huit ans. Trois de ses camarades s'y rendaient aussi et elle connaissait déjà un certain nombre d'autres pensionnaires rencontrés les étés précédents, ce n'était donc pas la grande aventure, mais elle s'y plaisait assez et c'était mieux que de rester chez elle. Cette année-là, cependant, il y avait une nouvelle animatrice chargée des activités artistiques. Elle s'appelait Tomorrow (Demain !). Elle était plus jeune que son prédécesseur, et plus branchée ; elle avait un bourdon tatoué sur le poignet. Le courant passa immédiatement entre Candle et elle. Pour commencer, elle déclara qu'elle aimait beaucoup le prénom Candle, et quand elle apprit toute l'histoire de ce prénom, elle lui confia que le sien aussi était un détournement de l'original. « C'était Tamar, au début, dit-elle. J'ai changé à l'adolescence. Tu étais nettement en avance sur moi, en changeant le tien quand tu étais si jeune. » Tout à coup, Candle se réjouit que sa famille ait ignoré son désir de revenir à son ancien prénom.

Mais, plus important encore : Tomorrow estimait que Candle avait du talent. Elle montra aux autres filles la nature morte que celle-ci avait peinte – d'après le même modèle que tout le monde, à savoir une coupe de fruits et une carafe de Kool-Aid posées sur une des tables de pique-nique – et déclara : « Vous voyez comment Candle a ajouté sa propre touche aux objets ? Elle n'a pas recopié la carafe ; elle l'a caricaturée. Elle a fait le col plus étroit et la base plus renflée. C'est ça qui en fait de l'art, les filles. »

Candle ne savait plus où se mettre. Elle avait toujours « caricaturé » ses tableaux, puisque c'était apparemment le terme consacré. Un jour, en dessinant une princesse de conte de fées – comme elle aimait le faire quand elle était petite –, elle avait évasé la jupe de la robe de bal jusqu'à ce qu'elle touche les bords de la feuille ; elle avait allongé le torse ; elle avait rendu les bras de la princesse aussi sinueux que les ouïes d'un violon. Mais personne n'avait dit qu'elle avait du talent. L'artiste que ses camarades admiraient était Melanie Brooks, en classe de quatrième. Melanie dessinait des mannequins de mode tellement parfaits qu'ils auraient pu figurer dans des magazines.

Finalement, les autres pensionnaires du camp passèrent à la poterie, au tressage de corde et à la confection de paniers en osier, mais Candle fut autorisée à s'en tenir à la peinture. Et quand ses parents vinrent la chercher au bout de six semaines, ils eurent droit à une exposition de ses peintures punaisées sur les murs du chalet d'art. « J'aimerais beaucoup voir ce dont elle est capable avec des peintures à l'huile, leur dit Tomorrow. Le camp nous limite aux aquarelles pour faciliter le nettoyage, mais elle voudra peut-être s'essayer à d'autres techniques.

— Il se trouve que ma mère travaille aux acryliques, déclara Alice.

— Ah, votre mère est artiste ?

— On peut dire ça.

— Peut-être que Candle pourrait recevoir quelques conseils de sa part. »

Alice eut l'air d'hésiter, puis elle dit : « Ma foi, peut-être. »

Une fois Candle rentrée chez elle, ses peintures furent oubliées. Du moins par ses parents, car la maisonnée était désormais en effervescence à cause du projet de mariage de sa sœur. Robby épousait son petit ami de longue date à l'automne. Il s'appelait Carlton. C'était un étudiant en médecine dentaire au front dégarni ; autant dire que ce mariage ne faisait pas rêver. Candle ne comprenait pas pourquoi on en faisait toute une histoire.

Candle, elle, n'oublia pas ses peintures. Il lui restait six longues semaines avant la rentrée des classes, et elle était totalement désœuvrée. Tous ses amis étaient partis pour les vacances, mais ses parents, eux, avaient déjà pris leurs congés pendant qu'elle était au camp. Elle demanda donc à sa mère si elles pouvaient aller dans une boutique de matériel de beaux-arts et acheter quelques fournitures, et bien que l'occasion ne se présentât pas avant plusieurs jours, elles finirent toutefois par s'y rendre. Le problème, c'était que Candle ne savait pas exactement ce dont elle avait besoin. Elle avait dans l'idée de prendre simplement un coffret de peintures à l'huile prêtes à l'usage, mais les huiles ne se vendaient apparemment pas en coffret ; elles se présentaient en tubes individuels à des prix exorbitants. En revanche, on trouvait des peintures acryliques en coffret. « J'hésite, dit-elle à sa mère. C'est vrai, l'acrylique ne fait pas aussi pro que l'huile.

— Je ne vois pas ce qui te fait dire ça, répliqua sa mère. Ta grand-mère n'utilise que de l'acrylique et pourtant elle est professionnelle, paraît-il. » Puis elle ajouta : « Voilà ce que je te propose : on va trouver un moment pour que tu puisses aller la voir à son studio et lui poser toutes les questions que tu voudras à ce sujet. On apportera certaines toiles que tu as faites au camp de vacances et peut-être qu'elle saura te dire quel type de peinture te conviendrait le mieux. »

Elles s'accordèrent donc sur ce plan. Alice téléphona à Mercy dès qu'elles arrivèrent à la maison, et elles fixèrent la visite à l'après-midi du surlendemain.

« Alors, il y a une chose que tu dois garder à l'esprit, dit Alice tandis qu'elle accompagnait Candle en ville. C'est que tu ne dois pas te vexer si mamie critique tes tableaux. Elle ne sera peut-être pas aussi élogieuse que Today, ou je ne sais plus quel était son nom. »

Il était impossible qu'Alice ait pu oublier comment s'appelait Tomorrow. Elle faisait juste sa snob, comme d'habitude. Elle aimait se sentir supérieure, voilà tout.

Elle n'entra pas dans l'atelier avec Candle lorsqu'elle l'y déposa. « Dis-lui que je passerai lui dire bonjour quand je reviendrai te chercher, dit-elle. Dans une heure, environ ; une heure et demie maximum. » Elle se rendait à une séance d'essayage à Townson, pour la tenue qu'elle porterait au mariage de sa fille.

Le studio se trouvait au-dessus d'un garage à l'arrière d'une maison. Candle dut grimper un escalier extérieur branlant qui tremblait à chaque marche qu'elle montait, si bien que sa grand-mère put anticiper son arrivée et qu'elle avait déjà ouvert la porte quand Candle atteignit le palier. « Kendall ! s'exclama-t-elle. Je suis tellement contente de te voir ! »

Jusqu'alors, Candle avait oublié que sa grand-mère, elle, l'avait toujours appelée Kendall. Elle fut prise d'un élan de gratitude à son égard. « Merci, mamie », dit-elle en lui donnant une petite accolade, alors que d'ordinaire elle s'en serait abstenue.

Pour une vieille dame, Mercy avait un style intéressant – encore mince, avec un chignon rebelle et un petit visage anguleux. Elle portait une chemise d'homme et une blouse, appartenant probablement à papy, si longue qu'elle recouvrait presque entièrement sa jupe, et il émanait d'elle une odeur légèrement amère, semblable à celle du thé. Candle trouvait son studio à son goût, mais elle savait que ce genre d'endroit n'était pas pour elle : chez elle, sa chambre était extrêmement désordonnée alors que, ici, rien ne dépassait et tout était rangé. Elle entra et balaya la pièce d'un air approbateur, puis tendit le carton à dessins contenant ses œuvres. « Maman m'a dit de te dire qu'elle montera te voir quand elle viendra me récupérer », déclara-t-elle. Mercy opina, mais d'un air absent car elle ouvrait déjà le carton à dessins et examinait la peinture sur le dessus de la pile.

« Ils ne sont pas très bons, je crois », dit Candle.

Mercy leva les yeux vers elle : « Ne dis *jamais* ça aux gens. C'est la règle numéro un.

— D'accord, mais bon, c'est juste des trucs que j'ai faits en camp de vacances. »

Mercy se mit à étaler les toiles sur la table, poussant quelques tubes de peinture pour faire de la place. « Hmm, fit-elle en observant l'une d'elles de plus près. Mm-hmm. Mm-hmm. »

Tout d'abord la coupe de fruits et la carafe de Kool-Aid. Puis un arbre au bord du lac, au camp, avec d'énormes plaques de champignons blancs saillant du tronc tels des CD quand on appuie sur le bouton « Eject » d'une chaîne. Puis un portrait : Ditsy Brown, du chalet 8. Le mollet gauche charnu de Ditsy, croisé sur son genou droit, se trouvait être l'élément le plus imposant du tableau parce qu'il était au premier plan. L'effet était grotesque, constatait à présent Candle. Ce n'était pas du tout son intention initiale. Elle s'apprêtait à le dire, mais se ravisa et passa au tableau représentant un canot à rames.

L'une des peintures de Mercy, inachevée, trônait à l'autre bout de la table. On y voyait la véranda d'une maison. Candle savait qu'elle n'était pas terminée, parce que ce n'était qu'une vague traînée de couleurs figurant des lattes de plancher et des chaises Adirondack, sans détail particulier. Tous les tableaux de Mercy contenaient une petite portion extrêmement détaillée. Elle devait sans doute trouver ceux de Candle enfantins ; ils étaient si ordinaires et se ressemblaient tous.

« Je sais que ça n'a rien à voir avec ce que tu fais, dit-elle à Mercy.

— Encore heureux. Tes tableaux doivent être uniques, rétorqua Mercy en rassemblant les toiles et en les rangeant dans le carton à dessins. Mais je comprends pourquoi tu voudrais essayer un autre type de peinture. Parce que ton style s'appuie sur le trait. Tu arriveras plus facilement à tracer des contours définis avec des acryliques ou des peintures à l'huile. Tu veux essayer mes acryliques ?

— Oui !

— Attends, je vais t'installer et tu me diras ce que tu en penses. »

Elle détacha la feuille d'un bloc et la posa devant Candle, ainsi que plusieurs pinceaux. Candle prit place à la table et promena un doigt sur le papier pour en évaluer la texture, laquelle était semblable à du tissu.

« Maintenant, pour ton sujet... » commença Mercy en allant farfouiller dans l'espace cuisine. Elle revint munie d'un melon cantaloup, d'une bouteille de jus de pomme et d'une lavette à vaisselle au manche en bois. « Ne prête pas attention à l'association étrange, dit-elle à Candle en plaçant les objets sur la table. Je voulais te donner une variété de matières. C'est juste pour que tu t'exerces. Essaie différentes tailles de pinceaux. Je te laisse tranquille. »

Puis elle traversa la pièce jusqu'à la banquette où elle s'installa en faisant voler les pans de sa blouse, et tendit le bras pour allumer la radio. Sur WLIF, semblait-il ; une chaîne destinée aux vieilles personnes. Derrière un coussin de la banquette – le plus gros, qui faisait office d'oreiller en réalité –, elle attrapa un livre de bibliothèque recouvert de plastique transparent, l'ouvrit et se mit à lire tout en agitant les pieds d'avant en arrière, au rythme d'une mélodie proche de la valse, que diffusait la radio. Elle était si petite que ses jambes étaient tendues devant elle sur la banquette, comme celles d'une fillette.

Au début, Candle se sentit perdue. Ne devait-elle pas recevoir des instructions ? Puis finalement, elle traça quelques lignes hésitantes pour ébaucher les trois objets, puis s'empara d'un tube de peinture jaune et en déposa une noisette sur la palette. C'était aussi bien qu'on la laisse faire à sa manière, jugea-t-elle, qu'il n'y ait personne pour grimacer ou inspirer bruyamment entre ses dents si elle s'y prenait mal.

Elle testa un pinceau au bout arrondi puis un autre biseauté, trempant chacun au préalable dans le pot rempli d'eau à côté du vase contenant les pinceaux de Mercy. Elle essaya de mélanger un peu de blanc au jaune afin d'obtenir une teinte plus pâle ; elle travaillait sur le jus de pomme. À présent, Mercy fredonnait par-dessus la radio, mais seulement par intermittence – une mesure ou deux à voix basse quand elle tournait une page. La mère de Candle prétendait que Mercy lisait de la mauvaise littérature. Des romans policiers anglais, pour la plupart. « Personnellement, ajoutait-elle souvent, je n'ai jamais eu l'âme d'une enquêtrice. »

Candle s'attela à la lavette. Elle prenait plaisir à peindre les franges grises. Elle apprit à mettre moins d'eau sur son pinceau lorsqu'elle traçait de fines lignes noires par-dessus le gris, et beaucoup plus pour peindre le plateau en formica gris de la table.

Lorsque Alice frappa à la porte du studio, Candle appliquait les petits points censés représenter les grains du melon, et Mercy avait délaissé son livre pour aller préparer du thé glacé dans la kitchenette. Elle n'avait pas jeté un seul coup d'œil au travail de Candle. Elle alla ouvrir à Alice qui demanda aussitôt : « Comment ça s'est passé ? » comme si elle trépignait depuis le début.

« Hmm ? Oh, très bien, répondit Mercy en allant éteindre la radio. Je te sers un verre de thé glacé ?

— Non, il faut absolument qu'on... que penses-tu des peintures acryliques, ma puce ? demanda Alice à sa fille.

— J'aime bien.

— Vraiment ? Tu veux qu'on en achète ?

— Oui !

— Et toi, maman, qu'est-ce que tu en dis ?

— Pourquoi pas ? répondit Mercy sur un ton désinvolte.

— Bon, d'accord... Et qu'est-ce que tu penses de son travail ? Tu crois que ça vaut la peine qu'elle continue ?

— J'aime beaucoup son travail, mais elle est la seule à pouvoir te dire si ça vaut la peine pour elle. »

Alice se tourna vers Candle avec l'air d'attendre quelque chose mais, curieusement, celle-ci décida de ne pas répondre. Elle se contenta d'adresser à sa mère un sourire neutre, puis s'affaira ostensiblement à ramasser ses pinceaux pour les laver.

Elle reçut effectivement son propre coffret d'acryliques ainsi qu'une variété de pinceaux et un bloc du fameux papier tissé. Mais chez elle, s'avéra-t-il, elle ne pouvait pas peindre tranquillement. Elle devait travailler dans la cuisine car c'était la seule pièce dont le sol n'était pas moquetté, et elle ne comptait plus les fois où sa mère passait pour jeter un œil par-dessus son épaule tout en mettant un point d'honneur à ne faire aucun commentaire, ce qui semblait être un commentaire en soi. « C'était mieux chez mamie », lui confia Candle. Ce qu'elle voulait dire, c'était qu'elle préférait quand elle n'avait personne sur le dos ; mais Alice, ne saisissant pas son allusion, lui proposa : « Tu veux que j'appelle ta grand-mère pour lui demander si tu peux retourner chez elle, qu'elle te donne quelques conseils utiles ? » Et Candle ne corrigea pas son erreur.

Elle se mit donc à peindre au studio de Mercy presque toutes les semaines. Le jour et l'heure étaient variables, ce qui n'arrangeait pas Alice. « Je le lui ai bien dit, expliqua-t-elle à Candle. Je lui ai dit : "Si on pouvait faire ça, disons, tous les lundis…" mais ta grand-mère a répondu : "Je ne peux pas être sûre d'être disponible tous les lundis après-midi." Alors j'ai dit : "Dans ce cas, est-ce qu'il y a un jour où tu peux en être sûre ?" Et elle a répondu : "Pas vraiment." Mais qu'est-ce qu'elle fait de ses journées, bon sang ? J'aimerais bien le savoir. Qu'est-ce qui peut bien l'occuper autant ? Ce n'est pas comme si elle avait une foule de clients qui se pressait à sa porte. »

Candle se rendait dès lors au studio le lundi ou le mardi, une semaine sur deux. Puis la nouvelle année scolaire débuta et elle ne fut plus libre que le week-end. « Tu sais ce que ta grand-mère va dire, déclara Alice. "Oh, c'est que je ne peux pas m'engager" », fit-elle en prenant une voix de vieillarde, qui n'avait rien à voir avec celle de Mercy.

Cette fois-ci, Candle appela elle-même sa grand-mère et les choses se firent plus en douceur. « Ma pauvre petite, dit simplement Mercy. Le devoir t'appelle ! Oui, entendu. Quand tu voudras, à condition que ce soit l'après-midi. »

Tout cela parce que Mercy aimait faire la grasse matinée, découvrit Candle. Ce n'était pas que des clients frappaient à sa porte le matin, ni même nécessairement qu'elle peignait à ce moment-là. C'était juste qu'elle menait cette vie indolente et dénuée de projets, une vie sans contraintes, que lui enviait énormément Candle. « Mamie, dit-elle au cours de l'un de ces après-midi. Quand je serai grande, j'aurai exactement le même emploi du temps que toi.

— Et quel est-il ? demanda Mercy d'un air amusé.

— Enfin, ton absence d'emploi du temps, je veux dire. Je ferai ce que je veux quand je veux, et personne ne m'obligera à rien.

— Je reconnais que c'est assez agréable. Et tu comptes avoir des enfants ?

— Euh… »

Elle avait plus ou moins présumé qu'elle aurait des enfants, à vrai dire. Mais elle concevait que ça puisse compliquer un peu les choses.

« Parfois, les gens vivent une première vie, puis une seconde, déclara sa grand-mère. D'abord une vie de famille, et plus tard quelque chose de complètement différent. C'est ce que je suis en train de faire. »

Et elle gratifia Candle d'un sourire en coin, presque malicieux, avant de se remettre à chantonner par-dessus la radio. « Moon River », fredonnait-elle en remplissant une grille de mots-croisés dans le *Baltimore Sun*.

Candle réalisa des tableaux représentant un couple

qui dansait, un garçon qui dévalait une colline en courant, une petite fille qui marchait seule dans les bois – tous inventés de toutes pièces. Un jour, elle tenta de peindre le portrait de sa grand-mère, mais avec les vraies choses, c'était moins amusant, jugea-t-elle. Celles-ci vous cantonnaient à la réalité – les tout petits détails, tels que les cheveux qui s'échappaient çà et là d'un chignon, et les rides dans le creux d'un cou. Un arbre immense se dressant au-dessus d'un minuscule enfant seul dans une forêt avait plus d'allure, d'une certaine manière.

Lorsqu'elle était satisfaite d'une toile, elle proposait à Mercy de la lui montrer. « Tu veux voir ce que ça donne ? » demandait-elle. Et Mercy répondait : « Mais oui, bien sûr », puis elle quittait prestement sa banquette et venait voir l'œuvre. Elle prenait un air très sérieux quand elle examinait une peinture. Elle l'étudiait d'abord de près puis à quelques pas de distance ; elle penchait la tête ; elle plissait les yeux. Et enfin elle déclarait : « Ça me plaît. » Rien d'autre. L'aurait-elle avoué si ça ne lui avait pas plu ? Oui, probablement, se disait Candle, même si cela n'arriva jamais.

Un jour, Mercy l'accueillit à la porte avec une annonce : « On vient de me passer commande, donc aujourd'hui on va toutes les deux travailler », puis elle retourna à son propre ouvrage. Mais pas à la table de la cuisine ; elle avait déplacé son matériel sur le comptoir. Candle en déduisit qu'elle ne pouvait pas regarder ce que Mercy faisait, et elle sortit son matériel en silence pour reprendre son travail sur un tableau qu'elle avait commencé la semaine précédente. Seul le bruissement des poils de leurs pinceaux sur les toiles venait troubler le silence qui régnait dans le studio. Candle s'était habituée à entendre la musique de vieilles personnes mais, manifestement, Mercy préférait travailler en silence, et elle la comprenait. Le silence donnait, en quelque sorte, plus d'importance à ce qu'elle faisait – plus de ferveur, comme quand on prie. Pas un mot ne fut prononcé jusqu'à ce que sa mère vienne la chercher, une heure et demie plus tard.

Pour le mariage de sa sœur, Candle et sa cousine Serena étaient demoiselles d'honneur tandis que le rôle de témoin revenait à Mary Ann Locke, sa colocataire quand elles étaient étudiantes. Candle ne l'avait pas mal pris ; elle était tellement plus jeune que Robby qu'elles n'avaient jamais été très proches. Elle ne se sentait pas non plus proche de Serena, d'ailleurs, car ces temps-ci, elles se voyaient à peine. De toute façon, leur seul point commun était qu'elles étaient les « petites dernières » de leurs familles respectives, par opposition aux « grands ».

« Qu'est-ce qui s'est passé, au fait ? avait demandé Candle à sa mère un jour. Tante Lily a appris ma naissance et décidé d'avoir un autre enfant elle aussi, juste pour que tu ne te sentes pas seule ?

— Ha ! s'était exclamée sa mère. Parce que tu crois que ma sœur a *choisi* de tomber enceinte ? »

Car cette famille n'était pas seulement composée de « petits derniers » et de « grands » : il y avait aussi les sensés et les fêlés du ciboulot. Ou – comme le disait tante Lily – les faciles et les difficiles. Selon tante Lily, Alice était une difficile tandis qu'elle-même était facile, c'est-à-dire insouciante et décontractée.

Les bons contre les méchants, voilà comment elles

voyaient secrètement les choses. Des termes dont chacune avait sa propre définition.

La grand-mère de Candle comptait parmi les méchants, d'après sa mère. « Mais ça ne veut pas dire que je ne l'aime pas profondément, précisa-t-elle. Seulement, il faut se rendre à l'évidence : cette femme n'aurait pas dû avoir d'enfants. » Ensuite elle se lança dans un interminable laïus sur leur table de salle à manger toujours envahie de tubes de peinture et de pinceaux ; sur le fait qu'ils n'aient jamais eu droit à un repas équilibré de toute leur vie ; sur la fois où, entendant que des civils pourraient peut-être un jour être invités à établir une colonie sur Mars, Mercy avait dit : « Moi, j'irais ! J'irais sans hésiter ! » « Et ça, c'étaient dans les années 1960, précisa Alice. À cette époque-là, elle avait encore un enfant à la maison !

— Elle voulait dire quand tous ses enfants seraient partis, expliqua calmement Candle. Quand elle vivrait sa seconde vie.

— Mais le simple fait de le penser ! Le fait que ça lui ait traversé l'esprit !

— Oh, ça va, ce n'est pas comme si on le lui avait vraiment proposé, alors pourquoi en faire tout un fromage ?

— Pas la peine de me parler sur ce ton, jeune fille. »

Difficile de croire que la mère de Candle estimait faire partie des membres sensés de cette famille.

Ce fut au mariage de Robby que Mercy invita Candle à l'accompagner à New York. « Où ça ? » la fit répéter Candle. Cette proposition venait de nulle part.

« Ma vieille amie Magda Schwartz va exposer ses tableaux, dit Mercy. Je songe à y aller. » Papy et elle étaient sur le point de quitter la réception ; ils avaient déjà dit au revoir, mais à présent, elle s'entretenait avec Candle : « Si ça t'intéresse, je téléphonerai à ta mère demain pour voir si elle te laisserait venir.

— Oui ! Ça m'intéresse ! »

Candle n'était jamais allée à New York. Le trajet était direct en train et ne prenait que trois heures, mais elle n'y avait pas encore mis les pieds.

« En revanche, il n'y aura que des adultes, là-bas, précisa Mercy. Je préfère te prévenir. On arrivera à l'heure du déjeuner, on retrouvera Magda dans un petit restaurant qu'elle connaît – je lui ai dit que je l'inviterais pour fêter l'événement –, puis on ira voir ses œuvres et on sautera dans un train pour rentrer. On n'a pas les moyens de passer la nuit là-bas, vu le prix des hôtels new-yorkais.

— Ça me va, dit Candle. Mais est-ce qu'on pourra manger un hot-dog de chez Nathan's ?

— Un quoi ? Oh. Oui, pourquoi pas. On peut faire ça avant de reprendre le train.

— Super », se réjouit Candle.

Une fille de son équipe de softball s'extasiait toujours sur les hot-dogs de chez Nathan's.

Elle ne parla pas de cette invitation à ses parents ; elle se disait que Mercy serait plus persuasive qu'elle. De toute façon, ils étaient trop occupés pendant la réception, et sur la route du retour, cette soirée fut leur unique sujet de conversation. Le lendemain, cependant, elle dressa l'oreille chaque fois que le téléphone sonna, guettant l'appel de Mercy. Malheureusement, il sonna souvent. Tout le monde devait y aller de son compliment : c'était un très beau mariage, la mariée était magnifique et le marié avait l'air adorable, bla, bla, bla. Mais, en fin d'après-midi, Candle entendit sa mère décrocher et dire : « Allô ?… Ah, bonjour, maman. » Candle abandonna son magazine ouvert à la page des bandes dessinées et alla se poster sur le seuil de la cuisine. « Oui, j'ai trouvé, aussi, disait Alice. Mais je suis tout de même contente que ce soit terminé. » Puis elle écouta un moment. « New York ? dit-elle. Pour quoi faire ? » Elle écouta encore. « Eh bien, je ne… Mais ça l'intéresserait, tu crois ?… Comment ? » Elle se retourna pour jeter un coup d'œil à Candle, qui joignit les mains d'un air implorant. « Donc tu lui en as déjà parlé ? Eh bien, j'aurais vraiment préféré que… » Un autre moment d'écoute. « D'accord, je vais voir ce qu'en pense Kevin. Je te tiens au courant, d'accord ? Tu peux me rappeler la date ? »

Lorsqu'elle raccrocha, elle dit à Candle : « J'aurais préféré que tu me préviennes qu'elle organisait ça.

— Je n'en ai pas eu l'occasion.

— Mouais.

— Alors je peux y aller ? S'te plaît, s'te plaît ?

— Qu'est-ce qui te fait croire que ça va te plaire ? Un long trajet dans un train bondé, quelques tableaux à regarder, puis un autre long trajet dans un train bondé pour rentrer…

— Mais c'est New York ! Je n'y suis jamais allée !

— New York est surfaite, à mon humble avis. Une ville bourrée de gens arrogants, et sale, qui plus est ; tu peux me croire.

— Tu ne penses pas que je devrais avoir le droit d'en juger par moi-même ?

— Et puis, je ne suis pas très à l'aise avec l'idée que ta grand-mère soit seule responsable de toi.

— Pourquoi ça ? C'est bien elle qui vous a élevés tous les trois, non ?

— Justement, dit sa mère – énigmatique.

— Et on s'entend trop bien, toutes les deux. Ça me plaît de voir comment elle mène sa vie.

— *Très* bien, plutôt, la corrigea Alice. Ah là là. Il faut croire que ce qu'on dit est vrai : on doit parfois sauter une génération pour établir des liens d'amour avec certains proches. »

D'après Candle, ça ne tenait pas qu'à cela. Il y avait également une génération entre sa cousine Serena et leur grand-mère, mais ce n'était pas pour cela qu'elles étaient proches toutes les deux.

Son père ne voyait pas d'inconvénient à ce qu'elle aille à New York, tant qu'elle faisait l'aller-retour dans la journée. « Mais dis à ta grand-mère que je vous accompagnerai et que je viendrai vous chercher en voiture à la gare », ajouta-t-il. Il s'était mis en tête que Mercy était une très mauvaise conductrice, tout cela parce qu'elle avait foncé dans son amie Bridey – Bridey elle-même, pas sa voiture – en faisant une marche arrière un jour : elle avait sorti la tête par la fenêtre pour s'excuser même si, par chance, Bridey n'avait pas été renversée, puis elle avait repris sa manœuvre et, cette fois-ci, avait bel et bien renversé son amie. La plupart des membres de la famille trouvaient cette histoire hilarante ; mais Candle était davantage troublée par le comportement de Bridey que par celui de Mercy. Pourquoi Bridey ne s'était-elle donc pas écartée après avoir été percutée une première fois ? Kevin, lui, ne voyait pas ce qu'il y avait de drôle à cela. Il ne cessait de répéter qu'on devait retirer son permis à Mercy.

Quoi qu'il en soit, par une douce matinée, un samedi de la fin du mois d'octobre, il conduisit Candle en ville et passa prendre Mercy à son studio avant de les déposer toutes les deux à Penn Station. Candle avait revêtu une jupe digne de ce nom, dans l'éventualité où le restaurant où elles devaient se rendre était un endroit chic. Mercy était en jupe elle aussi, mais de celles qu'elle portait tous les jours, avec un cardigan ordinaire qu'elle gardait au bras pour le cas où le train serait trop climatisé. Mercy avait réservé leurs billets à l'avance, si bien qu'elles n'eurent qu'à les retirer au guichet, après quoi elles traversèrent le hall de la gare et se rendirent directement sur le quai sans attendre que leur train soit annoncé car Mercy, ayant souvent effectué ce trajet, était aguerrie. Par exemple, elle savait qu'il fallait se placer en bout de quai parce que les voitures situées à l'avant du train étaient moins pleines. Et en effet, quand le train fut à quai et qu'elles embarquèrent, elle n'eut aucun mal à leur trouver des sièges côte à côte. Elle fit signe à Candle de s'y glisser la première, puis elle prit place à son tour, sortit un livre de poche de son sac à main et se mit à lire, aussi à l'aise que si elle était chez elle sur sa banquette.

Candle avait elle aussi emporté un livre dans son sac à dos, mais elle ne l'ouvrit pas une seule fois au cours du trajet. Elle était trop occupée à regarder par la vitre, lorgner les autres passagers et écouter un jeune couple assis juste derrière elles – ils débattaient pour savoir s'ils devaient adopter un chien ou non. Une fois lassée, elle se mit à tracer des dessins invisibles du bout de son index. C'était une nouvelle habitude qu'elle avait prise et qui agaçait sa mère au plus haut point, mais Candle veilla à garder sa main contre elle et sa grand-mère ne remarqua rien. De toute façon, même si elle l'avait vue faire, cela ne l'aurait probablement pas dérangée.

À un moment, Candle piqua du nez – elle s'était levée aux aurores – et, quand elle se réveilla, elles traversaient le New Jersey où les gares se dressaient tout près des voies et où les voyageurs, parfois des familles entières, attendaient en formant des groupes compacts. Peu de temps après, les passagers de leur voiture commencèrent à s'agiter, rassemblant leurs affaires et se levant pour attraper leurs sacs sur les porte-bagages. Le train s'engouffra dans un tunnel et la voiture fut plongée dans l'obscurité. Le cœur de Candle s'emballa, mais sa grand-mère continua de lire malgré le manque de lumière.

« Penn Station ! » annonça le contrôleur, chose troublante puisqu'elles-mêmes étaient parties de Penn Station. Mais cette gare-là n'avait rien à voir avec la leur. Quand Candle et Mercy arrivèrent en haut de l'escalator – après que Mercy eut fermé son livre à la dernière minute et quitté son siège sans se presser –, elles se retrouvèrent dans un espace incroyablement vaste et intimidant au milieu duquel Candle se sentit toute petite, avec une masse indistincte de gens qui les bousculaient en passant et d'hommes en uniforme qui poussaient des chariots à bagages. « Par ici », dit Mercy en entraînant sa petite-fille à travers la foule, puis en haut d'un autre escalator, puis dehors dans une rue qui sentait l'eau chaude mêlée à du détergent, puis dans un taxi où elle prit enfin la peine de ranger son livre dans son sac. « Alors, dit-elle après avoir indiqué leur destination au chauffeur. (Elle ne lui avait pas donné une adresse, mais le nom d'un restaurant, comme s'il allait automatiquement le reconnaître, ce qui était apparemment le cas.) Alors, que penses-tu de New York ?

— Ben… les bâtiments sont hauts, c'est sûr, répondit Candle en jetant un œil par sa vitre. Mais pas plus que dans certains quartiers de Baltimore. Je me disais, genre, que j'allais peut-être devoir tellement lever la tête que j'en tomberais à la renverse, tu vois ?

— Ah, mais ne parle pas trop vite », répliqua sa grand-mère. Puis elle sourit et regarda par sa propre vitre.

Candle était impressionnée par le nombre de stands de vente à emporter qui jalonnaient les trottoirs. Et par le nombre de gens qui s'y arrêtaient pour acheter des hot-dogs, quoiqu'elle ne vit nulle part des hot-dogs de chez Nathan's.

Devant le restaurant – un établissement de taille modeste équipé d'un auvent –, Mercy tendit quelques billets au chauffeur et dit : « Gardez la monnaie », comme si elle faisait cela tous les jours, puis elle ouvrit la portière et sortit sur le trottoir, et Candle la suivit.

L'amie de Mercy les attendait déjà, assise à une petite table. C'était une femme osseuse et vive – de longs cheveux noirs et lisses contrastant curieusement avec son visage à l'air âgé, des lèvres fardées d'un trait de rouge carmin, une tunique à motifs géométriques imprimés aux couleurs criardes qui recouvrait ses épaules anguleuses. « Merce ! s'écria-t-elle en se levant à moitié de sa chaise pour embrasser Mercy sur les deux joues avant de se rasseoir.

— Je te présente ma petite-fille Kendall », dit Mercy.

Candle sourit, muette, et se glissa sur la chaise à droite de Magda. « Je suis ravie de te rencontrer,

Kendall, déclara Magda. Ta grand-mère m'a dit que tu étais peintre, toi aussi ; c'est bien cela ?

— Plus ou moins », répondit Candle. Elle regarda les autres clients autour d'elles – tous assis à des tables recouvertes de nappes blanches, tous ultra new-yorkais et glamour. Mercy avait enfilé son cardigan à présent, et on devinait assez facilement qu'elle venait seulement de Baltimore.

Les deux femmes passèrent commande après avoir à peine jeté un coup d'œil à leur carte – une salade asiatique pour Magda, les saint-jacques rôties pour Mercy, avec un verre de thé glacé pour chacune –, mais Candle avait du mal à se décider. Elle avait envie de quelque chose de nouveau et d'original, mais il ne fallait pas que ce soit *trop* original. Elle opta finalement pour un sandwich à la salade de crevettes et un Coca Light, et fut rassurée quand, en notant sa commande, le serveur dit : « Excellent. »

Pendant ce temps, Magda racontait à Mercy son vernissage, auquel beaucoup de monde était venu, y compris un homme appelé Bruce qu'elles semblaient toutes les deux connaître depuis longtemps. « Évidemment, il a acheté l'un de tes tableaux, dit Mercy sur un ton qui suggérait qu'il ne l'avait *évidemment* pas fait.

— C'eût été trop beau, répliqua Magda. Et bien sûr, il a fallu qu'il critique les boissons servies au cocktail.

— Mais non !

— "Ma chère demoiselle, il a dit à la serveuse, par pitié ne me dites pas que vous ne proposez pas de vin rouge."

— Oh, j'adore quand les gens sont fidèles à eux-mêmes, dit Mercy.

— Moi aussi, surtout quand leur nature est mauvaise. Et tu sais ce que j'aime par-dessus tout ?

— Non, dis-moi.

— J'aime que, pour une fois, ce ne soit pas moi qui me sois mal comportée. »

Elles partirent d'un fou rire, collant leurs têtes l'une contre l'autre comme des écolières, tandis que Candle les observait en souriant timidement.

Lorsque leurs plats furent servis, la conversation avait dévié sur les peintures de Mercy. Faisait-elle toujours ses portraits de maisons ? Se vendaient-ils un peu ? « Oh, non, répondit Mercy avec dédain. Enfin, tu sais, juste quelques commandes par-ci par-là, la plupart assez banales, même si de temps en temps, je tombe sur quelque chose d'intrigant, un endroit avec une vraie personnalité. »

Candle trouva cette remarque à la fois modeste et un tantinet fanfaronne, car ce n'étaient pas vraiment « quelques commandes par-ci par-là » ; c'était plutôt une ou deux à plusieurs mois d'intervalle, des mois durant lesquels Mercy peignait simplement pour elle. Elle ne voulait pas que Magda la prît en pitié.

Le sandwich de Candle était accompagné de chips, mais façon gastronomique, coupées plus épais que d'ordinaire et cerclées de peau brune. Elles auraient mérité un peu plus de sel, cependant. Et il y avait de drôles de petits morceaux – quelque chose qui ressemblait à du cornichon – dans la salade de crevettes. Mais Mercy déclara que ses saint-jacques étaient délicieuses. « Je ne commande jamais de saint-jacques chez nous, dit-elle. Elles sont souvent trop cuites. Franchement, il faut venir à New York si on ne veut pas manger des saint-jacques caoutchouteuses. » Puis elle donna un petit coup de coude espiègle à Magda et ajouta : « Robin prétend que s'il déteste voyager, c'est parce que la nourriture n'a jamais le même goût qu'à Baltimore. On ne peut jamais être sûr de ce qu'on va nous servir, il dit. »

Elles gloussèrent à nouveau.

« Ah là là, finit par dire Magda en secouant la tête. Ce cher Robin.

— Quand notre petit-fils est parti étudier un an à l'étranger, ses parents lui ont offert une de ces montres à deux cadrans, l'un réglé sur l'heure du pays étranger et l'autre sur celle de chez nous. Et Robin a dit… (Elle fronça les sourcils et prit un air perplexe.) Il a dit : "Vraiment ? J'aurais cru qu'une personne savait toujours d'instinct l'heure qu'il est chez elle." »

Cela fit rire Magda une fois de plus, et Mercy parut satisfaite. « Ce n'est pas vrai ? » demanda-t-elle à Candle.

Candle, qui n'avait aucun souvenir de cette conversation, sourit mais ne répondit pas. Elle ne se rappelait même pas qu'un des petits-fils avait étudié à l'étranger. (Pouvait-il s'agir de son frère Eddie ? C'était celui qui aimait apprendre de nouvelles langues.) Elle était tellement plus jeune que les autres ; c'était tout le problème. Elle était désespérément jeune, en décalage et inexpérimentée. Mais elle faisait de son mieux pour les rattraper.

Quand elle entendait le mot « galerie », Candle se représentait la National Portrait Gallery à Washington, où elle s'était rendue une fois à l'occasion d'une sortie scolaire. Une double rangée de colonnes, des ailes immenses de part et d'autre… Par conséquent, lorsqu'elles arrivèrent à la galerie de Magda, à quelques rues du restaurant, elle fut déçue de découvrir une minuscule devanture de magasin avec une unique fenêtre à meneaux. Mercy, en revanche, eut la réaction inverse : « Ça alors, Mags ! Qu'est-ce que c'est chic !

— Ah, oui, acquiesça Magda. Il semblerait que je sois en pleine ascension sociale. Ma dernière exposition s'est tenue dans une boutique d'encadrement », précisa-t-elle à Candle qui apprécia sa sincérité.

Elles entrèrent et une jeune femme assise derrière un bureau se leva aussitôt. « Miss Schwartz, dit-elle. Quel plaisir de vous voir !

— Bonjour, Virginia, dit Magda. Est-ce que Mr Phillips est ici ?

— Non, je suis navrée, il est parti déjeuner.

— Aucune importance. J'amène juste mes amies voir l'exposition. Mercy, ici présente, est une artiste de Baltimore. On était à l'école ensemble. Et voici sa petite-fille, Kendall.

— Enchantée », dit Virginia en esquissant un petit salut proche de la révérence.

Elle portait une tenue fascinante, un haut en maille noir terminé par un volant, trop long pour être une simple garniture, mais trop court pour être une jupe, et rien en bas sinon un collant noir et des chaussons de danse. Candle en prit bonne note, se demandant si sa mère lui permettrait de porter un tel accoutrement. Entre-temps, Magda avait saisi le coude de Mercy et la conduisait vers le premier tableau. « C'est celui dont je te parlais », dit-elle. Candle les suivait deux pas derrière. « Je n'arrive toujours pas à savoir s'il est fini ou non. Qu'est-ce que tu en penses ? Tu crois que j'aurais dû éviter de le présenter avant d'être fixée ?

— Non, tu as bien fait, lui dit Mercy d'un ton

ferme. Souviens-toi de ce que disait toujours Mr LaSalle : “La pire chose que vous puissiez faire avec un tableau, c’est de trop le travailler.

— Ah, c’est vrai qu’il disait ça. Tu as raison. »

Candle, elle, n’était pas convaincue. Le tableau représentait un rectangle blanc laqué d’environ cinquante centimètres sur un mètre, avec une unique courbe noire semblable à une virgule Nike dans le coin inférieur gauche. Ce Mr LaSalle avait-il déjà estimé qu’un tableau n’était *pas assez* travaillé ?

L’œuvre suivante était moins dépouillée – cinq formes en V vertes, flottant ici et là sur un fond beige mat. On pouvait presque imaginer que les V représentaient un vol d’oiseaux. Mais Candle se dit qu’elle avait peut-être tort de vouloir associer une image familière à ce tableau. On était probablement censé apprécier les V pour ce qu’ils étaient. Elle plissa donc les yeux et tâcha d’apprécier.

Ce n’était pas comme si elle n’avait jamais vu de peintures abstraites. Chez ses grands-parents, il y avait un gigantesque livre d’art avec des coulures de Jackson Pollock et des carrés de linoléum de Mondrian. Mais ceux de Magda étaient les premiers dont elle se donnât la peine de chercher la signification, faisant le tour de la salle les sourcils froncés et l’air absorbé en examinant chacun dans le sillage des deux femmes. « Oh, Magda, il y a tellement de points rouges ! » s’exclama sa grand-mère. *Tellement ?* s’étonna Candle qui, à ce moment-là, étudiait un grand carré blanc avec un seul point rouge légèrement décentré. Mais Magda répliqua : « Oui, je dois dire qu’il y a eu pas mal de ventes », et Candle comprit à quoi Mercy faisait allusion. Elle cessa de les suivre et fit un petit détour par l’entrée de la galerie où une feuille de papier était punaisée au mur, juste à côté de la porte. Point rouge, point rouge, point rouge en regard d'une liste de titres et de prix, uniquement des montants à trois zéros. Quatre mille, cinq mille. Sept mille pour l'un d'entre eux. Elle tourna les talons et rejoignit Mercy, qui poursuivait la visite toute seule car Magda était retournée discuter avec Virginia. « Qu'est-ce que tu en penses ? demanda Mercy.

— Ils sont vraiment… intéressants », répondit Candle.

Puis elle grimaça en se souvenant de ce que son grand-père disait toujours quand on lui servait un plat qu'il ne connaissait pas. « Très… in-té-res-sant », articulait-il, ce qui donnait lieu à un échange de sourires entendus parmi les membres de la famille attablés.

Mercy, cependant, se contenta de tapoter le bras de Candle d'un geste rassurant et déclara : « Ce que je trouve intéressant, c'est que j'aime bien regarder de tels tableaux et m'imaginer l'effet que ça doit faire d'en achever un. De poser son pinceau, de reculer d'un pas et de dire : “Oui, c'est exactement ce que j'avais en tête.” Et quand j'y pense ainsi, je comprends la satisfaction que ça doit procurer. De ne pas trop en faire, je veux dire ; de ne pas éprouver le besoin de tout expliquer. Être capable de tant de… retenue. Moi, je ne pourrais pas, mais je dois dire que j'admire ça. Tu ne trouves pas fascinant, toutes les façons dont peuvent fonctionner les esprits des artistes ?

— D'accord, mais les prix ?

— Eh bien, qu'est-ce qu'ils ont, les prix ?

— Ces choses coûtent des milliers de dollars ! Ce n'est pas juste !

— Juste ?

— Tu travailles *beaucoup* plus sur tes tableaux à toi, je suis sûre.

— Oh, ma puce, dit Mercy en riant. Il ne faut jamais regarder dans l'assiette des autres.

— Hein ?

— Il faut tracer son propre chemin, si tu veux mon avis. Ne pas se soucier des autres. »

Cela n'avait aucun sens, de prime abord, mais soudain tout s'éclaira. Candle eut le sentiment qu'on venait de la délester d'un poids, et elle gratifia Mercy d'un sourire reconnaissant que celle-ci lui retourna.

Malgré tout, sa grand-mère parut exceptionnellement silencieuse après cela – distraite, pour ainsi dire, concentrée sur une préoccupation intime –, et Magda dut lui demander à deux reprises si elle voulait boire un verre en bas de la rue une fois qu'elles auraient fait le tour de la galerie. « Boire un verre ? répéta-t-elle vaguement.

— Il nous reste combien de temps avant que vous preniez votre train ?

— Le train ? Quoi ? Oh ! fit Mercy en consultant sa montre. Il faut qu'on aille à la gare ! »

Magda héla donc un taxi pour elles, levant le bras d'un geste princier, et elles se séparèrent avec force embrassades, remerciements et promesses de refaire cela très bientôt. « Mon Dieu, fit Mercy une fois qu'elle et Candle furent installées dans le taxi. J'aurais dû… Je regrette de ne pas avoir réservé un train qui partait plus tard… C'est que je ne savais pas que tout prendrait autant de temps !

— Est-ce qu'on peut encore passer chez Nathan's ? lui demanda Candle.

— Chez qui ?

— Chez Nathan's pour un hot-dog ?

— Oh, je… Ce que je n'avais pas prévu, tu vois, c'était le trajet à pied jusqu'à la galerie. C'était une *longue* marche. Ça a pris beaucoup plus de temps que je ne pensais. »

En réalité, le trajet n'avait pas été long du tout ; Mercy était simplement âgée. Candle poussa un soupir qu'elle espérait sans équivoque, puis elle renonça et se tourna face à la route pour se concentrer sur la circulation. Heureusement, la course se déroula sans encombre, et lorsqu'elles s'arrêtèrent devant Penn Station, Mercy déclara : « Tu vois ? » comme si elle n'avait pas paniqué un seul instant. « On a *largement* le temps », ajouta-t-elle en payant le chauffeur.

Mais quand elles allèrent consulter le tableau d'affichage pour voir quand leur train était censé arriver, elle s'exclama : « Zut, il est déjà là ! » Puis : « Mais on devait te prendre un hot-dog ! » comme si c'était la première fois que le sujet était abordé. Lorsque Candle lui répondit : « Ce n'est pas grave », Mercy parut soulagée et se tourna immédiatement pour ouvrir la marche vers l'escalator.

Elles descendirent dans un espace souterrain faiblement éclairé où le train attendait en vrombissant tranquillement, ses vitres remplies de têtes courbées comme si tous les passagers étaient plongés dans une profonde méditation, alors qu'ils ne faisaient probablement que lire. Mercy se précipita dans la première voiture qu'elles atteignirent, et lorsque Candle, sur ses talons, demanda : « On ne devrait pas aller à l'avant du train ? » Mercy rétorqua : « Je veux juste trouver deux sièges côte à côte. »

C'était justement ce que Candle avait sous-entendu,

car cette voiture-ci était quasiment pleine et qu'il n'y avait pas de sièges côte à côte disponibles.

Elles durent donc avancer quoi qu'il en soit, et cela leur prit bien plus de temps que si elles avaient marché sur le quai.

Elles finirent par trouver deux sièges inoccupés, et sa grand-mère se faufila côté fenêtre pour s'affaler en poussant un : « Ouf ! » Puis elle se tourna vers Candle qui s'installait elle aussi et dit : « Oh, Kendall. Oh, ma puce, d'une voix grave et apparemment affligée.

— Quoi ?

— Tu ne voulais pas acheter un hot-dog ?

— Pardon ? fit Candle, perplexe. (Puis :) Ce n'est pas grave, mamie.

— Je suis vraiment désolée ! Tu aurais dû me le rappeler !

— J'ai trop mangé à midi, de toute façon. »

C'était vrai, constata Candle. D'autant qu'un sentiment d'inquiétude la gagnait. Elle avait toujours l'estomac noué quand elle était inquiète.

Le train s'ébranla et émergea petit à petit de l'obscurité vers la lumière de l'après-midi, puis une voix d'homme dans le haut-parleur leur souhaita la bienvenue à bord et énuméra les villes desservies sur le parcours. Ce ne fut que lorsqu'il mentionna Baltimore que Candle se détendit complètement. Mercy finit par reprendre son souffle et ses esprits, et quand le contrôleur passa, elle sortit aussitôt leurs billets. « Eh bien ! » dit-elle à Candle lorsqu'il se fut éloigné. Elle attrapa un mouchoir en tissu au motif floral dans son sac pour se tamponner le visage. « C'était une sacrée billebaude, hein ?

— Ça c'est sûr, dit Candle sans avoir de mal à

deviner le sens du mot « billebaude » qu'elle n'avait encore jamais entendu.

Le train était désormais lancé à pleine vitesse. Les autres passagers parlaient entre eux à voix basse – ils étaient tous de Baltimore, semblait-il à Candle ; tous flapis, ramollis, ébouriffés et soulagés de rentrer chez eux. Sa grand-mère, elle, restait silencieuse, et quand Candle coula un regard vers elle quelques instants plus tard, elle la découvrit profondément endormie, la tête appuyée contre la vitre.

Cette fois-ci, Mercy n'avait pas proposé la place côté fenêtre à Candle. Elle avait pourtant tellement insisté pour la lui laisser à l'aller. Candle avait beaucoup de choses à regarder depuis son siège, mais malgré tout, elle ne pouvait s'empêcher de se sentir un peu négligée. Je suis trop jeune pour ça ! se surprit-elle à penser. Elle devrait mieux s'occuper de moi !

Mercy continua de dormir, son mouchoir se déployant petit à petit sur ses genoux.

Ils s'arrêtèrent dans plusieurs villes du New Jersey ; ils s'arrêtèrent à Philadelphie, puis à Wilmington, dans le Delaware. Candle n'était pas allée aux toilettes depuis le déjeuner, mais elle estimait pouvoir attendre. Elle regarda les arbres défiler par la fenêtre ; la plupart avaient encore tout leur feuillage et ne commençaient même pas à brunir, et elle en dessina les contours du bout du doigt sur le revêtement de son siège. Elle observa une femme assise en diagonale de l'autre côté du couloir, laquelle sortit trois fois son poudrier pour examiner son visage dans le miroir, comme si elle se préparait fébrilement pour des retrouvailles avec quelqu'un à la gare.

« Prochain arrêt, Baltimore », annonça finalement le contrôleur, non pas dans le haut-parleur mais en personne, alors qu'il se tenait à l'avant de la voiture. Il s'approcha peu à peu, récupérant au passage des talons de billets au-dessus de certains sièges.

Candle se tourna vers Mercy : « Mamie ? Il faut se réveiller. »

Sa grand-mère dormait toujours. Candle lui donna une petite tape sur le poignet. « On arrive à la gare, mamie. »

Aucune réaction. Candle se pencha plus près et s'apprêta à lui parler de nouveau. Mais ce qu'elle vit la fit brusquement reculer. Les yeux de Mercy étaient très légèrement entrouverts. Au bas de chaque paupière apparaissait une minuscule fente à l'aspect vitreux et brillant.

Candle bondit dans le couloir, se cognant douloureusement la cuisse contre l'accoudoir de son siège. Elle se précipita pour intercepter le contrôleur qui tendait le bras pour attraper le talon d'un billet au-dessus de la femme au poudrier. C'était un homme imposant aux gestes lents et à la peau cuivrée ; il inspirait confiance à Candle. « Monsieur le contrôleur ? dit-elle.

— Mm-oui ? fit-il d'une voix de velours, grave et réconfortante.

— Je n'arrive pas à réveiller ma grand-mère. »

Il ne sembla pas s'en alarmer. Il se contenta de dire : « Allons bon. Voyons ce qu'on peut faire », et Candle pivota pour désigner sa grand-mère.

Mercy avait encore la tête appuyée contre la vitre. Comme il aurait été merveilleux qu'ils la trouvent à cet instant en train de se redresser et de remettre tranquillement son mouchoir dans son sac ! Comme Candle se serait sentie idiote ; oh, comme elle aurait *adoré* se sentir idiote ! Mais au lieu de cela, elle s'écarta pour laisser passer le contrôleur, lequel se pencha en avant – ne semblant toujours pas alarmé –, saisit le poignet de Mercy et réfléchit un instant. « Bien, finit-il par dire. Bien, voilà ce qu'on va faire, ma petite demoiselle. Vous allez venir à l'avant avec moi jusqu'à ce qu'elle retrouve un tantinet plus d'énergie.

— Qu'est-ce qu'elle a ? demanda Candle.

— Eh bien, elle est complètement épuisée, me semble-t-il. New York peut faire cet effet. »

Il avait prononcé « N'Yawk », faisant paraître la ville moins hostile qu'elle l'était probablement, selon elle.

« Est-ce qu'elle va se remettre ? lui demanda-t-elle.

— Mais oui, mais oui. Suivez-moi. »

Elle obéit, absolument ravie de s'éloigner de sa grand-mère, mais se sentant également coupable d'éprouver cette joie. Il la conduisit dans la voiture suivante, s'arrêta au niveau du premier siège sur la droite et lui fit signe de s'y asseoir. À côté d'elle se trouvaient des affaires, peut-être celles du contrôleur – un sac en toile à fermeture éclair et une boîte à sandwichs. « Installez-vous ici, dit-il. Je reviens tout de suite. »

Puis il partit. Il lui manquait déjà, tandis qu'elle le regardait s'éloigner d'un pas lourd vers l'avant de la voiture.

Il régna ensuite une certaine agitation. C'était en partie dû au fait qu'ils pénétraient dans un tunnel, ce qui, elle le savait, signifiait qu'ils approchaient de leur destination. Les fenêtres devinrent noires et les gens commencèrent à se lever et à récupérer leurs bagages. Puis le contrôleur revint et lui demanda qui devait venir la chercher à la gare. Ou alors, non, peut-être que le train s'arrêta d'abord, pendant qu'ils étaient encore dans le tunnel, et que, ensuite seulement, il revint pour lui demander qui viendrait la chercher.

« Mon père, je crois, dit-elle.

— Et comment s'appelle votre père, ma jolie ?

— Kevin Lainey. »

Puis il repartit. Mais en y repensant, elle trouva que « Kevin Lainey » sonnait un peu faux. C'était comme lorsqu'on répète un mot trop souvent et qu'il commence à sonner comme un mot étranger. Son père s'appelait-il vraiment Kevin Lainey ? Le train était trop silencieux : non seulement on n'entendait plus le bourdonnement des rails, mais la climatisation avait également été coupée et il faisait de plus en plus chaud dans la voiture. Puis une voix d'homme retentit dans le haut-parleur – ce n'était pas son contrôleur mais quelqu'un d'autre – et annonça qu'ils entreraient en gare dans quelques instants. Les gens murmuraient ; ils trépignaient et restaient debout dans le couloir. Un bébé commença à s'énerver et à donner de la voix de façon désagréable. Ils finirent par repartir, la climatisation se remit en marche et ils gagnèrent la lumière, la jolie lumière de fin de journée, puis le train ralentit avant de s'arrêter et les gens qui patientaient dans le couloir se pressèrent vers la sortie. Mais le haut-parleur résonna de nouveau et indiqua que les portes ne s'ouvriraient pas tout de suite. Il y aurait un léger retard. Les murmures reprirent de plus belle. Certains passagers se rassirent, cette fois, mais la plupart restèrent debout, dont un homme si près du siège de Candle que la manche de son imperméable plié sur son bras ne cessait de lui effleurer la tempe. Si elle ne pouvait pas descendre du train dans l'instant, se dit-elle, elle allait craquer comme une branche sur laquelle on aurait appuyé de toutes ses forces ; ça devenait insoutenable. Mais soudain, miracle ! Son contrôleur. Son cher contrôleur qui se frayait un chemin dans le couloir et la rejoignait à grands pas. « Tout va bien, ma petite demoiselle ? lui demanda-t-il.

— Et ma grand-mère ?

— On s'occupe d'elle en ce moment même. Et elle est toute fringante. Venez avec moi, on va vous faire sortir d'ici. »

Elle aurait dû lui rappeler que les portes étaient encore verrouillées, mais elle n'en avait pas envie. Elle avait envie de croire qu'ils pouvaient tous les deux atteindre la porte la plus proche et qu'elle s'ouvrirait comme par magie, rien que pour eux. Et c'est ce qui se produisit. Ils atteignirent le sas entre les voitures, se tournèrent vers la porte donnant sur le quai et, tout à coup, celle-ci coulissa pour laisser débarquer Candle qui se retrouva aussitôt dans les bras de son père.

Il lui dit que tout allait bien, à présent, qu'ils allaient rejoindre leur voiture et rentrer tous les deux pour annoncer la nouvelle à sa mère. Elle ne demanda pas de quelle nouvelle il s'agissait. D'une certaine manière, elle savait. Elle marcha à côté de lui vers l'escalier sans prononcer un mot, sans verser une larme jusqu'à ce qu'il dise : « Je suis vraiment, vraiment navré que tu aies dû vivre ça, ma Candle chérie. »

Et là, elle se décomposa. Il dut lui attraper le bras afin qu'elle ne tombe pas ; elle se tourna pour enfouir son visage dans la poitrine de son père et éclata en sanglots si violents qu'elle trempa sa chemise tandis qu'il ne cessait de répéter : « Allons, allons. Je sais. C'est un terrible choc. Je suis tellement navré. »

Mais ce n'était pas à cause du choc, qu'elle pleurait. Elle pleurait parce qu'elle venait d'abandonner la seule personne de son entourage qui l'appelait Kendall.

7

À l’été 2014, les seuls membres de la famille Garrett qui vivaient encore à Baltimore étaient Lily et Eddie. Pas sous le même toit, évidemment. Lily occupait toujours la maison de Cedarcroft bien qu’elle eût perdu Morris, emporté par un cancer l’hiver précédent. Et Eddie possédait une maison mitoyenne à Hampden, ce que la famille trouvait ironique dans la mesure où Robin et Mercy avaient quitté Hampden près de soixante ans auparavant. Cependant, le quartier était devenu branché. Les riverains devaient souvent garer leurs véhicules à plusieurs rues de chez eux car la leur était prise d’assaut par des visiteurs venus dîner dans de nouveaux restaurants chics et faire les boutiques à la recherche de bijoux tendance.

Robin et Mercy étaient tous deux décédés – lui moins d’un an après elle, comme s’il avait jugé inutile de continuer à vivre sans elle –, et Alice et Kevin passaient leur retraite en Floride, où Kevin pouvait jouer au golf toute l’année pendant qu’Alice assistait à des cours en auditeur libre dans une faculté locale. En principe, Lily était elle aussi à la retraite mais, comme son père avant elle, elle avait tendance à passer au magasin de temps en temps – simplement pour ne pas perdre la main, disait-elle. Eddie l'accueillait toujours et la tenait informée sur ses clients fidèles préférés et sur les nouvelles gammes d'articles proposées. (« Des bidets ! s'exclamait-elle. Et qu'est-ce que ce sera la prochaine fois ? Tu peux me dire qui, à Baltimore, sait ce qu'est un bidet ? ») Eddie travaillait chez Wellington's depuis son adolescence. De tous les petits-enfants Garrett, il était le seul à avoir hérité de la passion de Robin pour l'outillage, et de son intérêt pour la façon dont fonctionnent les choses et les moyens de les améliorer. Il parut donc naturel qu'il prît la relève au magasin. Initialement, il avait été question qu'il rejoigne plutôt l'entreprise de son père, mais les centres commerciaux et le développement des banlieues ne l'enthousiasmaient pas du tout. En réalité, cette idée venait entièrement de Kevin, pas de lui.

En dehors du magasin, toutefois, Lily et Eddie ne se côtoyaient pas beaucoup. Elle avait ses amis, il avait les siens. Ils menaient des vies très indépendantes.

C'est pourquoi il fut un peu étonné qu'elle lui téléphone un dimanche matin pour l'inviter à déjeuner. « Déjeuner ? dit-il. Tu veux dire, aujourd'hui ?

— Je sais que je t'appelle à la dernière minute, mais j'ai fait le tri dans mes affaires et, avant de contacter l'Armée du salut, je voulais savoir s'il y a quelque chose que tu aurais envie de récupérer.

— Pourquoi est-ce que tu tries tes affaires ?

— Je déménage à Asheville, en Caroline du Nord, pour aider Serena avec le bébé.

— Quoi ! Tu déménages pour de bon ?

— Oui.

— Tu vends ta maison ? Tu en achètes une nouvelle ?

— Je n'en achète pas une nouvelle, non. Je n'en ai pas besoin. Serena et Jeff ont un petit appartement au deuxième étage, chez eux. »

Il était stupéfait. Il resta avec le téléphone de la cuisine collé à l'oreille, fixant d'un air absent le calendrier sur le mur, une paire de cisailles pendant dans sa main gauche.

« Serena devient folle ! expliqua Lily, l'air curieusement satisfait. Elle pleurait tellement fort quand elle m'a appelée que je ne comprenais pas un mot de ce qu'elle disait, mais j'ai fini par déduire que la maternité s'avère bien plus difficile qu'elle ne l'avait cru.

— Oui, mais peut-être que… quel âge a son bébé, déjà ?

— Quatre semaines et demie. »

Il ne se souvenait pas du nom du bébé. Ni même de son sexe, d'ailleurs. Évitant tous les pronoms, il poursuivit : « Il ne se pourrait pas que ce soit juste dû à des coliques passagères ou quelque chose comme ça ?

— Quel est le rapport ? C'est Serena qui pleure, pas Peter. »

Peter, très bien.

« Tout ce que je voulais dire, c'est que c'est peut-être seulement une phase compliquée à passer, que Serena aura bientôt pris ses marques et que ça ne nécessite pas que tu t'installes définitivement là-bas.

— Bien sûr que ce n'est qu'une phase ! Je connais Serena, elle va très vite prendre ses marques. C'est pour ça qu'il faut que je me dépêche d'y aller, avant qu'elle s'aperçoive qu'en fin de compte, elle n'a pas besoin de moi. »

Eddie éclata de rire.

« Qu'est-ce qu'il y a de si drôle ? demanda-t-elle.

— Je te conseille de ne pas mettre immédiatement ta maison en vente, c'est tout.

— Trop tard ! Je l'ai déjà mise chez Dodd, Goldman. L'ancienne boîte de Morris.

— Ah.

— Alors, tu peux venir pour le déjeuner, oui ou non ?

— Oui, bien sûr. Avec plaisir. »

Il se dit qu'il pourrait la débarrasser de quelques affaires, juste par politesse, puis les lui rendre quand elle reviendrait. Car elle reviendrait à coup sûr. Serena se révélerait plus qu'à la hauteur face aux défis de la maternité. Et Lily était une Baltimorienne pure souche. Elle deviendrait folle à Asheville.

Lorsqu'ils eurent convenu de l'heure à laquelle il devait arriver pour le déjeuner (treize heures, ce qui signifiait qu'il serait affamé, car il s'était levé à six heures), il raccrocha et retourna dehors pour terminer son élagage. Claude était encore assis à la table de la terrasse, lisant le journal du dimanche en buvant du café. Lui-même n'était pas un lève-tôt ni un jardinier dans l'âme à vrai dire. On le devinait rien qu'à le regarder – son corps douillet, sa silhouette en forme de barrique et sa posture avachie, sa barbe brune et frisée mal entretenue et ses lunettes sales. En voyant Eddie, il leva les sourcils d'un air interrogateur, et Eddie déclara : « C'était ma tante Lily.

— Comment va-t-elle ? demanda Claude.

— Elle vient de m'apprendre qu'elle déménageait. Elle va à Asheville donner un coup de main pour son petit-fils ; elle veut que j'aille déjeuner chez elle pour qu'elle puisse me montrer les affaires qu'elle ne va pas prendre au cas où je voudrais récupérer quelque chose.

— Quand ça ? Aujourd'hui ?
— Ouaip.
— Bon. Regarde si elle n'a pas des lampes à donner. »

Claude se plaignait constamment de ne pas avoir de bonne lampe de lecture.

« J'ouvrirai l'œil, dit Eddie. Mais je te parie ce que tu veux qu'elle sera de retour dans moins d'un an et qu'elle se demandera où sont passées ses affaires. »

Claude ricana. Il s'abstint de souligner qu'il était mal placé pour conjecturer sur le comportement de tante Lily dans la mesure où il ne l'avait jamais rencontrée.

Claude était beaucoup moins secret qu'Eddie. Il avait présenté celui-ci à ses parents il y avait des années de cela et, depuis, Eddie et Claude les retrouvaient tous les dimanches soir pour dîner. Mais la famille d'Eddie n'avait jamais vu Claude. En fait, ils n'étaient même pas au courant de son existence.

Par chance, Claude était également l'une de ces rares personnes capables d'excuser les manquements d'un être cher avec un haussement d'épaules philosophe, puis de passer à autre chose. Donc, quand Eddie lui dit : « Désolé de te faire faux bond pour le brunch », Claude se contenta de répondre : « Pas de souci », avant de tourner une page de son journal. Et après une brève hésitation, Eddie reprit l'élagage de leur bambou sacré.

« Tu penses que je me précipite » furent les premiers mots que prononça Lily lorsqu'il arriva. Il n'avait même pas complètement franchi le seuil. « Tu penses que je vais regretter de m'être séparée de ma maison. Mais ce n'est pas le cas, Eddie ; crois-moi. Je sais ce que je fais. »

Il avait apporté une bouteille de vin et s'était habillé pour l'occasion – du moins selon ses critères. Bien qu'il ressemblât encore physiquement à son père, il avait depuis bien longtemps troqué le style vestimentaire propret de Kevin contre un autre plus adapté à son lieu de travail : T-shirt et pantalon de toile ample. Ce jour-là, cependant, son T-shirt avait un col et des boutons sur le devant, et son pantalon sortait du sèche-linge. Lily, en revanche, avait apparemment opté pour une tenue de chantier : elle portait un jean délavé et un débardeur qui dévoilait ses bras décharnés, et sa queue-de-cheval gris-blond était coincée dans son élastique pour qu'elle ne la gêne pas. « Du vin ! se réjouit-elle. Comme c'est gentil. Mais ne me laisse pas en abuser, parce qu'on a un gros travail de manutention devant nous. » Puis, tout en lui faisant traverser le salon, elle reprit son cheminement initial : « Est-ce que tu as la moindre idée de ce que c'est d'être la mère de Serena ? Elle a toujours tout fait à la perfection. Plutôt comme ta mère à toi. Sans vouloir te blesser. Et au début, j'ai pensé que le bébé n'avait pas changé ça. Je suis allée là-bas pour la naissance et elle était toute radieuse, une vraie Madone, et, comment dire, sereine. Mais ça, c'était quand Peter venait de naître et qu'il ne faisait encore que dormir. Deux ou trois semaines plus tard, une fois que j'étais rentrée et qu'il a commencé à se forger un petit caractère, c'est là qu'elle m'a appelée. »

Rien n'avait bougé dans le salon de Lily, les meubles étaient toujours à la même place, tout comme le tapis sur le sol. Mais quand ils passèrent dans la salle à manger, Eddie découvrit la table entièrement recouverte de verres à pied, de vaisselle en porcelaine et d'objets de décoration. Le repas les attendait donc sur la table de la cuisine : des sandwichs grillés au fromage sur deux assiettes, avec des serviettes en papier posées à côté. « Tu peux aller chercher des verres à vin dans la salle à manger ? » lui demanda Lily. Puis elle poursuivit en haussant la voix tandis qu'il quittait la cuisine : « Donc, quand elle arrête de pleurer assez longtemps pour que je réussisse à la comprendre, elle me dit que toute la journée, en s'occupant du bébé, elle a eu le sentiment tenace qu'elle devait faire quelque chose. "Mais qu'est-ce que c'était ?" elle n'arrêtait pas de se demander. "Je sais que j'avais *quelque chose* à faire", et puis vers dix-sept heures ça lui est revenu : "Oh, ça y est, elle s'est dit. Je me souviens, je voulais me coiffer." »

Eddie émit un claquement de langue compréhensif et posa les verres à vin sur la table de la cuisine.

« Moi je lui ai dit : "Allons, ma chérie. Ce ne sera pas toujours comme ça. C'est juste que tu ne t'es pas encore organisée. Tu as toujours été si douée pour l'organisation", voilà ce que je lui ai dit.

— Où est… Jeff ? Où est son mari dans tout ça ? demanda Eddie.

— Elle dit qu'il ne sert à rien. Pire que ça. Elle dit qu'il a peur des bébés. Voilà ce que c'est d'épouser un savant fou. »

Eddie émit un autre claquement de langue et tira sa chaise pour s'asseoir.

« Donc je me dis que c'est ma chance, continua Lily en prenant place en face de lui. Quand est-ce que j'aurai de nouveau l'occasion d'intervenir et de prendre les choses en main ? Hé hé ! »

Durant toute sa vie, Eddie avait entendu sa mère rabâcher que sa sœur était délurée et farfelue, mais c'était la première fois qu'il en était personnellement témoin. (Morris avait peut-être eu sur elle une bonne influence, qui sait ?) Lily avait les traits tendus par l'excitation ; ses yeux semblaient lancer des éclairs. « Lily à la rescousse ! chantonna-t-elle. Enfin, il faut voir les choses en face : je n'aurai jamais cette chance avec mes *autres* petits-enfants. La femme de Robby est une madame je-sais-tout et, qui plus est, ils sont là-bas dans l'Est, près de sa famille à elle. C'est bien vrai, ce qu'on dit sur les belles-filles. »

Eddie n'avait aucune idée de ce qu'on disait sur les belles-filles. (Sa propre mère n'avait que des gendres, le mari de Robby et celui de Candle, tous deux installés dans d'autres régions.)

« Oui, je comprends que tu veuilles te rendre utile, déclara-t-il. Et je sais que Serena serait contente de t'avoir auprès d'elle. Mais tout de même, tu es sûre de devoir vendre ta maison tout de suite ? Tu ne veux pas changer d'avis et la retirer de l'agence ?

— Non, je ne veux pas, dit-elle avant d'avaler une grande rasade de vin, puis de reposer son verre d'un geste déterminé. J'aurai un joli appartement sous les toits, que je n'aurai même pas besoin de meubler puisqu'il est déjà rempli d'antiquités du meilleur goût provenant de la famille de Jeff. Mais j'y pense, peut-être que *toi*, tu voudrais acheter ma maison ! Réfléchis-y : ce serait du clef en main. »

Eddie sourit et répondit : « Merci, mais non. » Il imaginait la réaction de Claude s'il lui proposait de s'installer avec lui à Cedarcroft.

Lily avait effectivement un joli service de table – un service complet, pas simplement de la vaisselle dépareillée comme celle d'Eddie. Deux de ses poêles à frire étaient en fonte, lustrées par les ans et bien brillantes, et elle possédait aussi une mijoteuse assez grande pour nourrir une armée. Chaque fois qu'Eddie émettait une remarque sur un objet, sans même affirmer vouloir le prendre, Lily laissait échapper un roucoulement de satisfaction et attrapait un carton. Elle en avait toute une montagne, du genre de ceux qu'utilisent les déménageurs professionnels, entassés à plat dans un coin de la salle à manger à côté d'une pile de journaux. Chaque pièce de porcelaine devait être emballée dans sa propre feuille de journal, les cartons se remplissaient donc rapidement et ils devaient souvent en changer. « Attends, attends, protesta Eddie à un moment. N'oublie pas que j'ai une petite voiture.

— Et alors ? Tu peux faire plusieurs voyages », rétorqua Lily.

Il refusa tout le mobilier. « J'ai déjà trop de meubles, avec tout ce que papa et maman m'ont donné quand ils ont déménagé, lui dit-il. En revanche, tu aurais des lampes en trop ?

— Si j'ai des lampes ? Quelle question ! Suis-moi, mon garçon. » Et elle le conduisit dans le salon où un modèle à bras articulé lui sembla parfait pour la lecture, bien que les deux autres lampes disponibles fussent plus décoratives.

C'est alors qu'Eddie remarqua le fauteuil inclinable. « Je me souviens de ça, dit-il. Il était à papy.

— Exact, et à grand-père Wellington avant lui, dit Lily en caressant le dossier d'un geste attendri – la courbe légèrement creusée du cuir marron usé. Un véritable objet de famille. Il te le *faut*, crois-moi.

— Mais aucun de tes enfants ne pourrait le vouloir ? Peut-être Robby, maintenant qu'il est papa.

— Robby ! Sa femme piquerait une crise. Elle ne jure que par le style verre et acier. Et j'ai déjà demandé à Serena, mais elle a dit : "Par pitié, ne me rapporte plus aucun objet !" »

Eddie s'assit dans le fauteuil et le fit basculer en arrière. Il était plutôt confortable, en effet. Même si ce n'était pas à son propre confort qu'il songeait, mais à celui de Claude. Il imaginait bien Claude s'y prélassant avec bonheur chaque soir, la lampe de lecture éclairant les copies d'examen qu'il corrigeait.

« Morris prétendait que ce fauteuil était plus efficace qu'un somnifère, déclara Lily en continuant de caresser le cuir. Il s'y installait après le dîner et *pouf !* Il ronflait aussi sec.

— Je me demande si je ne l'ai pas vu dormir dedans, dit Eddie en se parlant plus ou moins à lui-même.

— C'est bien possible. Mon cher, mon adorable Morris. Tu sais, parfois je m'imagine comment ce serait s'il revenait. Il franchirait le seuil avec son air tout timide et penaud, ne voulant déranger personne, et je dirais : "Oh, mon cœur, j'ai tellement de choses à te raconter !" C'est ce qui me rend le plus triste : tout ce qu'il a manqué, malgré le peu de temps qui s'est écoulé depuis qu'il nous a quittés. Je lui dirais : "Robby signe ses propres articles, maintenant ; tu te rends compte ?" Et : "Serena a appelé son bébé Peter Morris Hayes. Et Joan et Mel, les voisins d'en face, divorcent – le dernier couple auquel on aurait cru que ça arriverait."

— Peut-être qu'il est déjà au courant », hasarda Eddie. Il ne le pensait pas vraiment, mais il lui semblait que c'était le genre de choses qu'on disait aux endeuillés.

Pourtant Lily n'était pas du tout de cet avis. « J'espère qu'il n'en sait rien du tout, dit-elle. Tu imagines pire enfer que d'observer tes proches depuis le paradis et de les voir souffrir sans toi ?

— Tu n'as pas tort.

— Alors, tu prends le fauteuil ?

— Eh bien… » Eddie se leva et contempla le fauteuil, l'air songeur. « Le problème, c'est que je ne sais pas vraiment comment le transporter.

— Je peux le faire, moi ! Je peux le charger dans le coffre de ma voiture et te suivre jusque chez toi. » Et puis, croyant peut-être qu'elle avait réussi à venir à bout de ses réticences, elle ajouta : « Tu devrais aussi prendre les albums.

— Quels albums ?

— Les albums photo de la famille.

— Ah. Non, merci. Les souvenirs, ce n'est pas trop mon truc.

— Zut. Je sais que mes enfants n'en veulent pas ; je leur ai déjà posé la question.

— L'une de mes sœurs, peut-être ?

— Je peux toujours essayer, répondit Lily sans conviction. Sinon, je pourrais les envoyer à David.

— À David !

— Juste pour lui rappeler qu'il a une famille, dit-elle avec un ricanement narquois. Oui, je crois que c'est ce que je vais faire : les emballer et les envoyer à David. Il pourra s'en débarrasser s'il veut. C'est probablement ce qu'il va faire, d'ailleurs : hop, directement aux ordures. Mais qu'est-ce que ce garçon a contre nous ?

Eddie haussa les épaules. Le sujet avait été trop souvent ressassé pour qu'il s'y intéresse.

« Non mais tu verras, poursuivit-elle. On va s'apercevoir que c'est pour une raison insignifiante du style : "J'ai toujours eu la plus petite part de gâteau." Ou : "Vous me faisiez tondre la pelouse toutes les semaines alors que mes sœurs n'avaient jamais à le faire." Rien de grave, quoi. Pas comme si... comme s'il avait été maltraité, enfermé au sous-sol ou je ne sais quoi.

— Oui, bon, fit Eddie. Peut-être que c'est juste qu'il ne nous aime pas ; tu y as déjà pensé ?

— Ne pas nous aimer ! s'exclama-t-elle, l'air effaré.

— Donc, tu disais ça sérieusement, pour ton coffre de voiture ? Je ne voudrais pas t'embêter, mais...

— Absolument, répondit Lily qui s'essuya les mains sur le derrière de son jean avec diligence et s'avança pour saisir une extrémité du fauteuil.

— Ah, mais je ne voulais pas dire tout de suite.

— Quand ça, alors ? Je vais être de plus en plus occupée à partir de maintenant. »

Il se résigna donc et se pencha pour soulever l'autre extrémité.

Il savait qu'il ne devait pas écrire de texto pendant qu'il conduisait. Il envisagea de se garer un moment sur le bas-côté – « Attention j'arrive avec ma tante », il n'avait pas besoin d'en dire plus –, mais dans ce cas Lily risquerait d'arriver avant lui. Alors il continua sa route. Si Claude les voyait approcher, se dit-il, ou qu'il les entendait (Eddie pourrait parler très fort quand ils entreraient dans la maison), il en saurait assez pour aller se cacher ; tout irait bien.

Mais irait-il vraiment se cacher ?

Parfois, Eddie se demandait si Claude prenait toute la mesure de sa situation. Après tout, c'était facile pour Claude. Il avait des parents qui l'avaient toujours accepté tel qu'il était. Et puis, il *savait* qui il était ; en cela aussi, ils étaient différents. Tandis qu'Eddie... Eddie avait été plus ou moins paumé jusqu'en classe de quatrième. En quatrième, il s'amouracha de Karen Small, la fille la plus populaire de sa classe. (Et par conséquent inaccessible, il le comprenait à présent. Aucun risque que ce fût réciproque.) Mais Karen sortait avec Jem Buford, si bien qu'Eddie avait soigneusement étudié Jem Buford afin de découvrir ce qu'il avait de si irrésistible. Il prit note du sourire de guingois de Jem, de l'unique épi excentrique dressé au sommet de son crâne, de la manie qu'il avait de garder une cartouche d'encre coincée entre ses dents comme une cigarette non allumée. Et finalement... Attendez un peu, avait songé Eddie, ce ne serait pas plutôt pour Jem que j'en pince ?

Il tourna dans sa rue et jeta un coup d'œil au bout du pâté de maisons. Par miracle, il y avait une place de stationnement libre juste en face de chez lui. Il s'arrêta à côté et regarda dans son rétroviseur. Par-dessus la rangée de cartons encombrant sa banquette arrière, il distingua tout juste la Toyota de Lily qui ralentissait pour s'arrêter derrière lui. Il laissa tourner le moteur et sortit pour lui parler ; Lily baissa sa vitre en le voyant approcher et l'observa avec curiosité.

« Gare-toi à cette place, lui dit-il. Je vais chercher un peu plus loin.

— D'accord. » Elle remonta sa vitre tandis qu'il regagnait sa voiture.

Mais il ne trouva rien plus loin – ni devant son

pâté de maisons ni le suivant. Il dut tourner dans une rue transversale où il se gara n'importe comment et trop loin du trottoir parce qu'il était pressé d'arriver chez lui. Il avait fait attendre Lily si longtemps qu'il se dépêcha de la rejoindre sans même décharger un ou deux cartons au passage.

Mais elle n'était plus dans sa voiture. Le siège conducteur était inoccupé. Et lorsqu'il regarda par la vitre arrière, il découvrit que le fauteuil avait disparu.

Il jeta un coup d'œil vers son perron et vit la porte intérieure ouverte. Il grimpa les marches quatre à quatre, demandant « Il y a quelqu'un ? » à peine le seuil franchi.

Lily se trouvait dans le salon. Elle poussait le fauteuil quelques centimètres à droite, puis quelques centimètres à gauche pour le placer dans un coin. Et Claude traînait hors de la pièce le fauteuil à bascule qui avait occupé ce coin jusqu'à présent.

« Oh, lâcha Eddie. Salut, Claude ! Ça va ?

— Qu'est-ce que tu en penses ? demanda Lily en se redressant et en s'époussetant les mains. Est-ce que c'est sa place ?

— Bien sûr ! C'est parfait ! Tante Lily, je te présente Claude Evers. Claude, voici…

— Oh, oui, l'interrompit Lily. On peut dire qu'on est intimes, maintenant qu'on a porté un fauteuil inclinable tout en haut des marches d'un perron. Tu as de la poussière partout sur tes vêtements, dit-elle en se tournant vers Claude. Je ne vais plus pouvoir me faire passer pour une fée du logis.

— Il se peut que ça vienne du fauteuil à bascule, dit Claude en examinant son T-shirt d'un air dépité.

— Je suis désolé d'avoir mis autant de temps à me garer, dit Eddie à Lily.

— Ne t'en fais pas ! répondit-elle en s'emparant de son sac à main sur le siège du fauteuil inclinable avant d'embrasser son neveu sur la joue. Allez, mon chou, je file. Mais j'appellerai pour te dire au revoir avant de partir pour de bon. Pas avant une bonne semaine, je pense.

— D'accord… Bon, ben… merci encore pour toutes les affaires, tante Lily. Et pour le déjeuner.

— Avec plaisir ! Merci à toi pour l'excellent vin. Au revoir, Claude, ajouta-t-elle en agitant les doigts vers celui-ci.

— Au revoir, Lily. Ravi de vous avoir rencontrée. »

Eddie la raccompagna à la porte d'entrée et resta à la regarder jusqu'à ce qu'elle remonte dans sa voiture. Puis il retourna au salon. « Qu'est-ce qui s'est passé ? demanda-t-il à Claude.

— Comment ça, qu'est-ce qui s'est passé ? » Claude avait de nouveau empoigné le fauteuil à bascule et le faisait glisser vers l'escalier.

« Comment se fait-il que vous soyez tombés l'un sur l'autre ? demanda Eddie.

— Elle vient de te le dire. Je regarde par la fenêtre et je vois cette femme en train de s'échiner à extraire cet énorme fauteuil de sa voiture, qu'est-ce que je suis censé faire ? Je n'allais pas la laisser se débattre avec ce machin toute seule.

— Non, mais… c'est un peu cousu de fil blanc.

— Pardon ?

— Tu as au moins dû te douter de qui c'était, et pourtant, tu te précipites dehors comme si tu voulais à tout prix être vu.

— Je me dis qu'on pourrait monter le fauteuil à bascule dans la chambre d'amis, suggère Claude.

— Et comment est-ce que tu as justifié ta présence ? »

Claude lâcha le fauteuil et se tourna face à lui. Puis il dit : « Pourquoi est-ce que je devrais justifier ma présence ? »

Eddie ne sut quoi répondre. Il se contenta de tendre les mains en un geste d'impuissance. Il y eut un silence.

« Elle l'a toujours su », déclara Claude.

Puis il se remit à traîner le fauteuil à bascule à travers la pièce. Lorsqu'il atteignit l'escalier, il le saisit à deux mains et commença à gravir péniblement les marches, tandis qu'Eddie le regardait. Il sentit le rouge lui monter lentement aux joues, un afflux de sang qui lui réchauffa le visage. Évidemment qu'elle savait. Il s'en rendait compte à présent. Et Lily n'était pas la seule à le savoir, parce qu'il avait quarante et un ans et que personne, dans sa famille, ne lui avait jamais demandé s'il avait une petite amie. Personne n'avait dit, aux mariages auxquels il avait assisté : « Tu es le prochain sur la liste, Eddie ! » Et il se souvenait de la fois où son cousin Robby, alors qu'ils regardaient la télévision ensemble il y avait des années de cela, avait brusquement changé de chaîne lorsque quelqu'un s'était fait traiter de pédé à l'écran.

On aurait pu se dire que cette prise de conscience serait un soulagement pour lui. Et ce fut le cas, en partie. Il fut pris d'un élan d'amour à l'égard de sa famille, qu'il semblait avoir sous-estimée. Il avait cru que, en gardant ce secret, il agissait par bonté ; qu'il leur évitait de souffrir. Mais désormais il comprenait qu'il leur avait fait encore plus de mal en le leur cachant, et que c'étaient eux qui avaient fait preuve de bonté à son égard.

Il resta à contempler le haut des marches dans une sorte de transe, submergé de regrets pour tout le temps qu'il avait perdu.

8

David Garrett prit sa retraite de professeur à soixante-huit ans. Il avait prévu de travailler plus longtemps, mais au cours du semestre du printemps 2020 la pandémie frappa et tous ses cours furent dématérialisés sur Zoom. Il se révéla assez mauvais dans cet exercice. Il tressaillait à la vue de son propre visage sur l'écran ; il déplorait le ton artificiel de sa voix ; il avait le sentiment de négliger ses élèves. Et non seulement ça, mais la pièce de théâtre des terminales, qu'il mettait en scène depuis près de quarante ans, s'était abruptement interrompue au beau milieu des répétitions. En fait, les cours de théâtre en général appartenaient au passé, de même que les arts plastiques, les chorales et les orchestres – toutes les activités qui rendaient l'école intéressante, selon David. Il appréciait beaucoup moins ses cours de lettres que ceux d'art dramatique. Donc, à la fin du second semestre, il donna son préavis : il ne reviendrait pas à la rentrée suivante. Et, bien sûr, il n'y eut pas de cours d'été cette année.

À cette époque-là, Greta avait déjà pris sa retraite depuis un certain temps, elle était donc habituée à passer le plus clair de son temps chez elle. Mais pour David, vivre calfeutré ainsi demanda une plus grande capacité d'adaptation. « Tu vois comment, à la moindre coupure de courant, on peut s'étonner d'avoir toujours tenu l'électricité pour acquise, lui dit-il. Eh bien, c'est ce que je ressens maintenant, quand je me souviens que le monde était grand ouvert, il fut un temps. On se baladait où et quand on voulait, tu te rappelles ? On allait au supermarché, on faisait les boutiques au centre commercial, on dînait au restaurant quand ça nous chantait… »

Greta sourit. « On ne peut pas dire qu'on l'ait souvent fait, répliqua-t-elle. Je devais forcer la porte de ton bureau au pied-de-biche pour te faire sortir, si je me rappelle bien.

— Attends de voir quand les choses reviendront à la normale », lui dit-il.

En son for intérieur, il pensait plutôt *si* elles reviennent à la normale, mais n'en dit rien.

Ce qui demandait moins d'adaptation – chose stupéfiante, d'ailleurs –, c'était leur soudaine absence de vie sociale. Par le passé, ils se réunissaient de temps en temps avec quelques amis triés sur le volet, des gens du lycée ou rencontrés au cours de ses projets de mise en scène, et pourtant, il avait souvent pris conscience, alors qu'il conversait avec eux, d'une pensée refoulée mais tellement obsédante qu'il redoutait de l'exprimer tout haut par accident : *Je vous apprécie beaucoup, mais est-ce qu'on est vraiment obligés de se voir ?* Visiblement non, désormais. Ils n'étaient pas censés le faire. Ils pouvaient échanger des e-mails pleins de regrets, voire, dans le cas de Greta, papoter au téléphone, mais la plupart du temps, ils n'étaient que tous les deux. David s'en accommodait tout à fait. Il était peut-être exagéré de dire que ce fut un soulagement mais… pour être honnête, ce fut *bel et bien* un soulagement. Si seulement leurs enfants avaient été près d'eux, sa joie aurait été totale.

Puis Nicholas leur téléphona.

Nicholas vivait à New York avec Juana, sa femme gastro-entérologue, et Benny, leur fils de cinq ans. Ils ne leur avaient pas rendu visite depuis le début de la pandémie et David craignait qu'ils ne le fassent pas avant des mois, voire des années. Mais Nicholas déclara : « Qu'est-ce que vous diriez si Benny et moi on venait chez vous quelque temps ?

— Attends, tu es sérieux ? » demanda David. C'était lui qui avait décroché le téléphone – il s'était jeté dessus à l'instant où il avait vu s'afficher le numéro de l'appel entrant. Il leva les sourcils à l'adresse de Greta, qui attendait près de lui son tour de parler.

« Est-ce que ça vous embêterait ? demandait Nicholas. On s'isolerait en quarantaine pendant deux semaines, cela va sans dire, et on se ferait tester avant de venir. On sait bien que vous êtes à risque, à votre âge.

— On n'est pas à risque ! On a une santé de fer !

— Quoi ? Qu'est-ce qui se passe ? » demandait Greta.

Alors David couvrit le combiné le temps de lui dire : « Il veut venir séjourner un moment ici avec Benny. »

Greta joignit les mains sous son menton et hocha vigoureusement la tête.

« Ta mère est déjà dehors à guetter ta voiture, dit David à Nicholas. Juana ne vient pas ? ajouta-t-il.

— Non, c'est le problème : Juana est en première

ligne maintenant. Ils l'ont transférée au service des maladies infectieuses parce qu'on est submergés, ici ; je ne sais pas si tu as entendu. Donc elle ne rentre presque plus à la maison et, quand ça lui arrive, elle ne peut pas risquer de rester dans la même pièce que nous. Et puisque notre nounou est retournée auprès de sa propre famille, je dois m'occuper seul de Benny. Je me demandais si, par hasard, maman et toi, vous pourriez me soulager en le gardant un peu.

— Mon Dieu, mais oui, dit David. Bien sûr qu'on va t'aider. Et oublie la quarantaine ; prépare tes affaires tout de suite.

— Non, non, on ne veut prendre aucun risque. On va d'abord s'isoler ici et ensuite on viendra dans… »

Mais David n'entendit pas le reste de la phrase car Greta s'empara du téléphone. « Nicholas ? dit-elle. Tu dois venir tout de suite. Il n'y a pas besoin que vous vous mettiez en quarantaine. »

David la laissa prendre les choses en main et alla s'asseoir sur une chaise de la cuisine ; elle avait gardé son air d'infirmière autoritaire. Et elle avait raison d'argumenter, parce qu'ils n'étaient vraiment pas à risque. Ou seulement un tout petit peu, peut-être. Ils ne ressemblaient certainement pas aux individus que l'on se figurait quand on voyait ces pancartes « NE TUEZ PAS NOS AÎNÉS » brandies pour inciter les gens au respect du port du masque et des gestes barrières. Les cheveux de David étaient davantage blond cendré que gris, et Greta avait une peau lisse, hâlée et ferme qui ne laissait voir que quelques rides profondes au coin des yeux.

Mais il avait oublié que les médecins l'emportaient toujours sur les infirmières, car Greta disait à présent :

« Oui, je sais que c'est Juana l'experte… Oui, bien sûr, je comprends… »

Et donc David se résigna. D'accord, deux semaines de plus. Mais après, enfin, ils auraient à nouveau un enfant sous ce toit.

Ce que personne ne saisissait – à l'exception de Greta, peut-être –, c'était que David avait souffert d'une très grande perte au cours de sa vie. De deux pertes, en réalité. Deux très chers enfants : Emily et Nicholas. Certes, il existait à présent deux très chers adultes également prénommés Emily et Nicholas, mais il ne s'agissait pas des mêmes personnes. C'était comme si ces enfants étaient morts. Depuis, il en portait le deuil.

À présent, il éprouvait un sursaut d'espoir, une sorte d'effervescence intérieure, et, avant même que Greta ait raccroché, il commença à échafauder des plans pour le temps qu'ils passeraient avec Benny.

Ils commencèrent aussitôt à se préparer – commandant sur Amazon une piscine gonflable et un simili-jeu de badminton qui ne nécessitait pas de filet. Il fut décidé que Benny dormirait dans l'ancienne chambre de Nicholas, au plafond encore décoré de constellations phosphorescentes, et Nicholas dans la chambre d'Emily. (Il n'y avait malheureusement aucune chance qu'Emily en ait besoin elle-même. Elle vivait dans le Wisconsin où elle était médecin urgentiste et, de ce fait, au cœur des événements. Mais n'y pense pas, se dit David. Ne laisse pas ton esprit s'aventurer par là.)

Son bureau, auquel on accédait par la cuisine, pourrait servir d'espace de travail à Nicholas. Nicholas gagnait sa vie en commercialisant ses inventions :

le Naptress, par exemple – une paillasse qui s'enroulait et que les enfants pouvaient apporter à la garderie –, ou bien une structure en forme de ruche appelée GoWings, dont les alvéoles étaient des couchettes en fibre de verre, en usage dans les aéroports. David ne savait pas très bien sur quel projet il travaillait actuellement, mais il se doutait que cela devait impliquer un certain nombre de réunions commerciales – toutes en ligne, désormais, bien sûr –, et c'était dans le bureau que la connexion Wi-Fi était la meilleure.

Autre préparatif, une initiative de David et de lui seul : la création d'un petit potager. Cette entreprise nécessitait de prendre quelques raccourcis puisque, en deux semaines, il était impossible de faire pousser quoi que ce soit en partant de zéro. Il paya les employés chargés de tondre leur gazon pour qu'ils viennent avec un motoculteur et commanda toute une variété de jeunes plants auprès d'une pépinière. « Mais est-ce que ça va vraiment intéresser un enfant ? demanda Greta. Ce ne sera pas aussi excitant que de voir germer des graines.

— Au moins ce sera quelque chose qu'on pourra faire ensemble, lui et moi, répondit David. On arrachera les mauvaises herbes et on récoltera les légumes une fois qu'ils seront mûrs. »

Il y avait longuement réfléchi, parce qu'ils devraient trouver des occupations pour Benny. Quand Nicholas avait l'âge de Benny, ce n'était pas un problème ; il avait des dizaines d'enfants dans le quartier avec qui jouer. Mais à présent, c'était interdit. David se remémora sa propre enfance : qu'avaient-ils fait ensemble, son père et lui ? Pas grand-chose, en fait ; son père travaillait énormément. David se souvenait toutefois d'un projet de menuiserie dans lequel ils s'étaient lancés, un nichoir en bois qu'ils avaient prévu de suspendre à un arbre. Mais ç'avait été un échec. David n'avait jamais su manier correctement des outils, la passion de son père. (Vers la fin de sa vie, Robin ne pouvait être plus heureux que quand il parcourait les allées du Home Depot ouvert vingt-quatre heures sur vingt-quatre quand il n'arrivait pas à dormir.) Il avait poursuivi et achevé seul le projet de nichoir, pour autant que David s'en souvînt.

David comptait les jours désormais ; ils les comptaient tous les deux, avec Greta. Pourtant, à mesure que le jour J approchait, l'anxiété le gagna. Il devint distrait et inattentif, ce qui ne lui était jamais arrivé, même pendant la période la plus angoissante du début de l'épidémie. Il ne pouvait plus lire ni se concentrer sur la télévision, et, la nuit, des rêves agités perturbaient son sommeil. Il se réveillait et restait allongé les yeux ouverts dans le noir, à essayer de détendre ses muscles. À côté de lui, Greta dormait paisiblement, sa respiration aussi douce que de la farine qu'on tamise, et il se demandait comment elle pouvait être aussi insouciante face à tant de sources de préoccupation. Le monde s'effondrait, des gens mouraient, ils perdaient leur emploi et n'avaient plus de quoi se nourrir, la planète courait à sa perte, et ce pays était en train de se tourner contre lui-même. Et Emily : réussirait-elle à rester en sécurité ? Est-ce qu'elle prenait suffisamment de précautions ? Et pourquoi était-elle encore seule ? Elle n'arrêtait pas de mentionner de nouveaux noms d'hommes, mais ensuite on n'entendait plus parler d'eux. Et puis il y avait Juana : comment Juana pouvait-elle choisir de faire passer son travail avant sa famille ? Quelles en seraient les conséquences pour

Benny ? Quelles séquelles garderait Benny de cette pandémie ? Il avait besoin de camarades de jeux ; il avait besoin d'une vraie école ; il était en train de rater une étape de son développement ! C'était le cas de tous les enfants un peu partout ; Seigneur Dieu. Les petits censés se faire des amis, les plus grands censés s'éloigner du giron de leurs parents, les jeunes adultes censés prendre leur indépendance et trouver leur grand amour.

Après être resté éveillé si longtemps qu'il craignait de devenir fou, il se levait, descendait à pas feutrés et allumait la télévision. (Les gens dans les vieux films se tenaient tellement près les uns des autres ! Sans masque ! Il tressaillait à cette vue.) Finalement, il s'endormait assis droit comme un i sur le canapé et ne se réveillait que lorsque Greta le découvrait là au matin.

« Je crois que je sais ce qui ne va pas chez toi, lui dit-elle au petit déjeuner un jour.

— Comment ça, "ce qui ne va pas chez moi" ?

— Pourquoi tu es tellement à cran ces derniers temps.

— Eh bien, ce n'est pas vraiment un mystère. Je ne sais pas si tu as remarqué, mais tout part à vau-l'eau en ce moment.

— Tu as déjà été comme ça une fois, continua-t-elle comme s'il n'avait rien dit. Avant la naissance de Nicholas.

— Ah bon ?

— Tu t'es mis à craindre qu'on n'ait fait une erreur en décidant d'avoir un deuxième enfant. "On était très bien, juste avec Emily, tu m'as dit. Et si jamais ça ne collait pas avec celui-ci ? Et si on était incompatibles ?" "Incompatibles ! j'ai dit. C'est notre propre bébé ! Évidemment qu'on sera compatibles !'' Mais tu as insisté : "Ça n'a rien d'évident. On ne peut jamais être sûrs de ces choses-là. Et pourquoi as-tu dit 'il' ? tu as demandé. Tu penses que c'est un garçon ? Mais je n'ai pas l'habitude des garçons ! Je ne saurais pas comment en élever un !''

— Je ne m'en souviens pas, déclara David.

— Et pourtant, tu vois comment ça s'est passé. Tu as été un père fantastique.

— Je ne me rappelle pas un seul mot de cette conversation », rétorqua David. Pourtant, ça lui disait vaguement quelque chose, maintenant qu'il y pensait.

« J'ai entendu ce que tu demandais à Emily au téléphone hier, lui dit Greta en lui jetant un regard triomphant qu'il ne parvint pas à déchiffrer. Tu lui as demandé pour Benny. Tu voulais savoir si elle le connaissait bien, quel genre de caractère il a, exactement, et quand elle l'a vu pour la dernière fois.

— Et donc ? dit David. Où veux-tu en venir ? »

Elle se mit à rire. « Donc, dit-elle, tu es anxieux parce que tu attends à nouveau un enfant. Façon de parler. Tu attends un autre enfant et tu as peur de ne pas être à la hauteur, en quelque sorte.

— C'est ridicule », dit David. Mais il souriait à présent.

L'expérience lui avait appris que Greta avait souvent raison.

Il savait bien que certaines personnes avaient été surprises d'apprendre qu'il l'avait épousée. D'ailleurs, il s'était lui-même surpris. Au début, il avait à peine remarqué son existence. Elle ne faisait pas vraiment partie du lycée, elle n'était pas enseignante mais infirmière là-bas, une femme un peu plus âgée avec un léger accent étranger et qui boitillait. Mais un jour, avec Lillian Washington, la conseillère d'orientation, elles avaient apporté leurs sandwichs dans la salle des professeurs pendant qu'il se préparait du café. Il avait commencé à se plaindre de la nouvelle machine à café, qui nécessitait qu'on change le filtre à chaque utilisation. (Au lycée, David était considéré comme « le ronchon qu'on aime bien » ; il avait naturellement endossé ce rôle, entouré qu'il était de femmes maternantes d'âge mûr, pour la plupart.) « Pourquoi faut-il qu'ils *changent* constamment les choses ? avait-il maugréé. Le changement n'apporte jamais rien de bon, à mon sens. »

Il ne s'attendait à aucune réaction – un petit rire compatissant, tout au plus –, mais Greta avait émis un *tss* dénigrant. « Vous nous dites ça, à moi, qui aurais volontiers bénéficié du vaccin contre la polio, et à Lillian, qui est noire », avait-elle dit.

Il s'était retourné pour la regarder. Elle l'observait d'un regard froid, de défi – une femme davantage belle que jolie, avec un visage puissant et court, des cheveux bruns crêpés et striés de mèches plus claires, évoquant le fil du bois. Il avait prévu de répondre avec désinvolture (« D'accord, pas *tous* les changements, mais vous pouvez me dire ce qui n'allait pas avec notre bon vieux percolateur ? ») quand quelque chose l'avait poussé à réellement la remarquer. Elle aussi, semblait-il, l'avait remarqué à ce moment-là, car ses lèvres s'étaient soudain entrouvertes et qu'une expression de surprise s'était lue sur son visage.

Six mois plus tard, ils étaient mariés. Et cela lui avait déjà paru trop long, parce qu'il avait rencontré Emily entre-temps et qu'il n'aurait pas supporté que l'ex-mari de Greta mette à exécution sa menace de la lui retirer.

Nicholas se gara le long du trottoir, un mercredi après-midi du début du mois de juin. David et Greta l'avaient guetté et ils sortirent immédiatement de la maison – Greta descendant l'allée en courant tandis que David la suivait d'un pas plus digne. Alors que Nicholas était encore en train de s'extirper de la voiture, Greta ouvrit brusquement la portière arrière et se pencha pour détacher Benny de son siège-auto. Mais quand elle s'aperçut qu'il pouvait le faire tout seul, elle se redressa et fit un pas en arrière pour le laisser sortir. « Pas de câlins, rappelle-toi », l'avertit Nicholas en approchant, mais elle répliqua : « Comment ne pas te serrer dans mes bras ? » et elle se jeta à son cou.

Avec Benny cependant, elle était plus réservée ; elle savait qu'elle ne devait pas le brusquer. Il fit un pas en avant et resta à cligner des yeux un moment – un petit garçon à l'air sérieux, avec ses cheveux noirs et raides coupés au bol. « Dis bonjour à mamie et papy », l'exhorta Nicholas. Et Benny dit : « Bonjour, bamie. Bonjour, bapi. » David fut heureux de constater que Benny les appelait toujours par les noms qu'il leur avait attribués quand il était tout petit. Et il avait gardé sa petite voix un peu nasillarde et enrouée – des végétations peut-être, ou les amygdales, mais David trouvait cela mignon.

« Pas trop de circulation, sur la route ? demanda-t-il à Nicholas.

— Il n'y avait personne. On aurait pu faire du roller en plein milieu de l'autoroute.

— C'est vrai ? dit Benny.

— Par contre, bonjour la galère si tu as besoin de trouver des toilettes pour ton petit en ce moment.

— Oh, mon pauvre ! Comment tu as fait ? demanda Greta.

— Un pot de beurre de cacahuète vide, lui répondit Nicholas avec un haussement d'épaules. Fais-moi penser à aller le récupérer, d'ailleurs. »

Il fit le tour de la voiture pour ouvrir le coffre et décharger leurs affaires – deux simples sacs de toile, mais un nombre considérable de jeux dans leurs boîtes et de jouets à roulettes – David et lui commencèrent à les emporter vers la maison. Greta les suivit, une ferme en plastique à la main, et Benny marchait à côté d'elle avec un ours en peluche à l'air tout usé.

« On va prendre un chien pendant qu'on sera là, lui dit-il.

— Ah bon ?

— Minute, papillon, intervint Nicholas en se tournant vers lui pour lui jeter un regard sévère. On va en *discuter*.

— On peut ? demanda Benny à Greta.

— On va en discuter, répéta Nicholas avant de souffler en murmurant à David : Ah là là. » Il paraissait épuisé, négligé et amaigri. Et à présent qu'il avait remonté ses lunettes de soleil sur sa tête, David voyait les poches sous ses yeux.

« Je ne suis même pas sûr qu'il y ait des chiens disponibles, ces temps-ci, déclara David. Notre refuge est fermé pour le moment, et les employés ont pris chez eux les animaux qu'ils n'ont pas réussi à placer.

— Oui, mais l'une de ces employés est Julie Drumm,

dit Nicholas. Tu te souviens de Julie, du lycée ? Elle pense qu'elle peut nous trouver quelque chose.

— Ah. »

Ils entrèrent par la porte de devant. « Rôti à la cocotte ! s'écria Nicholas en humant l'air avec délectation.

— Je me suis dit que tu aurais bien envie d'un plat réconfortant, lui dit Greta.

— Je rêve d'un plat réconfortant, dit-il. On n'a pas fait dans la gastronomie ces derniers temps. »

Puis il s'adressa à Benny : « Je vais monter nos sacs là-haut. Tu peux rester en bas avec papy et mamie. » Benny ne dit rien, mais lorsque Nicholas se dirigea vers l'escalier, il le suivit, son ours en peluche toujours dans les bras. Il n'était manifestement pas dans son élément.

Au dîner, cependant, il sembla plus à l'aise. Il avait fait le tour du jardin, où David l'avait laissé cueillir un minuscule poivron vert, et il avait essayé une raquette de badminton. Dans le jardin, il avait même avoué avoir un peu peur des insectes, confession que David avait traitée avec respect. « C'est tout à fait normal, dit-il. Moi aussi, j'en avais peur, il y a longtemps. Tu verras que, plus tard, ils ne t'effraieront plus, mais pour le moment, on va juste les éviter. » Benny en fit part à son père au dîner : « Bapi avait peur des insectes, lui aussi, donc il a dit qu'on allait les éviter.

— Ou alors tu pourrais surmonter ta peur, suggéra Nicholas. Apprendre à les affronter, peut-être.

— Non, je pense que je vais les éviter », trancha Benny en embrochant un bout de pomme de terre. Puis il dit à David, sur le ton de la confidence : « J'ai peur des fils qu'il y a dans les bananes, aussi.

— Les fils qu'il y a dans les bananes, je vois. Ma foi, ça se comprend », dit David. Il ne pouvait s'empêcher de se sentir honoré.

Le soir, Greta lut à Benny quelques-uns des livres d'images qui dataient de l'enfance d'Emily et Nicholas. Benny, s'avéra-t-il, n'était pas loin de savoir lire tout seul ; il désignait des mots courts, au hasard, et les lui énonçait à voix haute. « Chat, dit-il. Papa. » Et puis, triomphalement : « Camion !

— C'est exact », disait Greta à chaque fois. Elle était toujours très sérieuse avec les enfants. Même avec les siens, elle avait évité de prendre une voix haut perchée et de prononcer des formules gnangnan, comme le faisaient les autres mères, et les enfants semblaient trouver cela rassurant. Quand vint l'heure du coucher, Benny demanda : « Est-ce que bamie peut me border ? » Et Nicholas répondit : « Pourquoi pas ? »

« Il manque d'une présence féminine, dit-il à David une fois qu'ils furent seuls. Je ne pense pas qu'il comprenne tout à fait pourquoi il voit aussi peu Juana.

— C'est dur, j'imagine, dit David.

— C'est peut-être pour ça que j'ai évoqué l'idée d'avoir un chien – d'en adopter un ici et de le ramener à la maison quand on repartira. Mais pas un chiot ; un chien adulte. Je ne suis pas sûr qu'on pourrait s'occuper d'un chiot, en ce moment. Mais si maman et toi vous avez la moindre objection, on attendra d'être rentrés à New York.

— Moi je suis d'accord, dit David. Greta ? fit-il alors qu'elle pénétrait dans la pièce. Tu serais d'accord pour avoir un chien à la maison ?

— Oui, bien sûr », dit-elle avant de se laisser choir

dans le canapé avec un soupir. Elle était probablement aussi fatiguée que lui. Les enfants vous prenaient tellement d'énergie ! Mais c'était une fatigue agréable. Cette nuit-là, David dormit bien, comme cela ne lui était pas arrivé depuis un certain temps.

Le chien avec lequel arriva Julie, l'amie de Nicholas, deux jours plus tard, était un bâtard à poil court et couleur sable, qui avait une oreille pendante et l'autre dressée, ce qui lui donnait un air un peu intrigué. Il bondit hors de la voiture et s'élança dans l'allée vers la maison où tout le monde attendait, puisque Julie, naturellement, n'allait pas entrer. « Attends, mon chien ! Pas si vite ! » lui lançait-elle, mais il l'ignora et se dirigea droit vers Benny d'un pas déterminé. Benny eut un mouvement de recul mais ne battit pas en retraite, et le chien s'arrêta devant lui et s'assit, haletant toutes dents dehors, jusqu'à ce que Benny tende la main et lui caresse timidement le museau du bout des doigts.

« Est-ce que tu as prévenu le chien que ce serait un enfant qui l'adopterait ? demanda Nicholas à Julie.

— Non, répondit-elle. Mais je pense que c'est ce qu'il espérait. »

C'était une jeune femme sans chichi, aux cheveux bouclés, robuste, vêtue d'un jean Levi's et d'un débardeur. Un masque en tissu à motifs bandana recouvrait la partie inférieure de son visage, mais David voyait à ses yeux qu'elle souriait. « Je l'appelais simplement “mon chien”, dit-elle à Benny, donc il va falloir que tu lui trouves un nom. » Puis, s'adressant à Nicholas : « Comment ça va, Nick, depuis le temps ?

— Ça va bien. Et toi ?

— Oh, on s'accroche comme on peut.

— Tu te souviens de mes parents, Greta et David, dit Nicholas. Et lui, bien sûr, c'est Benny. Julie Drumm, rappela-t-il à sa famille.

— Bonjour, tout le monde », dit Julie. Comme tous les Garrett portaient également un masque, elle ne voyait pas plus leurs visages qu'eux ne voyaient le sien, mais elle leur adressa un geste amical. « On dirait que c'est le coup de foudre, non ? dit-elle en indiquant Benny et le chien d'un signe de tête.

— Oui, ça m'en a tout l'air, acquiesça Nicholas. Tu l'aimes bien, Ben ?

— Je l'adore ! » dit Benny.

Nicholas suivit Julie jusqu'à sa voiture pour récupérer les affaires qu'elle avait rapportées, pendant que Benny s'aventurait à caresser le chien sur le sommet du crâne. « Comment tu vas l'appeler ? demanda Greta.

— Je ne sais pas encore, dit Benny.

— Moi, j'ai eu un chien qui s'appelait Cap », proposa gentiment David.

Benny lui jeta un regard compatissant. (Il avait coincé son masque sous son menton dès l'instant où Julie était partie, et il semblait à présent porter une barbe amish rayée comme une sucette.) « Non, dit-il enfin, son nom, c'est John.

— John. D'accord. »

Quand Nicholas revint, les bras chargés d'un gigantesque sac de croquettes pour chiens et une laisse enroulée dans la main, Benny lui dit : « Papa, je te présente John !

— Comment ça va, John ? » dit Nicholas. Et tous rentrèrent dans la maison.

Ils ne mirent pas longtemps à s'installer dans une routine. Le matin, c'était Nicholas qui se levait en premier. Quand David et Greta descendaient au rez-de-chaussée, ils trouvaient la porte du bureau fermée et Nicholas murmurant derrière, probablement au téléphone avec Juana qui l'appelait souvent très tôt. David faisait sortir le chien dans le jardin pour qu'il fasse ses besoins, puis il le nourrissait, après quoi Greta et lui prenaient leur petit déjeuner. Ils avaient compris qu'il était inutile de se donner la peine de proposer un petit déjeuner à Nicholas ; il subsistait jusqu'au déjeuner grâce à la cafetière qu'il se préparait le matin. Le dernier à se lever était Benny. Il descendait d'un pas chancelant vers neuf heures, appelant « John ? John ? », ce qui portait à croire que, sans le chien, il serait resté plus longtemps au lit. John, qui n'avait jusque-là clairement fait que s'accommoder de David et Greta, dressait son unique oreille articulée et se précipitait au bas de l'escalier pour accueillir Benny avec de joyeux petits reniflements tandis que celui-ci le prenait dans ses bras. Puis Greta essayait de faire avaler quelque chose à Benny à force de cajoleries, même si la perspective d'un coup de fil à sa mère l'intéressait bien plus. (C'était le premier de nombreux appels quotidiens ; son numéro était désormais inscrit dans leur liste d'appels abrégés, bien qu'elle ne fût pas toujours disponible pour répondre.) Après cela, pendant que Greta s'affairait dans la maison, David consacrait la plus grande partie de son temps à Benny. Ils sortaient dans le jardin et retiraient quelques herbes folles, changeaient l'eau de la piscine gonflable, lançaient le système d'arrosage et emmenaient John faire sa promenade. David, se remémorant ses années avec Cap, estimait que John devait marcher à la gauche de Benny, collé à lui. Mais John ne l'entendait pas de cette oreille. Sa laisse était un modèle rétractable qui lui donnait beaucoup de mou et il s'attardait souvent derrière quand il reniflait une odeur intrigante, ou bien il sprintait devant quand un écureuil croisait sa route. Mais le reste du temps, il trottait assez docilement, et David cessa de vouloir le ramener au pied.

Ce quartier était une cité-dortoir quelconque, une banlieue modeste de Philadelphie devenue plus cossue et plus authentique au fil des années. David et Greta n'y fréquentaient plus grand monde depuis que les enfants étaient partis ; mais à présent, alors qu'il marchait dehors avec Benny, David remarqua toutes les nouvelles familles qui avaient emménagé. Tout le monde était chez soi en ce moment, évidemment, occupé à tondre sa pelouse, à apprendre à un enfant à faire du vélo, à discuter avec un voisin par-dessus une haie. Bien que Benny ne fût pas censé jouer avec les enfants qu'il croisait, ils avaient réussi à communiquer dans une certaine mesure. Benny remontait son masque et restait à bonne distance, et ils se fixaient du regard un moment en silence. Puis un garçon envoyait parfois un ballon de foot vers lui et il le rattrapait maladroitement, ou une petite fille laissait son chihuahua tirer sur sa laisse au maximum pour lui permettre de frotter sa truffe contre celle de John. À mesure que les jours passaient, David se tenait de plus en plus en retrait – tellement loin qu'il ne s'embêtait presque plus à mettre son masque correctement – et leurs balades devinrent plus longues. Souvent, ils ne rentraient pas avant que le déjeuner soit servi. « Voilà nos explorateurs ! lançait Nicholas depuis sa place à table. Quelles sont les nouvelles du monde extérieur ? »

Étonnamment, Benny avait toujours quelque chose à raconter. « Mon copain Jason a eu un skateboard », disait-il. Ou bien : « Vous saviez que si on est sous une treille et qu'on reste avec les deux mains appuyées de chaque côté, on a les bras qui flottent tout seuls quand on s'éloigne ? » Il leur chantait en boucle l'une de ces chansons que David se rappelait de sa propre enfance, le genre qui recommençait sans cesse et rendait fous les adultes :

Trois petits chats, trois petits chats, trois petits chats, chats, chats
Chapeau de paille, chapeau de paille, chapeau de paille, paille, paille...

Des années plus tôt, au moment où les tout premiers gadgets électroniques étaient devenus populaires, David avait lu que les jeux de cour de récré ancestraux étaient en passe de tomber dans l'oubli. Les chansons de corde à sauter, de marelle et autres, disaient les experts, se transmettaient oralement d'enfant à enfant ; elles n'étaient jamais enseignées par les adultes. Donc si ne serait-ce qu'une génération d'enfants échouait à les transmettre à la suivante, ces traditions disparaîtraient pour toujours.

Mais, contre toute attente, même avec la distanciation sociale, même privé d'occasions de s'amuser avec des amis, Benny avait réussi à apprendre l'astuce des bras qui lévitent et la chanson qui ne finit jamais.

Après le déjeuner, Nicholas regagnait son bureau pour deux heures, pendant que Benny passait du temps avec Greta. Ils faisaient beaucoup de choses, tous les deux : des cookies, de la limonade, des masques taille enfant à partir de chutes de tissus pour dessus-de-lit. Pour les masques, Greta appris à Benny comment se servir de la machine à coudre. David craignait qu'il ne fût trop jeune pour cela, mais en fait, il se débrouillait très bien et produisait des masques parfaitement utilisables, même si les coutures étaient un peu approximatives par endroits. Ensuite, vers le milieu de l'après-midi, Nicholas émergeait à nouveau et embarquait Benny et le chien pour une autre promenade. David devait admettre que cette pause était fort bienvenue. Enfin une chance de s'avachir dans un fauteuil, de ne pas feindre l'enthousiasme, l'optimisme et la concentration ! Mais ensuite, petit à petit, il commençait à prendre conscience du silence. C'était presque un silence de stupeur. « Qu'est-ce qu'on va faire quand ils partiront pour de bon ? demandait-il à Greta. Est-ce qu'on va devoir revivre l'épreuve qu'on a connue quand les enfants ont quitté le nid ?

— Cette fois, on s'en sortira peut-être mieux, disait Greta. J'espère que c'est une compétence qui s'acquiert.

— J'en doute un peu », répondait-il. Et quand ils entendaient le chien aboyer devant la maison, il était le premier à bondir et à ouvrir grand la porte.

C'était seulement après le dîner qu'ils passaient du temps tous les quatre ensemble. Ils s'asseyaient dans le jardin ; ou plutôt, David et Greta s'asseyaient tandis que Nicholas et Benny jouaient au badminton à leur façon. Les journées étaient à présent si longues que le soleil brillait encore et que la chaleur restait étouffante ; Nicholas finissait alors par s'écrouler sur une chaise à côté de ses parents et Benny se mettait à batifoler dans la piscine gonflable. D'autres familles étaient dehors aussi, cachées derrière leurs haies. David entendait leurs voix, ici et là. De temps en temps, il comprenait quelques mots, mais en général, tout ce qu'il percevait, c'étaient des murmures inintelligibles. Il commença à apprécier le rythme de la conversation ordinaire – les tours de parole, les questions, les réponses, les interventions, les rires étouffés. N'était-il pas fascinant de voir la faculté d'adaptation des gens, à quel point ils résistaient et s'obstinaient à maintenir le lien ? Quand Greta finissait par déclarer : « Allez, au lit, maître Benny », David regrettait presque de voir s'éteindre ces voix.

Une fois que Benny avait dit bonne nuit à Juana au téléphone et que Greta l'avait bordé, les adultes se réunissaient au salon. Là, Nicholas racontait parfois ses réunions virtuelles avec ses partenaires commerciaux. (Il avait inventé un genre de sac de couchage doté de bras et de jambes, dans l'éventualité où les écoles feraient cours en extérieur cet hiver.) Ou bien David et lui échangeaient, sur le ton de la plaisanterie, des idées de remède anti-Covid qu'ils pourraient découvrir par hasard. (« Des *cheesesteaks* de Philadelphie ! » « Du gingembre confit ! » « De la bière ! Mais pas la blanche. ») Et puisque Nicholas appartenait à cette génération qui ne sortait jamais de chez elle sans son téléphone portable, pas même pour faire un tour dans le quartier, il avait généralement des photos de leur sortie du jour à leur montrer. Benny et une petite rousse assis à environ deux mètres d'écart, mangeant des pêches sur le perron d'une maison ; Benny et son chien courant à travers un jet d'arrosage automatique. « Envoie-les-moi par e-mail, s'il te plaît », disait Greta, mais David les étudiait en silence. Il s'émerveillait du fait qu'elles semblaient déjà appartenir à un passé lointain, fanées et empreintes de nostalgie. Et quelle surprise de voir ce que Benny tenait des Garrett ! Depuis sa naissance, il avait semblé entièrement *autre* – il n'avait pas le teint beige pâle façon biscuit des membres de la famille de David, mais des cheveux noirs, des yeux marron et la peau dorée, et il était petit et sec pour son âge. David avait toujours été heureux de constater ces différences, en fait. Pour lui, Benny représentait un nouveau départ. Mais à présent, il remarquait la façon dont l'enfant levait les épaules en mettant sa main sous sa pêche pour éviter que le jus coule par terre, et dont il rentrait le menton lorsqu'il courait. Le père de David – un homme que Benny n'avait jamais vu – levait les épaules ainsi quand il était absorbé dans une tâche. Les sœurs de David couraient avec le menton rentré, mais Benny ne les avait jamais vues elles non plus, pour autant que David le sache. Et il avait beau savoir que la plupart des enfants passaient par une phase où ils s'amusaient à des jeux de rôle, il ne pouvait s'empêcher de trouver que les conversations compliquées que Benny entretenait avec son ours en peluche (qui avait apparemment un accent britannique, par-dessus le marché) ressemblaient beaucoup aux scénarios qu'il élaborait lui-même avec ses vétérinaires en plastique, il y a fort longtemps.

La semaine précédente, Benny s'était mis à tousser et il avait dit, une fois la quinte passée : « J'ai avalé par la mauvaise gorge » – une expression qu'employaient les Garrett. Et il ne mangeait pas de bonbons durs car, tout comme David, il détestait la façon dont ils rendaient ses dents râpeuses. Il appelait également l'eau gazeuse « eau piquante », comme Nicholas à son âge, les quartiers d'orange étaient des « bateaux » et les sacs à main étaient des « sacs de dame ».

« Comment s'appelle cette tresse qu'on fait aux petites filles, qui part du sommet du crâne ? demanda David à Greta, un soir, alors qu'ils se préparaient à dormir.

— Du sommet du crâne ?

— Emily en avait. C'étaient d'abord deux torsades plaquées haut au-dessus des tempes, très minces et serrées, et puis plus bas elles formaient deux tresses plus épaisses.

— Ah, une *tresse française*, répondit Greta.

— C'est ça. Et ensuite, quand elle les défaisait, ses cheveux restaient ondulés comme des petits tortillons pendant des heures.

— Oui…

— Eh bien, dit David, c'est comme ça que les familles fonctionnent aussi. Tu penses t'en être libéré, mais tu ne l'es jamais *complètement* ; tu gardes toujours tes ondulations. »

Greta éclata de rire. « Tu découvres ça seulement maintenant ? demanda-t-elle.

— Je suppose que j'apprends lentement. »

Alice, la sœur de David, les appela depuis la Floride un soir pendant qu'ils dînaient. Ce fut Greta qui décrocha, mais après avoir jeté un coup d'œil au nom qui s'affichait, elle passa le combiné à David sans un mot. Il fut surpris de voir le nom d'Alice. (Ils n'aimaient pas beaucoup s'appeler pour bavarder, dans la famille.) « Alice ? dit-il. Tout va bien ?

— Plus ou moins. Et toi ?

— Tout le monde va bien. On a récupéré Nicholas et Benny qui sont à la maison en ce moment.

— Ah oui ? Où est, euh… ?

— Juana est au front.

— Ah. Mais aucun d'entre vous n'a été malade, hein ?

— Pour l'instant non, on touche du bois.

— Même chose ici. Ce que je considère comme un petit miracle, vu que Kevin s'obstine encore à jouer au golf tous les jours avec ses copains. »

David gloussa puis attendit.

« Mais si je t'appelle, reprit-elle, c'est parce que je me suis dit que ça t'intéresserait de connaître les dernières frasques de ton *autre* sœur.

— Qu'est-ce qu'elle a fait ?

— Eh bien, elle était toute seule depuis un moment, parce que Serena et Jeff ont emmené Peter dans leur chalet de montagne le temps de la crise et que même Lily n'est pas assez stupide pour croire qu'elle et Serena pourraient rester dans un minuscule chalet en rondins sans risquer de s'entre-tuer… » Alice prit une grande inspiration et poursuivit : « *Et*, dit-elle, ce matin Serena appelle Lily parce qu'elle se sentait coupable de l'avoir abandonnée à son sort, et quand elle demande comment ça va à Asheville, Lily lui répond : “Oh, bon allez, autant te le dire : je ne sais pas comment ça va là-bas parce qu'il se trouve que je me suis mariée il y a un petit moment et que j'ai déménagé à Winston-Salem.”

— *Quoi* ? » s'exclama David. De l'autre côté de la table, Greta haussa les sourcils d'un air interrogateur et Nicholas leva les yeux du morceau de viande qu'il découpait pour Benny.

« C'est dingue, pas vrai ? dit Alice.

— Avec qui ? demanda David.

— Un type qui s'appelle Henry quelque chose et qui est prof d'histoire à la retraite. Personne n'en avait entendu parler jusque-là. Serena est certaine que Lily ne le fréquentait pas quand ils sont partis, et c'était il y a à peine deux mois.

— Ça alors !

— J'étais convaincue que Lily s'était un peu assagie, dit Alice. Je pensais honnêtement qu'elle en avait fini avec ce genre de comportement.

— Bon, voyons le bon côté des choses, lui dit David. Maintenant, Serena peut arrêter de se sentir coupable de l'avoir abandonnée.

— Oui, je suppose que tu as raison, concéda Alice avec un soupir. Et je dois admettre que Lily gravit les échelons. D'abord le mécanicien moto, puis l'agent immobilier, et maintenant le prof d'histoire ; qui ce sera, la prochaine fois ?

— J'avais oublié le mécanicien. Mari numéro un, c'est ça ?

— Oui, enfin, ç'a été fulgurant.

— J'aimais bien Morris, cela dit.

— Oui, Morris était un amour, dit-elle en soupirant de nouveau. Bref, je me disais juste que tu voudrais être au courant.

— Tout le monde va bien sinon ? Tes enfants ?

— Ça va. Robby doit travailler de chez elle, mais c'est le lot de tout le monde en ce moment. Candle est au chômage depuis des mois, mais Mac a son travail, lui, donc ils ne meurent pas de faim, et Eddie et Claude font le dos rond à Hampden.

— Bon, embrasse-les tous de ma part, dit David. Mes félicitations à Lily quand tu lui parleras.

— Je ne suis pas sûre de vouloir lui parler. Non mais franchement : qu'est-ce qu'on a en commun les uns les autres, dans cette famille ? »

David commençait à trouver cette conversation téléphonique un peu trop longue, alors il abrégea : « OK, bon, ben, merci d'avoir appelé. »

Il passa le combiné à Greta qui raccrocha. « Lily s'est mariée, apparemment, lui dit-il.

— C'est ce que j'ai cru comprendre.

— Avec qui ? s'enquit Nicholas.

— Un prof d'histoire que personne n'a rencontré, et elle vit à Winston-Salem maintenant.

— Comme ça, du jour au lendemain ! dit Nicholas, l'air pensif.

— Serena ne savait même pas que cet homme existait, dit David.

— Mais… Serena est la fille de Lily, non ?

— Si, si. »

Nicholas regarda Greta. « Donc Lily n'a pas informé sa propre fille qu'elle allait se marier ? dit-il.

— Oh tu sais, répondit Greta. On est en Amérique, souviens-toi.

— Quel est le rapport ?

— Il faut voir le patrimoine génétique, lui dit-elle. Ce pays a été peuplé par des dissidents, des mécontents, des marginaux, des aventuriers. Des gens revêches. Ils ne respectent pas toujours les convenances.

— Il me semble qu'on est au-delà des convenances, dans le cas présent, dit Nicholas. Moi je trouve ça extrêmement bizarre. »

Soudain, Benny demanda : « Est-ce que je peux avoir du dessert même si je ne mange pas mes petits pois ? » Ce à quoi Greta répondit : « Est-ce que tu as au moins goûté une cuillerée ? » et le sujet Lily fut clos.

Deux jours plus tard, Nicholas sortit du bureau avec l'un des vieux albums photo dont David avait mystérieusement hérité. Il avait le doigt posé sur un cliché en noir et blanc aux bords crénelés, qui datait probablement des années 1930 : un homme d'une beauté saisissante coiffé d'un feutre mou. « Qui est-ce ? demanda-t-il à David.

— Aucune idée. »

Nicholas s'intéressa ensuite à la photo d'une femme assez petite, portant une robe à épaulettes proéminentes. « Et elle ? demanda-t-il.

— Je ne sais pas du tout. »

Même chose pour les photos sur la page d'à côté : deux petites filles serrées l'une contre l'autre dans un fauteuil avec un chiot, et un bébé dont l'ample robe de baptême bouffante semblait le porter *lui*, plutôt que l'inverse. Il n'y avait aucune légende. Autrefois, l'identité des sujets devait sembler évidente ; le créateur de l'album n'avait pas songé que, un jour, plus aucune personne vivante ne se souviendrait d'eux. David déclara : « Je sais au moins que c'est du côté de ta grand-mère. Je ne pense pas que la famille de mon père avait les moyens de s'acheter des choses comme des appareils photo.

— Tiens, en voilà un que je reconnais », dit Nicholas qui avait sauté plusieurs pages et contemplait à présent la photo de David lui-même, à l'âge de six ans environ, vêtu d'un court peignoir blanc. Une copie encadrée de la photo trônait autrefois dans la chambre de ses parents. David ne commenta pas et Nicholas se coula sur une chaise de la cuisine en continuant de tourner les pages. « Oh », fit-il une fois ou deux, et puis : « Ça doit être le mécanicien moto de Lily. » David était presque sûr que non (B. J. s'éclipsait toujours dès qu'on sortait un appareil photo), mais il ne regarda pas pour vérifier. Il repensait à ce peignoir blanc.

Tant d'éléments de son passé étaient désormais perdus, des pans entiers. (Presque toutes ses années de collège, par exemple.) Mais de temps en temps, quelques fragments ressurgissaient du plus profond de lui. Il se souvenait que le peignoir blanc était en fait un habit de plage – de ceux qu'on portait par-dessus son maillot. Et il savait précisément quel été il l'avait porté : il avait sept ans, pas six. C'était l'été avant qu'il entre au CE1, quand ils avaient tous passé une semaine à Deep Creek Lake. Il se rappelait la texture rugueuse du sable sous ses pieds nus, et il revoyait son père sur le ponton avec son nouvel ami Bentley, un homme au visage dur, musclé, à côté duquel son père paraissait chétif. Il entendait l'eau agitée par le crawl explosif de Charlie, le fils de Bentley, qui nageait crânement devant eux. Dans la mémoire de David, les gouttes projetées parvenaient à lui éclabousser le visage, alors qu'il se trouvait sur la rive. Et son père disait : « *Allez*, mon garçon. Qu'est-ce que tu attends ? » d'une voix autoritaire qu'il n'aurait jamais prise s'ils avaient été seuls tous les deux. Alors David avait défait sa ceinture, laissé tomber son peignoir et senti l'air contre sa poitrine nue, tandis qu'il entrait tout doucement dans l'eau du lac. Le fond avait une consistance de crème dessert ; il remontait, visqueux, entre ses orteils à chaque pas. Mais il ne s'était pas arrêté, parce qu'il ne voulait pas faire honte à son père devant Bentley. Il pataugeait de plus en plus profond, les bras écartés pour les maintenir au sec, serrant la mâchoire pour s'empêcher de claquer des dents. Pas à pas, jusqu'à ce que…

Puis il n'y avait soudain plus rien eu sous ses pieds, son nez était empli d'eau, et il crachait et s'étouffait. Il ne pouvait pas appeler au secours, car cela impliquait qu'il ouvre la bouche, il espérait donc que son père *devine* simplement qu'il avait besoin d'aide ; mais non, c'était Bentley qui l'avait deviné. « Il me semble que ton fils a besoin d'un coup de main », dit-il à Robin. Et Robin avait regardé David du haut du ponton, affichant le plus étrange… la plus singulière des expressions.

« Est-ce que celle-ci pourrait être une photo d'oncle Kevin ? Il a l'air tellement jeune !

— Je ne saurais pas te dire », répondit David avant de tourner les talons et de quitter la pièce.

En août, la situation s'améliora à New York. Juana allait être réaffectée dans son propre département, la nounou revenir travailler, et Nicholas et Benny rentrer chez eux. David était ravi pour eux, évidemment, mais il se sentait également triste et savait que Greta l'était aussi.

Le dernier après-midi avant le départ, Nicholas fit différentes courses pour ses parents pendant que ceux-ci emmenaient Benny et le chien faire une ultime promenade. Ils partirent du haut de Kane Street comme d'habitude, mais quand ils atteignirent Noble Road, où David avait l'habitude de tourner à droite, Benny et John continuèrent tout droit. À l'évidence, ils suivaient un trajet complètement différent lors de la balade de l'après-midi. Benny ralentit devant une maison que David n'avait jamais remarquée auparavant, et une femme âgée qui coupait ses hortensias lança : « Bonjour, Benny !

— Coucou, dit Benny. Papa et moi on rentre chez nous voir maman demain.

— Ah oui ! C'est une bonne nouvelle, ça ! » Elle se tourna vers David et Greta. « Je sais qu'ils vont vous manquer.

— Et pas qu'un peu », dit Greta, mais Benny s'était remis en marche en lançant un « Salut ! » par-dessus son épaule, si bien que David et Greta adressèrent un signe d'excuse à la femme et se tournèrent pour le suivre.

Alors qu'il approchait du prochain angle de rue, Benny s'arrêta net et John l'imita, s'arrêta aussi avant de s'asseoir. Quand David et Greta les rattrapèrent, ils trouvèrent Benny les yeux rivés sur un bourdon qui voltigeait devant son visage. « Continue simplement à marcher, lui conseilla David. Il ne va pas te piquer.

— Je crois que si, dit Benny.

— Non, il t'avertit pour que tu partes, c'est tout. Tu vois ces abeilles, sur le rosier ? Il les protège. »

Benny n'avait pas l'air convaincu.

« Tu veux entendre quelque chose d'intéressant ? lui demanda David. Tu as remarqué qu'il restait juste en face de tes yeux, non ? Eh bien, si on y réfléchit, ça veut dire qu'il sait que les yeux sont la partie qui peut le voir. On pourrait dire qu'il a compris où se trouve l'essence des êtres humains. »

Mais Benny est resté figé sur place et John a poussé un petit gémissement, puis s'est allongé sur le trottoir.

« Je ne savais pas ! dit Greta à David, simplement pour faire la conversation, à l'évidence.

— Eh oui, dit David, il y a des tas de choses qui pourraient te surprendre concernant les insectes. » Et, puisant tout au fond de son imagination, il ajouta : « Par exemple, il t'arrive de voir un scarabée au milieu de ton chemin et de le contourner pour ne pas l'écraser, n'est-ce pas ? Eh bien, je parie que tu ne savais pas que le scarabée se dépêche ensuite de rentrer chez lui raconter à ses congénères qu'il a enfin rencontré un être humain au grand cœur. »

Greta eut un rire sifflant et dit : « Toi, alors ! » Mais Benny se retourna pour demander : « C'est vrai ?

— Il plaisante », lui dit Greta.

Alors Benny rit à son tour. « Bapi, tu es *fou* », dit-il.

Puis il se remit en marche, le bourdon oublié, et le chien se releva et le suivit d'un pas traînant.

Quand ils furent suffisamment loin derrière pour que Benny ne les entende pas, Greta dit à David : « Et toi qui te faisais tellement de soucis avant qu'il arrive ! Tu te souviens ? Et tu as vu comme ça s'est bien passé ?

— Je me suis amusé, admit David.

— Je te l'avais bien dit, non ? J'avais vu juste. C'était exactement pareil quand Nicholas est né.

— Mais tout de même, dit David, on ne peut jamais être sûr que les gens vont s'apprécier, même s'ils sont de la même famille.

— Oh, David ! Les membres d'une famille s'aiment !

— Bien sûr qu'ils s'aiment. Mais moi je parle de s'apprécier. »

Il hésita un instant. Il revoyait ce vieux cliché : lui

à sept ans dans son peignoir de plage sur la rive du lac de Deep Creek.

« Mon père ne *m'appréciait* pas, par exemple, dit-il.

— Pardon ?

— Les enfants sentent ces choses-là. C'est une question de survie. Ils doivent être capables de jauger la plus infime réaction de leurs parents, de décoder la moindre altération dans leur voix.

— Dans ce cas, tu sais sûrement que ton père te tenait en très haute estime.

— Oui, d'accord. Je le sais, abdiqua-t-il.

— Et tu l'estimais tout autant, dit-elle en lui prenant la main et en se rapprochant de lui. Tu as été un bon fils pour lui.

— Si tu le dis.

— Bien sûr que je le dis ! C'était délicat de ta part, par exemple, de ne jamais montrer que tu savais que ta mère et lui ne vivaient plus ensemble.

— C'était naturel. Il se serait senti humilié, répliqua David. (Il ne jugea pas bon de lui rappeler que, en réalité, il n'en avait rien su, jusqu'à ce qu'elle-même le lui eût fait remarquer.)

— C'est comme ça que ça marche, dit-elle. C'est ce que les gens font, dans une famille – ils cachent quelques vérités dérangeantes, s'autorisent quelques illusions. Des petites attentions.

— Et de petites cruautés.

— Et de petites cruautés », acquiesça-t-elle en balançant leurs mains unies.

Il était soulagé qu'elle semble si peu troublée par ses propos. Elle aurait pu le voir d'un autre œil, tout à coup ! Elle aurait pu dire : « Ah, maintenant que tu le dis, c'est vrai que tu es détestable. »

Mais il aurait dû savoir qu'elle ne le ferait pas. Pas sa Greta.

Nicholas attendit que la matinée fût bien entamée pour partir, parce qu'il voulait éviter les bouchons de l'heure de pointe. Comme toujours dans ce genre de situations, David était tiraillé entre son aversion pour les au revoir et sa volonté d'en être débarrassé au plus vite. (« Je préférerais tourner en rond à l'aéroport plutôt que dans le salon », disait-il à Greta lorsque leurs visites à Emily touchaient à leur fin.) Si bien que, au moment où Nicholas se leva et dit : « Bon… », David en fut presque heureux. Ils se dirigèrent tous vers la porte d'entrée, tenant le chien en laisse au cas où il rechignerait à monter en voiture, et David et Greta prirent Benny dans leurs bras pour lui dire au revoir avant que Nicholas ne l'attache dans son siège-auto. John s'installa à côté de lui, grognant tout seul, et Nicholas ferma la portière arrière puis pivota vers ses parents. « Merci à vous deux, dit-il. J'imagine que ça va vous faire du bien de retrouver la paix.

— Oui, *tu parles* », dit David, puis ils l'enlacèrent tous les deux et reculèrent pour le regarder partir jusqu'à ce que la voiture disparaisse.

« Bien, dit enfin David. Nous y revoilà, madame G. On continue de vieillir, toujours au même endroit. » Greta passa son bras sous le sien et ils rentrèrent chez eux.

Ils passèrent le reste de la journée à remettre un peu d'ordre, à ranger les deux chambres d'amis et à retransférer les affaires de David dans son bureau. À un moment, pendant qu'il branchait son ordinateur, Greta se détourna de la bibliothèque et demanda : « Tu avais vu ça ? » Elle avait à la main l'un des albums de famille, celui que Nicholas avait feuilleté plus tôt. Il était ouvert sur une feuille de papier machine glissée entre deux pages : une photo imprimée de David et Benny, ensemble dans le jardin. David se penchait un peu pour examiner les deux mains pleines de tomates cerises que Benny lui présentait. « Benny avec son Bapi adoré », indiquait la légende, dans l'écriture cursive à l'encre bleue de Nicholas.

« Oh, lâcha David, le cœur serré (presque littéralement) à la vue des petits doigts légèrement crasseux de Benny.

— Je vais demander à Nicholas de me l'envoyer par e-mail pour que je puisse en commander un tirage, lui dit Greta. C'est ma nouvelle photo préférée de toi.

— Légende : vieil homme avec un cou maigrichon », dit David. Mais il était content.

Pendant quelques jours, ils continuèrent à retrouver des affaires égarées ici et là. Une petite chaussette oubliée dans le séchoir, un jouet à mastiquer en caoutchouc sur la terrasse… Une fois, David surprit Greta figée dans la cuisine, le nez enfoui dans un bout de tissu froissé. Elle baissa le tissu et regarda David, les yeux un peu trop brillants. C'était un masque taille enfant, avec un ourlet de travers et un méli-mélo de fils qui pendaient. « Allons, allons, pas de ça ici », dit-il en endossant momentanément le rôle du plus raisonnable des deux, et elle laissa échapper un rire gêné en lui tendant le masque. Mais dès qu'il fut dans son bureau, où ils rassemblaient toutes les affaires oubliées dans une boîte qu'ils expédieraient à New York, il pressa le masque contre son propre visage et prit une profonde inspiration. Il sentait encore vaguement l'odeur de Benny, l'odeur sucrée-salée des enfants, comme de la sueur propre. Il revoyait les oreilles en forme de coquillage de Benny ; il entendait sa petite voix de grenouille :

Trois petits chats, trois petits chats, trois petits chats, chats, chats
Chapeau de paille, chapeau de paille, chapeau de paille, paille, paille...

Il secoua la tête et sourit, puis il déposa le masque dans la boîte et rejoignit Greta.

#lisez!
engagé
www.lisez.com
Pour plus d'information :
Imprimé sur du papier issu de forêts gérées durablement.

10/18 – 92 avenue de France, 75013 PARIS

Imprimé en France par
CPI Brodard & Taupin

N° d'impression : 3054264
X08213/01